TI BARATA, RESULTADOS CAROS

Editora Appris Ltda.
1.ª Edição - Copyright© 2023 do autor
Direitos de Edição Reservados à Editora Appris Ltda.

Nenhuma parte desta obra poderá ser utilizada indevidamente, sem estar de acordo com a Lei nº 9.610/98. Se incorreções forem encontradas, serão de exclusiva responsabilidade de seus organizadores. Foi realizado o Depósito Legal na Fundação Biblioteca Nacional, de acordo com as Leis nos 10.994, de 14/12/2004, e 12.192, de 14/01/2010.

Catalogação na Fonte
Elaborado por: Josefina A. S. Guedes
Bibliotecária CRB 9/870

C268t
2023
	Cardoso Junior, Jorge Sidney
	   TI barata, resultados caros / Jorge Sidney Cardoso Junior.
	   1. ed. – Curitiba: Appris, 2023.
	   216 p. ; 23 cm.
	
	   ISBN 978-65-250-4840-6
	
	   1. Literatura brasileira – Romance. 2. Tecnologia. 3. Informação na tecnologia. 4. Resiliência (Traço de personalidade). I. Título.
	
	                                                             CDD – B869.3

Editora e Livraria Appris Ltda.
Av. Manoel Ribas, 2265 – Mercês
Curitiba/PR – CEP: 80810-002
Tel. (41) 3156 - 4731
www.editoraappris.com.br

Printed in Brazil
Impresso no Brasil

Jorge Sidney Cardoso Junior

TI BARATA, RESULTADOS CAROS

FICHA TÉCNICA

EDITORIAL	Augusto V. de A. Coelho
	Sara C. de Andrade Coelho
COMITÊ EDITORIAL	Marli Caetano
	Andréa Barbosa Gouveia - UFPR
	Edmeire C. Pereira - UFPR
	Iraneide da Silva - UFC
	Jacques de Lima Ferreira - UP
SUPERVISOR DA PRODUÇÃO	Renata Cristina Lopes Miccelli
PRODUÇÃO EDITORIAL	Bruna Holmen
REVISÃO	Monalisa Morais Gobetti
DIAGRAMAÇÃO	Andrezza Libel
CAPA	Sheila Alves

Este livro é dedicado com carinho à memória do meu pai e meus avós maternos. O amor verdadeiro e incondicional de vocês ultrapassou as barreiras da distância e do tempo.

AGRADECIMENTOS

A Deus.

Mery. A história desse rapaz foi a inspiração para escrever o livro. Você é a inspiração para escrever os capítulos da nossa vida, todos os dias. Muito obrigado por todo amor, incentivo, interesse e paciência.

Te amo! TAP!

Heitor, meu filho. Obrigado pela paciência todas às vezes que papai não jogou a bola de volta. É maravilhoso brincar com você e ser seu amigo de aventuras!

Dona Altamira, sou muito grato por tudo. A senhora sempre disse que me criou para o mundo e é exatamente assim que eu me sinto: cidadão do mundo!

Eduarda, Dona Tutu e Seu Nivaldo. Muito obrigado pela força e incentivo!

Familiares e amigos. Quando estou com vocês, sinto que estou em casa. Agora que acabei de escrever o livro, estou com mais tempo livre. Vamos marcar alguma coisa?

Prof. Dr. André Barcaui. Sou seu fã. Você representa os melhores professores que eu já tive, aqueles que têm o dom de transformar assuntos complexos em algo simples para que todos entendam. Muito obrigado por sua generosidade ao escrever este lindo prefácio.

Max Gehringer. Obrigado pela paciência em ouvir este aprendiz e pelas dicas de sucesso.

Time da Editora Appris. Obrigado por todo carinho e dedicação na confecção deste livro.

Nota Importante

Esta é uma obra de ficção baseada na livre criação artística e sem compromisso com a realidade.

Qualquer semelhança com nomes, pessoas, fatos ou situações da vida real terá sido mera coincidência.

PREFÁCIO

É com enorme carinho e admiração que escrevo este prefácio para o livro de um grande amigo, cuja jornada no mundo da Tecnologia da Informação (TI) resultou em histórias repletas de lições valiosas. Logo no início, ele coloca um ponto que acho que é verdade para todos aqueles que trabalham com tecnologia (e que também vale para aqueles que se propõe a escrever um livro): é preciso muita resiliência, persistência, determinação e alguma dose de teimosia para qualquer conquista na vida. Como diria o ex-presidente americano Calvin Coolidge: "Nada neste mundo pode substituir a persistência. O talento não substitui a persistência; nada é mais comum do que pessoas fracassadas com talento. A genialidade não substitui a persistência; gênios não recompensados são quase um clichê. A educação não substitui a persistência; o mundo está cheio de negligenciados educados. A persistência e determinação são onipotentes".

Eis que Jorge demonstra tudo isso e muito mais ao contar com coragem e peito aberto sua saga no mundo fascinante e desafiador de TI. E escolhe fazer isso por meio de Jonas, um personagem cativante que aprendemos a admirar e pelo qual até torcemos ao longo do livro. A ideia de desenvolver essa espécie de alter ego para contar sua história foi profundamente feliz, porque ao mesmo tempo que torna mais leve o desenrolar do enredo, promove um afastamento precioso entre o autor e o protagonista, que claramente facilita o amadurecimento da narrativa.

Os capítulos sucedem-se apresentando não só perspectivas técnicas sobre projetos de TI, como também da própria vida de Jonas, desde uma saudável nostalgia de épocas mais artesanais do desenvolvimento de software até perspectivas atuais com preocupações extremamente contemporâneas sobre questões ligadas ao ambiente tecnológico. A mensagem do título de que a TI barata pode levar a resultados caros vai ganhando em peso e evidência ao longo de todo texto, com exemplos de múltiplas complexidades que corroboram com a visão do autor.

O desenrolar da leitura transcorre de maneira atraente e fluída, na qual o leitor é envolvido pelas histórias e personagens, aprendendo de maneira aprazível e descontraída. A obra, portanto, não apenas expande nosso entendimento sobre projetos de TI, mas também estimula uma reflexão profunda sobre como lidamos com nossos colegas, superiores e colaboradores no dia a dia. Tudo isso recheado de lições aprendidas para o leitor que estiver atento e souber aproveitar as entrelinhas de cada página, cada projeto, cada empresa e cada situação vivida por Jonas.

É admirável a habilidade do autor em abordar temas técnicos e comportamentais simultaneamente, transformando-os em uma trama cativante e repleta de aprendizado. Com uma escrita amigável e envolvente, ele consegue transmitir seu conhecimento e experiência de maneira agradável e instrutiva, mergulhando em assuntos técnicos relacionados à TI enquanto aborda questões extremamente humanas, que todos nós, eventualmente, passamos ou passaremos em nosso cotidiano nas organizações.

Outro ponto a se destacar e que não poderia deixar de mencionar é quanto à humildade do autor. Ele não apenas compartilha suas experiências, mas também demonstra grande abertura e sinceridade ao expor suas falhas e aprendizados. Em nenhum momento hesita em compartilhar momentos difíceis de sua carreira, admitindo erros e mostrando com autenticidade que, apesar de suas conquistas e habilidades técnicas, é fundamentalmente humano e, portanto, passível de desacertos. O importante é estar atento e aprender com eles. Essa humildade permite ao leitor conectar-se com o relato em um nível mais profundo, tornando a experiência da leitura ainda mais enriquecedora e inspiradora.

Ao final do livro, é apresentado uma espécie de índice remissivo de recomendações, mas que também não se limita a questões técnicas. Aliás, arrisco dizer que os principais ensinamentos passados pelo autor não são de cunho tecnológico (apesar de reconhecidamente ser um especialista), mas sim, socioemocional, e essa talvez seja a maior riqueza desta publicação.

Em suma, estou certo de que profissionais da área de TI e gestão de projetos encontrarão valiosos ensinamentos nestas páginas, que servirão de guia e inspiração em suas próprias trajetórias. Mas mesmo que você não pertença a nenhuma dessas áreas, tenho certeza de que tanto seu enredo quanto a forma como foi escrito, vão direcioná-lo a uma aventura corporativa única, uma deliciosa experiência de aprendizado. Aproveite!

André Barcaui
Professor, consultor e palestrante

APRESENTAÇÃO

TI Barata, Resultados Caros é um livro inspirador que conta a história emocionante de um jovem que, diante de um grave incidente, precisou enfrentar inúmeros desafios para ajudar a empresa onde trabalhava a se recuperar.

Com muita criatividade e trabalho árduo, o personagem principal enfrentou uma série de obstáculos, como a falta de recursos e a pressão constante dos superiores.

Ao longo do livro, o leitor é transportado para o universo da empresa em crise e acompanha de perto a trajetória do jovem protagonista. Com uma narrativa envolvente e emocionante, *TI Barata, Resultados Caros* é uma obra que vai inspirar e motivar todos aqueles que buscam superar desafios e alcançar seus objetivos.

SUMÁRIO

1
PRESENTE 17
1.1 Estou de volta 17
1.2 Tarrytown. Seis anos atrás...18
1.3 Muito prazer. Eu sou o Jonas! 21
1.4 Meu primeiro trabalho 22
1.5 O primeiro calote 23
1.6 O segundo calote 24
1.7 Meu primeiro emprego em TI..26
1.8 Base profissional 28
1.9 Alçando novos voos 31
1.10 Construindo uma bagagem em TI...33

2
A GRANDE OPORTUNIDADE.. 47
2.1 O convite...47
2.2 Conhecendo a equipe de TI da Implantsim.....................................50
2.3 Conhecendo a Implantsim e seus colaboradores 55
2.4 Quem foi? 70
2.5 Foi ele. E daí?..75
2.6 Nádia. Um capítulo à parte 80
2.7 Arrumando a casa - Parte 1..84
2.8 Negócio fechado 87
2.9 Sob nova direção 89
2.10 Contratação barata...92
2.11 Arrumando a casa - Parte 2 101

3
TI BARATA: MUITOS PROJETOS E POUCOS RECURSOS 109
3.1 Encontro nacional de vendas..109
3.2 A feira 113
3.3 Projeto de sucesso 1.0 116
3.4 Projeto 5 anos 128

4
PROMESSAS NÃO CUMPRIDAS 135
4.1 Engenharia perde os dados 135
4.2 Falha de segurança 139
4.3 Serviço de e-mail para de funcionar 141
4.4 Caso complicado 143
4.5 Avaliação de desempenho 145
4.6 Falta de energia elétrica 150
4.7 Projeto de sucesso 2.0 152

5
RESULTADOS CAROS 155
5.1 Os ratos são os primeiros a abandonar o navio 155
5.2 Acidente de jogo 160
5.3 Onde foi parar o nosso backup? 165
5.4 Do alto do 9º andar 175
5.5 O ex-herói 177

6
LIÇÕES APRENDIDAS 187
6.1 Projeto de sucesso 3.0 - Novo Servidor ERP 187
6.2 Encontrando a mina de ouro 193
6.3 Os oportunistas 197
6.4 A última madrugada na Implantsim 199
6.5 Investigando a causa 202
6.6 Notícias durante a viagem 207
6.7 Lições aprendidas 209

7
FIM 215

PRESENTE

1.1 Estou de volta

Voltei agora há pouco para o quarto do hotel após um dia de confraternizações.

Foi um dia cansativo, mas estou muito feliz porque entreguei mais um projeto importante.

É muito bom quando entregamos um projeto, melhor ainda quando ele é entregue dentro do prazo e orçamento, do jeito que o cliente solicitou.

Fui o Gerente de Projetos deste projeto internacional de grande porte, no qual envolvemos pessoas de diferentes culturas, línguas, gerações e tecnologias. Foi um desafio enorme e consegui superar as maiores provas que eu já tive até hoje!

A minha base de trabalho é no Brasil, mas hoje estamos comemorando no quartel-general da empresa no Chile. Quartel-general da empresa para assuntos da América Latina e casa dos Vice-presidentes.

O motivo da comemoração? Estamos comemorando a entrega de todos os principais projetos mundiais que ajudaram a companhia a elevar seu faturamento anual, que hoje está na casa dos 3 bilhões de dólares. O meu projeto é um deles e contemplou a abertura de lojas virtuais para duas marcas diferentes, uma de calçados, mundialmente conhecida desde a década de 1960 e outra de vestuário de outra importante marca reconhecida mundialmente. Além das lojas virtuais, iniciamos a abertura de lojas físicas de ambas as marcas espalhadas por toda a América Latina.

Estou hospedado em Santiago, mais precisamente no bairro La Dehesa, um dos bairros mais bonitos da cidade. Ao fundo, tenho a vista da imponente Cordilheira dos Andes, uma vista maravilhosa!

Curioso que novamente estou parado diante de uma janela, mas dessa vez, vendo o mundo sob a ótica de um campeão, muito diferente de anos atrás, quando me deparei com um dos piores momentos da minha carreira profissional e que fez eu duvidar da minha capacidade de trabalhar com tecnologia. Eu tive que ser muito resiliente, persistente, determinado e teimoso para me sentir assim de novo. Era mais fácil desistir, era mais fácil procurar outra coisa para fazer, mas eu jamais saberia se teria dado certo se não tivesse insistido.

A entrega desse projeto fez com que as dúvidas fossem embora.

Sim, eu sou capaz e estou de volta!

1.2 Tarrytown. Seis anos atrás.

Estou no quarto descansando após um longo dia de estudos. Foi um dia cansativo, porém gratificante.

No momento estou passando uma temporada numa escola localizada em Tarrytown, Nova York.

Do meu quarto é possível ver alguns esquilos, prédios do campus, um imenso gramado, muitas árvores, e de fundo, o rio e a ponte Tappan Zee. Posso afirmar que é uma das paisagens mais bonitas que eu já vi e é um prazer enorme estar aqui.

Essa viagem foi postergada por muitos anos. Realizar este sonho de fazer um intercâmbio nos Estados Unidos era um desejo de adolescência. Quando descobri que havia esse tipo de intercâmbio para adultos, decidi que era hora de realizar esse sonho. Foi a melhor coisa que eu poderia ter feito à essa altura da minha vida.

Excelente ocupar a mente com estudo e o corpo com exercícios! Durante o dia estudo inglês e nos intervalos vou para a academia ou faço caminhada pela vizinhança.

A escola oferece muitas atividades para os alunos, mesmo assim, tenho momentos solitários que aproveito para colocar minhas músicas preferidas e andar pelo campus ou pelas ruas da cidade. Às vezes, nem consigo acreditar que estou aqui e vivendo tudo isso. É sensacional!

Cheguei a pensar que ficaria entediado estudando, mas logo vieram as excursões e enfim pude conhecer monumentos, museus, praças, prédios, ruas, avenidas famosas e outros pontos turísticos que eu só conhecia por meio de capas de livros e matérias na mídia.

Conhecer de perto símbolos americanos como o Empire State, a Estátua da Liberdade, a Casa Branca e o Pentágono me fizeram lembrar quando ainda era um garoto. Esses símbolos estavam estampados nos livros de Inglês. Engraçado é que sempre me imaginei nesses lugares.

Na excursão para Washington D.C., tentei visitar um amigo que trabalhou comigo no Brasil, mas infelizmente ele não estava em condições para me receber.

Thomas foi um dos incentivadores para que eu viajasse para os Estados Unidos para aprimorar o Inglês, além de ter acesso à outra cultura. O que talvez Thomas não saiba é que eu me inspirei nele para muitas coisas, porque ele sempre foi um grande executivo. Tenho uma enorme gratidão ao Thomas pelos conselhos e ensinamentos. Seu bom humor contagiava a todos que tiveram a oportunidade de trabalhar com ele. O "Tom", como ficou conhecido, viajava pelo mundo fechando negócios e eu queria ser como ele, viajar pelo mundo e ser um respeitado executivo internacional.

Quando trabalhei na Allair System, havia muitos cursos que eram realizados no exterior e eu sempre me inscrevia. Falei algumas vezes para o Dagoberto, o diretor-presidente da empresa, que eu tinha muito interesse em participar dos cursos, mas ele sempre falava que não dava, que preferia me ver cuidando do departamento e tinha preocupação com o que acontecia quando eu não estivesse presente, por mais que eu soubesse que o time era bom e conduzia muito bem as atividades em minha ausência. O que me deixava triste é que muitos técnicos recusavam essas oportunidades, alegavam absurdos para não viajarem e fazer esses cursos.

Agora eu estava vivendo isso por meio de um curso de intercâmbio internacional e queria que o Tom soubesse que eu consegui, finalmente. Queria agradecê-lo pelo incentivo e inspiração.

Mais para a frente falarei um pouco mais sobre o Dagoberto e o Tom. Por enquanto posso dizer que os dois me ensinaram muito.

De volta a Tarrytown, sigo a rotina de acordar cedo, curiosamente sem o auxílio do despertador. Tomo um café da manhã reforçado e sem pressa, assim como não tenho pressa para concluir todas as demais atividades do dia que se resumem em: estudar, participar de atividades da escola, comer e passear. É complicado acostumar-se com essa liberdade, eu sempre tive horários rígidos para tudo.

Nos últimos oito anos eu saí de férias em três ocasiões e só consegui isso, porque vendi 50% das minhas férias, saindo apenas 15 dias. Nos demais anos eu vendi 100% das minhas férias e não tive descanso. O dinheiro era bom e ajudava no orçamento, mas a falta de descanso gerava um estresse absurdo e hoje entendo que não valeu a pena vender minhas férias. Hoje eu fico feliz mesmo dividindo minhas férias em períodos, porque 30 dias — período de férias no Brasil — corridos é muito tempo ausente para quem está envolvido com projetos e entregas importantes.

O mais estranho é que eu estava acostumado com a venda das férias e hoje que posso passear sem pressa pelas ruas de Tarrytown, sinto-me "culpado", é como se eu estivesse fazendo algo de errado. É estranho.

Tarrytown é um lugar muito especial. Lugar onde ainda é possível ver pessoas deixando seus carros estacionados com a chave no contato, só para se ter ideia.

Durante as aulas fiz amizade com muita gente, mas a turma que passava a maior parte do tempo era formada por pessoas de diversas nacionalidades: Roberto (Itália), Takayuki "Taka" e Nagasue (Japão), Anne Helene (Dinamarca), Hans e Daniela (Alemanha), Susana (Suécia), Renan e Juan (Venezuela), Jasmine (China). Eventualmente surgia gente nova na turma durante as excursões. Infelizmente não lembro o nome de todos.

Um dos pontos altos da viagem foi a excursão para Washington D.C. Ficamos hospedados em Arlington, Virginia. Durante o dia, o ônibus pegava a gente no hotel e visitávamos pontos turísticos e conhecíamos um pouco mais sobre a cultura do lugar. À noite, atravessávamos a pé, a ponte Francis Scott Key com destino a Georgetown. Ainda cruzando o rio Potomac, era possível ver as luzes da cidade.

Todos estavam vivendo dias especiais por motivos diferentes. A maioria estava realizando o sonho do intercâmbio nos Estados Unidos. Eu sentia-me como se estivesse internado em uma clínica, em busca de recuperação.

Coisas engraçadas aconteceram nessas excursões, mas em Washington D.C. foi demais.

Resolvemos parar para comer algo em um dos bares mais vazios e tranquilos, ao som de blues, quando de repente o lugar ficou cheio de gente, assim que um casal de noivos e seus padrinhos atravessaram a rua e entraram no bar. Virou uma festa de casamento!

Taka, que aparentava ser um dos mais tímidos, transformou-se e dançou com os noivos, padrinhos e convidados.

Quando pensei que já tinha visto de tudo, Taka apareceu cantando algo desafinado abraçado ao cantor de blues que fazia o show no lugar.

Tivemos pouco tempo para dormir naquele último dia de excursão, porque às 8h daquela manhã, nosso ônibus partiria de volta para Tarrytown.

Antes de voltar ao Brasil, ainda aproveitei uma excursão para Las Vegas, onde tivemos o casamento simbólico de Daniela e Hans em uma capela próxima ao hotel e ainda pude ver os colegas bêbados cantando com um cover do Elvis.

A minha despedida coincidiu com uma noite especial em Nova York numa balada onde o DJ era will.i.am e ele ainda tocou muita música brasileira.

Sabia que em poucos dias estaria de volta ao Brasil. Eu já estava preocupado com meu futuro desde o dia que pisei nos EUA. Confesso que os passeios, festas e os estudos me fizeram esquecer um pouco de tudo que aconteceu, mas a grande verdade é que eu estava desempregado. Não sabia o que iria encontrar pela frente. Era um misto de otimismo com preocupação.

Faltando três dias para voltar para casa, uma empresa multinacional de telecomunicações encontrou meu currículo na internet, fizemos uma entrevista via videoconferência e fui informado que eu tinha sido o escolhido no processo, faltando apenas um dia para meu retorno ao Brasil.

Foi mágico! Agora estava voltando para casa com um novo emprego, uma nova chance.

Antes de pegar o taxi até o aeroporto, fiz questão de cumprimentar os amigos, professores e funcionários da escola. Todos contribuíram para que eu crescesse nesse momento do intercâmbio.

Esse lugar incrível chamado Tarrytown me curou. Trouxe um pouco de paz para minha vida. Prometi que um dia eu voltaria para esse lugar para demonstrar o meu sentimento de gratidão.

1.3 Muito prazer. Eu sou o Jonas!

Antes de contar a história que me levou a escrever o livro, gostaria de me apresentar:

Eu sou o Jonas, tenho 35 anos, sou gerente de TI, fascinado por tecnologia e tudo que gira em torno dela.

Comecei a trabalhar cedo, com 10 anos de idade, mas só tive a oportunidade de começar a trabalhar com tecnologia quando completei 16.

Aprendi bem cedo que tinha que trabalhar para conquistar as coisas que eu sonhava e confesso que ganhar meu próprio dinheiro sempre foi motivo de alegria.

Em um evento de portas abertas da faculdade, decidi na 7ª série que eu seria um profissional de tecnologia.

Tive sorte de ter pais maravilhosos que jamais limitaram meus sonhos. Eu "voava" longe na imaginação, mesmo sabendo que a vida era dura para eles. Minha "saída" para uma vida melhor estava diretamente relacionada à minha força de vontade, a muito estudo e a uma fé inabalável.

Eles esforçavam-se bastante para garantir que eu continuasse estudando e enquanto estivesse em colégios públicos, sabia que poderia contar com o apoio deles para alimentação, transporte e material escolar.

Como a faculdade era um sonho ainda distante, eu pensava que se começasse a trabalhar cedo, eu teria dinheiro suficiente para pagar uma faculdade particular na qual tinha o curso que eu queria fazer.

Com 10 anos de idade, aproveitando uma oportunidade, comecei o que chamo de meu primeiro trabalho.

1.4 Meu primeiro trabalho

Agradeço à professora Glorinha, por explicar às crianças de 8 anos da 2ª série que Papai Noel não existia.

Cansada com a bagunça da criançada, soltou uma frase que fez aquela turminha chorar.

— Crianças, prestem atenção! — Disse Glorinha batendo palmas.

— Vocês são grandes o bastante para saber que Papai Noel não existe! Esses brinquedos são fruto do esforço dos seus pais! — Continuou ela esbravejando para a tristeza geral das crianças na sala.

Tudo bem, não foi um trauma que carrego com tristeza, mas minha mãe disse que nesse dia eu chorei bastante. Passou.

Acho que isso até ajudou, porque eu realmente comecei a perceber as dificuldades as quais vivíamos e tive mais ciência sobre a realidade dura da qual eu fazia parte. Morando em uma vila de casas simples que ficavam em volta de um quintal, comecei a observar com mais atenção a habilidade que meus pais tinham para pagar o aluguel, despesas e criar dois filhos.

Meus pais trabalhavam durante a semana e nos fins de semana procuravam fazer algo para ganhar um pouco mais de dinheiro. Minha mãe era encarregada de produção em uma fábrica de roupas e, nos finais de semana, alternava entre trabalhar na fábrica em períodos de grande produção ou fazer consertos de roupas para os vizinhos e clientes próprios. Meu pai era metalúrgico, mas tinha um hobby que era tocar bateria nos fins de semana. Ele tocava em um restaurante que ficava na estrada entre Mogi das Cruzes e Bertioga. Muitas vezes eu ia com ele, gostava de vê-lo tocar.

Vendo o movimento do bar, percebi que eu tinha uma oportunidade de trabalho. Arrumar as fichas, separando-as por tipo de produtos. O bar recebia o dinheiro no caixa e entregava para os clientes uma ficha com o tipo de produto adquirido. O cliente então chegava no balcão, entregava a ficha e pegava o produto. O atendente do bar mal tinha tempo de atender o grande volume de clientes, e alguém do caixa tinha que correr até o balcão, pegar as fichas e ficar procurando a ficha correta para novamente entregar a um cliente.

Convenci o dono do restaurante que eu poderia pegar as fichas e entregá-las arrumadas no caixa, separadas por tipo de produto. Era o trabalho mais legal do mundo e eu me sentia superimportante!

Ainda hoje lembro com carinho daquele sentimento ingênuo quando eu recebia uns trocados por ter feito aquela atividade. Não era pelo dinheiro, era por acreditar que realmente estava fazendo algo importante, sendo útil. Mais do que o dinheiro, ao receber os elogios pela agilidade e utilidade do meu trabalho, eu ganhava o meu dia! A gente perde um pouco esse sentimento conforme crescemos, principalmente quando não trabalhamos com algo que nos dê prazer em fazer. Nem sempre o que mais gostamos de fazer é o que garante o nosso sustento.

No final do dia, meu pai exausto e feliz de tocar a tarde inteira e eu todo feliz por ter ganhado uns trocados na atividade que eu chamo de meu primeiro trabalho.

Gostaria de sentir novamente aquela sensação de que o dinheiro é uma consequência e não o motivo pelo qual eu acordo cedo para ir trabalhar.

1.5 O primeiro calote

Depois que descobri que trabalhar dava dinheiro, inventei coisas mirabolantes e os resultados foram igualmente bizarros.

Certo dia, brincando na rua com os meus amigos, descobri que uma pequena fábrica de brinquedos caseiros havia se instalado na nossa rua.

As exigências eram mínimas, eu só tinha que estar matriculado na escola e passaria meio período montando brinquedos simples. A única restrição é que, como eu só tinha 10 anos de idade, meus pais deveriam autorizar.

Enchi tanto a paciência da minha mãe que ela aceitou, contanto que eu não perdesse o rendimento na escola.

Assinou o tal termo e comecei a trabalhar no dia seguinte.

Aquilo não tinha como dar certo, era uma fábrica clandestina, com documentos falsos e descobrimos isso da pior forma. Um dia cheguei para trabalhar e a fábrica estava fechada com a polícia na porta. Eles não pagaram o aluguel, nem as pessoas que trabalhavam lá. Trabalhei dois meses sem receber um centavo e ainda gerei uma dívida na sorveteria que funcionava ao lado da fábrica. A dona da sorveteria também acreditou na mesma história e deixava todo mundo comprar sorvete anotando numa caderneta, na esperança de que no fim do mês, todos pagariam suas contas.

Fiquei decepcionado, não entendia muito bem o que estava acontecendo. Além disso, minha mãe ainda pagou a conta na sorveteria. Isso me fez muito mal.

Meus pais, vendo a decepção, conversaram comigo e explicaram que apesar de eu querer muito ajudar, eles prefeririam que eu me dedicasse aos estudos porque eles ainda conseguiam nos manter estudando até um certo ponto.

Foi o que eu fiz. Dediquei-me aos estudos até chegar à idade mínima permitida de 16 anos, então comecei a procurar novamente um trabalho, dessa vez, com contrato.

1.6 O segundo calote

Assim que completei 16 anos, providenciei a documentação necessária para trabalhar e fui em busca de uma posição no mercado de trabalho.

Eu já sabia desde a 7ª série que eu ingressaria na área de Tecnologia da Informação, então não foi surpresa para os meus pais quando eu decidi participar de um concorrido processo para ingressar no único colégio técnico da região com curso voltado para tecnologia.

Foram milhares de candidatos concorrendo a 120 vagas naquele ano. Não foi fácil, mas consegui. Havia conquistado uma vaga para estudar o que eu queria, mas o material de estudos era caro e nem computador eu tinha. Então como o curso era noturno, resolvi intensificar minha procura por um emprego e trabalhar durante o dia. O curso era de quatro anos, então queria de fato estar preparado para pagar minha faculdade.

Procurar emprego nessa época era difícil. Atualmente temos muitos serviços via aplicativos e sites que oferecem vagas de emprego e nos conectam às oportunidades, mas na década de 1990, mais precisamente em 1991, procurar emprego consistia em deixar o currículo impresso em uma agência de empregos. As agências eram escritórios que faziam o papel dos sites de busca de empregos dos dias de hoje. Outra forma de se cadastrar para as vagas existentes era deixar o currículo impresso nas portarias das empresas.

Queria atuar como tecnólogo, mas o que eu consegui foi um emprego de ajudante numa outra fábrica de brinquedos. Não era o que eu queria ainda, mas como precisava pagar o material de estudos e meu transporte, aceitei o trabalho até que pudesse finalmente trabalhar com tecnologia.

No início tudo ia bem, recebia em dia e conseguia comprar todo material de estudos.

O dono da empresa Souza&Souza Confecções gostava que eu fosse com ele em todas as viagens onde entregávamos os produtos. Aprendi muito com ele. Antes de ser o proprietário, Souza era um engenheiro mecânico e prestou serviços de manutenção na indústria. O seu conhecimento era muito amplo, mas Souza desconhecia qualquer pauta relacionada a Finanças e Administração.

Deixou que seus filhos tomassem conta de tudo e, cada um deles, fazia retirada de grandes quantias e isso gerou um "rombo" que um dia veio à tona. O último grande gasto foi para pagar o casamento do filho mais velho. Souza tirou uma quantia para pagar toda a festa, mas se esqueceu de uma regra básica: o dinheiro era da empresa, não era dele e a empresa "cobrou" caro por isso.

Em pouco tempo a empresa começou a atrasar o salário do pessoal até que um dia Souza retirou todos os equipamentos do local na calada da noite e sumiu.

No dia seguinte, todos chegamos para trabalhar e descobrimos que ele e sua família haviam mudado para um lugar desconhecido e teriam dado um calote em todos os funcionários.

Muito estranho, mas eu estava passando pela mesma situação.

Não me abalei como na primeira vez, mas confesso que me tornei mais cético em relação ao ser humano. Puxa vida, logo eu que era tão próximo dele? Fiz meu trabalho, não faltei um dia sequer...

Enfim, tinha que seguir em frente e não tinha tempo para ficar me lamentando, então voltei a procurar um novo trabalho e foquei em procurar por algo em tecnologia, a área que decidi atuar.

Não demorou muito para que eu encontrasse um novo emprego, onde tive a oportunidade de montar minha primeira base de conhecimento em TI e suas várias áreas.

1.7 Meu primeiro emprego em TI

Na escola eu era um bom aluno, interessava-me principalmente pelas aulas de linguagem de programação e tive professores muito bons. Era uma época romântica da TI e as linguagens de programação que eram ensinadas eram as clássicas Assembly, C, C++, Fortran, Java, Pascal, Cobol e Basic.

A falta de um computador em casa era compensada com a utilização dos computadores do laboratório da escola. Eram poucos e muito antigos, mas suficientes para codificarmos e rodarmos os programas para treinar.

Fazendo o mesmo processo da última vez, visitei agências de empregos e listei todas as empresas de tecnologia da cidade. Fui em cada uma delas entregar pessoalmente meu currículo, mas ao deparar com a fachada da Nacional Automática, encontrei a oportunidade que eu procurava.

Wilson, o proprietário, recebeu-me quando eu já estava virando as costas para ir embora. Ele abriu uma pequena janela de vidro e perguntou o que eu queria. Foi engraçado, a empresa já estava fechada e por alguns segundos ele já não estaria lá para me atender.

Expliquei que estava procurando emprego e perguntei se poderia deixar meu currículo com ele. Ele disse que sim, pegou o currículo e fechou a pequena janela da porta. Por um momento, pensei que ele tivesse me ignorado, mas assim que virei as costas novamente para ir embora, a porta abriu-se e ele me convidou para entrar e conversar. Disse que estava mesmo pensando em alguém para ajudar tanto na parte administrativa quanto técnica. Expliquei que estava cursando Processamento de Dados no segundo grau técnico, conversamos um pouco e então ele fez o convite para que eu começasse a trabalhar já no dia seguinte.

Wilson tratou logo de me apresentar a empresa e explicar minhas atividades. Assim que entrei no escritório, vi diversos computadores, monitores e impressoras na bancada, prontos para serem entregues. Ainda lembro como se fosse hoje.

A primeira pessoa apresentada foi a recepcionista, ela ficava no local onde os clientes aguardavam atendimento.

Estamos falando do início dos anos 1990 e na recepção ficavam expostos microcomputadores 386 e 486, impressoras matriciais e fitas de impressão, aparelhos e bobinas de fax, cartuchos de tinta para impressoras jato de tinta, disquetes, enfim, tudo que havia de tecnologia disponível na época.

Para os mais novos, muitos desses equipamentos e suprimentos podem ser encontrados em museus ou numa consulta ao Google, mas naquela época, eram produtos de alta tecnologia e remetiam à modernidade. Não tenho certeza de valores, mas o custo para comprar e manter um computador era alto e a maioria dos clientes eram empresas, membros de órgãos públicos, bancos e pessoas bem-sucedidas.

O computador campeão de vendas naquela época era o que possuía o processador 386 SX. Quando recebíamos uma encomenda, nós montávamos o computador de acordo com a configuração escolhida pelo cliente. Sim, o computador era montado, juntando peças compradas de fornecedores distintos e a gente tinha que torcer para que não ocorresse alguma incompatibilidade entre essas peças, algo muito comum naqueles tempos.

Depois de conhecer a estrutura no piso térreo, logo fui apresentado ao primeiro andar, onde ficavam Eduardo, filho do Wilson e Mauro, o técnico roqueiro.

Eduardo era o nerd raiz com óculos com armação remendada e jaleco cheio de canetas e lapiseiras. Até os trejeitos do Eduardo era de um nerd. Eduardo ouvia música clássica quando chegamos à sua sala. Eduardo tinha a função de desenvolver sistemas, desenvolvia numa linguagem de programação pouco conhecida, chamada Joiner[1]. Era muito parecida com a sintaxe (forma de programar) com uma famosa linguagem de programação da época chamada *Clipper*. Também era responsável pela montagem de computadores, manutenção em redes de computadores e a manutenção mensal nas grandes empresas da região.

Ao visitar a última sala do primeiro piso, conheci Mauro. Ele era o responsável pelo conserto de impressoras, manutenção de equipamentos em empresas, entregas de equipamentos novos etc.

O estilo do Mauro era o oposto de Eduardo, e em sua sala, no final do corredor, ouvia-se um *rock and roll* alto. No dia da minha chegada estava tocando Henry Rollins enquanto ele mergulhava a cabeça de impressão de uma impressora matricial num recipiente com álcool isopropílico.

---

[1] JOINER (linguagem de programação). Wikipédia, 4 de jun. 2015. Disponível em: https://pt.wikipedia.org/wiki/Joiner_(linguagem_de_programa%C3%A7%C3%A3o). Acesso em: 10 maio 2018.

Wilson explicou que, além da empresa de tecnologia, no mesmo espaço funcionava uma empresa de serviços gráficos, então ele dividiria minha atividade nas duas empresas. De manhã eu fazia trabalhos administrativos como office-boy, visitando bancos e fazendo entregas de produtos gráficos como adesivos e cartões de visita. À tarde, trabalhava com Eduardo e Mauro no laboratório, a parte mais legal do meu dia! Para quem estava estudando tecnologia, aquilo era um sonho, porque eu aprendia sobre desenvolvimento de software, infraestrutura, hardware e serviços.

Todos os dias eu aguardava ansiosamente pelo período da tarde. Lá eu realmente aprendia tudo que eu queria e todo aprendizado me ajudava muito no colégio técnico à noite. Eu era um dos poucos que estudavam e atuavam na área.

1.8 Base profissional

A venda de computadores e a procura por serviços técnicos especializados cresceram consideravelmente naquela época e logo fui convidado a ficar integralmente na função de técnico externo, deixando de lado as atividades burocráticas da administração para outra pessoa.

Às vezes, a Nacional Automática ficava lotada de gente para comprar ou consertar equipamentos. Mauro, Eduardo e eu descíamos até a recepção para ajudar no atendimento.

Fatos curiosos dessa época é que quem comprava um microcomputador para usar em casa, tinha que desembolsar um bom dinheiro, o serviço de e-mail era pago, tipo de impressão mais comum era matricial (aquela de agulhas barulhentas), modem era externo e fazia um barulho de aparelho de fax com conexão discada. Sim, o aparelho de fax ainda era um item essencial para comunicação em ambientes corporativos.

Nelson, Eduardo e Mauro foram meus primeiros mestres em TI. Foram eles que me ensinaram, na prática, tudo sobre computadores e redes, os primeiros passos no desenvolvimento de software e prestação de serviços técnicos. Devo muito a eles por todo o ensinamento.

Além disso, eu aprendi muito sobre disciplina com Eduardo. Tenho várias histórias dessa época, mas uma que gosto de lembrar é sobre o teclado com teclas sem cor, sem a descrição dos caracteres, ou seja, um teclado em branco que, para usá-lo, eu tinha que decorar a posição de cada tecla. Quando terminávamos de montar um computador, Eduardo passava-me uma série de atividades para testar o equipamento e garantir que ele estava bom para ser entregue. Por ser um equipamento montado com peças de diferentes fornecedores, era muito comum encontrarmos incompatibilidade que faziam a máquina travar intermitentemente após um tempo, por isso era importante deixá-la ligada e com o maior nível de processamento possível. Às vezes, ele colocava algum texto, até mesmo trabalho de faculdade dele para que eu digitasse enquanto testava a máquina.

Era nessa hora de testar o computador recém-montado que ele me entregava aquele teclado sem identificação das teclas, porque ele queria me ajudar a digitar sem olhar para o teclado, queria que eu apenas memorizasse a posição dos dedos em relação às teclas e com isso eu não teria que ficar olhando para o teclado para digitar. Para ajudar, na parede ele havia colado um layout de teclado com uma sugestão de quais dedos deveriam ser utilizados para cada tecla.

Confesso que demorou, mas um dia, sem que eu percebesse, eu estava digitando rapidamente, olhando diretamente para a tela e isso me ajuda muito até hoje.

Outra lição que guardo do Eduardo sobre disciplina é que ele era muito organizado no desenvolvimento de software. Ele comentava bem seu código e sempre dizia que um bom desenvolvedor não tem medo de passar seu conhecimento à frente, de deixar seu código limpo e legível para que qualquer outra pessoa que tivesse acesso ao código, entendesse perfeitamente e pudesse fazer a manutenção necessária sem dificuldades.

Eduardo era tão bom desenvolvedor que um dia ganhou uma versão vitalícia da linguagem de programação na qual ele desenvolvia suas soluções. Isso aconteceu porque Eduardo era um assíduo colaborador da fabricante e geralmente enviava ideias e sugestões de melhorias para que ele pudesse ser mais produtivo e a fabricante aproveitava as ideias para evoluir seu produto.

Eduardo não era bom motorista, aliás, era péssimo. Do tipo que durante uma manobra simples de estacionar, batia nos carros da frente e de trás, até conseguir parar torto na vaga. E não importava se o trajeto era curto, ele sempre calculava muito mal a velocidade na entrada de alguma curva e isso rendia grandes sustos! Sério, eu tinha medo de fazer alguma entrega ou serviço externo quando o motorista era o Eduardo.

Nesse ponto, eu preferia fazer trabalhos externos com o Mauro. Além de chegar sem sustos, escutávamos *rock and roll* e o papo ia além de tecnologia.

Foram anos incríveis em minha vida! Nessa fase eu já conhecia bastante sobre software e hardware, muito mais que os colegas da escola que apenas estudavam a teoria. Não ganhava muito dinheiro, mas era o suficiente para ajudar em casa e pagar minhas contas. Na verdade, isso estava em segundo plano, porque eu tinha real noção que estava aprendendo muito enquanto trabalhava ali.

É muito importante para um jovem ter a oportunidade de aprender na prática atividades relacionadas com o que ele deseja fazer no futuro. Eu já sabia que trabalharia com Tecnologia da Informação e aquele lugar foi mais que uma escola, foi um celeiro de ideias, o início da minha carreira profissional. Ainda hoje, uso muitos ensinamentos daquela época, claro que adaptando às novas tecnologias, às novas metodologias.

Se Eduardo me ensinou muito sobre desenvolvimento e disciplina, Mauro me ensinou que o lado interpessoal é tão importante quanto. Se por um lado Eduardo era muito competente e altamente capacitado para montar uma rede de computadores e desenvolver sistemas complexos, Mauro tinha a habilidade de se comunicar bem com os clientes. Lembro que quando visitávamos grandes companhias, Mauro tinha essa habilidade mais relacionada ao negócio. Ele falava a mesma coisa sem falar uma palavra técnica e o cliente entendia tudo. Eu aprendia com ambos.

Wilson anotava em uma ficha laranja todas as minhas atividades principais. Cada participação em venda, conserto ou implantação de rede geravam comissões que eram adicionadas ao meu salário no fim do mês. No dia do pagamento, Wilson deixava-me por último e eu esperava ansiosamente por aquele momento, enquanto Mauro me aguardava do lado de fora da empresa para me dar uma carona até o colégio.

Wilson então pegava a ficha, ligava sua calculadora gigante e começava a calcular todas as comissões que eu tinha direito. Cada vez que teclava no sinal de "+", o papel disparava em minha direção, acho que meu coração disparava também, porque sabia que era mais dinheiro que eu receberia.

Essa época foi essencial para que eu pudesse me preparar para novos desafios que estavam por vir. Na escola eu conversava com os professores sobre diversos assuntos que eu vivia na prática durante o dia e aquilo me deixava muito orgulhoso. Mauro, Eduardo e Wilson ensinaram-me muito, fizeram um excelente trabalho para a minha formação profissional.

Um dia Mauro decidiu sair da empresa. Fiquei realmente triste com a perda do colega de trabalho, porque aquele convívio era uma fonte de inspiração. Ele recebeu o convite para trabalhar em uma importante multinacional americana em São José dos Campos, mas não esqueceu do amigo e, às vezes, ainda passava na empresa para me dar uma carona. Ele saiu da empresa, mas a amizade permaneceu.

É assim que funciona. Um dia a oportunidade surge e você precisa fazer escolhas. E não foi diferente comigo, a oportunidade surgiu e eu estava preparado para ela. Eu havia iniciado o curso de Sistemas da Informação na faculdade e os custos ficaram maiores. Recebi uma proposta de emprego com muitos benefícios importantes e decidi aceitar o convite.

Sinto que deixei Eduardo e Wilson chateados, porque a oportunidade exigiu que eu me transferisse em duas semanas para outra empresa.

Deixei para trás a Nacional Automática, mas levei comigo todo o conhecimento e gratidão!

1.9 Alçando novos voos

O colegial técnico tinha duração de quatro anos, mas descobri que havia um jeito de concluí-lo em três.

E qual seria a vantagem? Ir o mais rápido possível para a faculdade e conseguir melhores oportunidades.

Eu achava que tecnicamente, a faculdade seria muito mais avançada que o colegial técnico, mas não foi bem assim. Fui muito mais exigido nas matérias do curso técnico do que na faculdade, mas a faculdade permitiu que eu abrisse a mente para outras matérias tão importantes quanto as matérias técnicas.

No colegial, as matérias preferidas estavam relacionadas com linguagens de programação, enquanto na faculdade, gerenciamento de projetos.

Uma coisa que eu aprendi é que faculdade é um lugar excelente para você expandir seu *networking*. E foi justamente o poder do *networking* que me levou para uma nova oportunidade de emprego.

Enquanto conversava com um grupo de amigos no intervalo, Roberta comentou que seu namorado estava à procura de uma pessoa para ocupar a vaga de gestor do departamento de TI da nova filial da empresa em que ele trabalhava. Como essa pessoa trabalharia sozinha no departamento, exigiam que a pessoa tivesse boas noções de desenvolvimento de software, administração de redes e infraestrutura, ou seja, essa vaga tinha tudo a ver comigo.

O salário era o dobro do que eu ganhava na época e ainda havia benefícios que eu nem sabia que as empresas ofereciam.

Participei do processo de seleção e em poucas semanas eu estava contratado pela Midiatore.

Na Midiatore eu era o responsável pelo departamento de TI, prestava suporte ao usuário, desenvolvia pequenos sistemas em parceria com a equipe da matriz e administrava os servidores de rede e arquivos.

A empresa era pequena e estava começando com a venda de celulares, que era uma novidade cara. A diferença dos aparelhos celulares daquela época para os smartphones de hoje é que naquele início, não havia muitas opções e dependiam de concessões de linhas para funcionar no Brasil.

A Midiatore, que inicialmente começou oferecendo nos anos 1990, um tipo de consórcio para aquisição de linhas fixas residenciais e comerciais, viu essa oportunidade de também oferecer os aparelhos celulares aos seus clientes. Os primeiros aparelhos celulares eram grandes, pesados e feios. Tinham baterias que duravam poucas horas e a ligação era cara. Mesmo assim a loja vendia bem.

O negócio da Midiatore progrediu por um tempo, até que as grandes companhias estatais fossem privatizadas e esses serviços evoluíram e passaram a ficar mais baratos.

Houve um período importante de expansão da malha de linhas telefônicas fixas e as empresas migraram o modelo de aquisição da linha como um serviço e começaram a oferecer serviços mais inteligentes a partir de um pacote mensal.

A telefonia celular também passou por uma grande mudança, ainda mais quando chegaram ao mercado pacotes de serviços pré-pagos e aparelhos celulares mais populares. Com essa expansão, as pessoas tiveram acesso a ambos os recursos no mesmo aparelho e empresas como Midiatore perderam a razão de existir.

Eles "lutaram" por um tempo, tentaram migrar a atuação para o mercado de *pagers*. Muitos profissionais amavam aqueles aparelhinhos que já haviam saído de moda nos Estados Unidos e seus valores por aqui eram bem interessantes. Caso você não tenha ideia do que estou falando, *pager* era um aparelho eletrônico que só recebia mensagens de texto encaminhados por uma central de atendimento. Sim, ele só recebia mensagens e para receber uma mensagem, alguém tinha que ligar na central de atendimento, falar com um atendente, explicar para quem estava mandando a mensagem e falar que mensagem gostaria de enviar. Rapidamente o aparelho vibrava ou tocava com a mensagem. Ótimo para profissionais que precisavam estar conectados com clientes e familiares de forma simples e barata. Muitos dos nossos clientes eram médicos, que recebiam chamados ou informações dos hospitais e clínicas informando sobre o estado de seus pacientes ou emergências.

Claro que quando você vê um aparelho celular hoje, não consegue imaginar como esses dois serviços de telefonia celular e mensagens andavam separados, mas é verdade.

Isso durou um tempo e logo os celulares mais recentes incorporaram o serviço de mensagens no mesmo aparelho e o *pager* também deixou de ser um aparelho que sustentasse um negócio com diversos empregados. É engraçado lembrar que por alguns anos as pessoas mais conectadas no mundo tinham esses dois aparelhos na cintura. Pareciam que todos tinham um cinto do *Batman*, cheio de acessórios.

Foi só uma questão de tempo para que a tecnologia das grandes empresas de tecnologia chegasse para vender aparelhos celulares mais modernos, mais leves, com baterias de maior durabilidade, com preços mais competitivos e com um modelo comercial de venda mais agressivo. Os novos aparelhos já vinham com softwares para troca de mensagens SMS e apesar de ter que pagar por SMS enviado, as novas tecnologias e modelos de negócio fizeram empresas como Midiatore se tornarem obsoletas rapidamente.

Em pouco tempo, a Midiatore fechou suas portas e eu fui em busca de uma nova oportunidade para pagar a faculdade e continuar minha trilha na área de TI.

1.10 Construindo uma bagagem em TI

Depois da Midiatore, eu voltei a trabalhar em Mogi das Cruzes em uma empresa chamada Opentecky. Eu era técnico externo e prestava serviços de manutenção em grandes empresas da região. Pelo menos quatro vezes por semana eu estava em uma dessas empresas para cumprir nosso contrato de manutenção, e quando não estava, trabalhava em atendimentos avulsos ou consertava equipamentos no laboratório da empresa.

Havia uma espécie de rodízio de técnicos nas empresas atendidas pela Opentecky, porque Ronaldo, o dono, já tinha experimentado a sensação de perder técnicos para os clientes. Depois de um tempo, alguns clientes tinham preferência em contratar os técnicos que já estavam acostumados com seus ambientes. Também era comum o técnico, diante de tantos benefícios, candidatar-se às vagas disponíveis nesses clientes. Diante dessa situação,

Ronaldo alterou seu contrato de serviços, adicionado uma cláusula de proteção para evitar que clientes contratassem seus funcionários e adotou o rodízio de técnicos nas empresas.

Para cada cliente, um carro popular e uma pasta estilo 007 cheia de ferramentas e acessórios. O trabalho consistia em atender qualquer tipo de chamado de TI, desde substituir equipamentos danificados, levá-los ao laboratório para conserto, trocar cartuchos, fitas e *toners* de impressoras, verificar e instalar ponto de rede e telefonia, configuração de dispositivos e instalação de software.

Em um desses atendimentos, numa grande indústria fabricante de tratores chamada Tratortsu, recebi uma proposta para trabalhar com eles. Toshio era um dos responsáveis da área de Tecnologia da empresa e gostava do meu trabalho. Fez o convite me explicando que eu ganharia metade do salário que eu ganhava na época como técnico externo, mas aprenderia muito sobre o ambiente de TI de uma multinacional com mais de 200 subsidiárias espalhadas pelo mundo. A minha função seria muito parecida — suporte técnico aos usuários —, mas eu teria a oportunidade de aprender novas tecnologias à medida que eu faria parte dos projetos da empresa.

A única dificuldade que eu tinha era a questão da língua, já que a maioria dos executivos era estrangeira, principalmente do Japão, então tive que me adaptar rapidamente e entender novas línguas e novas culturas. Aprendi coisas como configurar o sistema operacional observando apenas os ícones que são padrão para todas as línguas. Essas coisas obviamente geravam alguns comentários positivos para meus gestores, devido ao meu esforço para atender e resolver problemas, mesmo diante de adversidades.

Com o passar do tempo, os funcionários do departamento de tecnologia, que eram em sua maioria profissionais mais velhos e experientes, começaram a me passar mais coisas para fazer, enquanto liberava-os para fazerem atividades "mais nobres", que lhes davam mais visibilidade na companhia. Eu obviamente ficava contente com a confiança que eles tinham por mim. E quanto mais eu liberava o tempo deles para projetos maiores, mais responsabilidades eu assumia e mais conhecimento eu assimilava, tornando meu perfil bem generalista.

Na Tratortsu eu aprendi muito sobre organização e humildade. Eles tinham o programa 5S[2] enraizado nos processos da empresa e isso significava que todas as áreas eram muito organizadas, padronizadas e extremamente

---

[2] O 5S é um programa de gestão para melhorar diversos pontos de uma empresa, como a organização, limpeza e padronização. Foi criado no Japão e originalmente significa Seiri, Seiton, Seis, Seiketsu e Shitsuke.

limpas. Limpeza inclusive, era o assunto principal das sextas-feiras. Todos os funcionários paravam suas atividades, 30 minutos antes do horário de saída para deixar tudo limpo. Eu mesmo presenciei o presidente da empresa do lado de fora do escritório, pegando bituca de cigarro, provavelmente deixado por visitantes desavisados, porque quem vivia aquela cultura, jamais jogaria um lixo no chão.

Também aprendi com eles sobre novas tecnologias, mesmo que muitas vezes, isso me custasse uma noite mal dormida, porque devido ao fuso horário, eu tinha que aguardar até meia-noite para iniciar uma atividade junto com a matriz.

Foram muitos ensinamentos como autocontrole, separar crítica profissional do pessoal, senso de urgência e organização. Foi difícil pela falta de experiência, mas aproveitei tudo de melhor que cada um pôde me dar.

Vivi intensamente todas as oportunidades. Exemplo disso foi ter participado da premiação anual de inovações. Era um evento muito aguardado. Os vencedores que apresentassem a melhor solução para a empresa, seriam premiados com uma viagem para conhecerem a matriz no Japão.

O TI nunca havia participado, porque era sabido que tecnologia não era o forte da bancada de jurados, composta exclusivamente por executivos que atuavam nas linhas de produção dos tratores. Montei um time de TI, mas todos estavam sem tempo e acabei criando sozinho, um sistema que seria responsável por gerenciar os atendimentos de tecnologia.

A bancada gostou da apresentação, mas não levamos o prêmio principal e acabamos agraciados com alguns eletrônicos, que doamos para uma instituição que cuida de crianças com deficiência intelectual.

Anos depois, durante a visita de uma consultoria de TI para corrigir um problema em nosso servidor de e-mails, um dos consultores me perguntou quem havia criado aqueles sistemas que tínhamos no portal. Ele disse-me que estava procurando alguém que desenvolvesse naquela tecnologia para participar de grandes projetos que eles tinham em bancos, seus principais e mais valiosos clientes.

Estava novamente diante de uma oportunidade, mas dessa vez, era uma oportunidade que pagaria três vezes mais que o valor do meu salário da época. O que eu ganhava mal pagava a faculdade, e muitas vezes contei com a ajuda dos meus pais, acreditando fielmente na ideia de que aquela fase seria crucial para meu futuro.

Minha cabeça ficou a mil, porque eu imaginei o que eu poderia fazer com aquele dinheiro, mesmo que tivesse que viajar todos os dias para São Paulo novamente.

Assim que fui informado sobre o final do meu contrato na Tratortsu, agradeci ao Toshio pela oportunidade, por todo aprendizado e aceitei o convite daquele consultor para trabalhar como desenvolvedor.

Trabalhei alguns anos nessa consultoria como gerente de projetos. Foram projetos de fábrica de software, onde eu pude aprimorar a habilidade de ouvir o cliente, alinhar expectativas entre o cliente e o time de desenvolvimento, negociar projetos e prazos. O bom de trabalhar em consultoria com clientes dos mais variados nichos de mercado, é que a gente aprende que TI é TI em todo lugar. Um dia estava falando sobre projeto para uma grande instituição financeira, no outro estava falando sobre projetos numa indústria de refrigerantes ou de fraldas. Não importava qual era o negócio, a gente tinha que entender como tudo funcionava. Se era produção, de onde vem os insumos? São importados? Como o produto é feito? Quais são as áreas envolvidas? Quais são os diferenciais dessa empresa?

Com o passar do tempo, havia adquirido a habilidade de falar diferentes "línguas" de negócios. Falava com a área de negócios, entendia o que eles queriam e traduzia para a área de desenvolvimento. Do desenvolvimento, traduzia de volta para a área de negócios e essa experiência me fez crescer muito. Tanto que em poucos anos, lá estava eu novamente buscando novas oportunidades, de preferência, alguma no qual eu não dependeria de contrato como cooperado ou pessoa jurídica. Queria muito encontrar um lugar onde eu pudesse construir algo que fosse duradouro, que me fizesse me sentir em casa, se é que isso era possível. Queria não ter mais a hora de ir embora, porque o projeto foi entregue com sucesso. Queria viver o projeto entregue, do ponto de vista do cliente.

O mercado estava bem aquecido e então recebi outro convite de trabalho por meio da indicação feita por um dos nossos clientes. É a coisa mais legal, você entregar um projeto e esse cliente te indicar para outros clientes.

Henry, o diretor de tecnologia da Allair System, foi quem me entrevistou. Na metade da entrevista, ele chamou o Dagoberto, o dono da empresa. Eu não sabia que Dagoberto era o dono da empresa e foi melhor assim.

Dagoberto chegou com a roupa toda amassada, camisa aberta e para fora da calça, parecia que tinha acabado de acordar. Tinha uma aparência de quem não tinha gostado de ser convidado para a entrevista e que pouco estava se importando com a minha presença.

Henry falou:

— Olha isso, cara! Esse é o aplicativo que eu comentei contigo! É praticamente um sistema de gestão de relacionamento para nossos clientes.

Pedindo que eu abrisse novamente as telas de um projeto antigo, Dagoberto pareceu "acordar" e a se interessar. Começou a pedir coisas que eu não poderia ajudar, como mostrar os dados da empresa dona do projeto.

— Você não consegue me mostrar os dados na tela? — Perguntou Dagoberto.

— Não consigo. Eu só tenho as telas, podemos cadastrar alguns dados fictícios agora para testarmos o sistema.

— Ah, pensei que tivesse alguns dados desse cliente para eu ver. — Insistiu Dagoberto.

— Infelizmente eu não tenho. Desejam ver algo mais? — Respondi com a sensação de que eu não havia passado na entrevista.

Eles agradeceram, falaram que o processo continuaria com outros candidatos e todas aquelas coisas que as pessoas falam durante o final de entrevistas. Fui embora com a certeza que algo não tinha sido atendido, ainda mais porque mesmo que eu tivesse os dados de outra empresa, eu não apresentaria.

Dias depois eu fui contratado. Havia passado no teste mais importante para o Dagoberto: o teste da confiança. Dagoberto é a pessoa mais preocupada com segurança e sigilo das informações que eu já conheci. Se eu tivesse rodado o aplicativo com dados confidenciais de outra empresa, certamente pensaria que eu faria o mesmo com ele e não me contrataria. Dagoberto confidenciou isso alguns anos depois.

No começo do livro eu falei um pouco sobre o Thomas, ou simplesmente, "Tom". Ele era o braço direito do Dagoberto, um executivo fora de série. Ele viajava pelo mundo em busca de novas tecnologias, novos negócios e trazia para o Brasil. O Tom era o contato da empresa para clientes internacionais.

Tom é americano e morou no Brasil quando era criança. Filho de missionários, aprendeu a falar português melhor que muita gente que eu conheço, inclusive eu. Com seus dois metros de altura e seu bom humor inconfundível, Tom cativava a todos na empresa.

Uma vez eu disse ao Tom que gostaria de estudar inglês e viajar pelos Estados Unidos e desde então, sempre que me encontrava, ele incentivava para eu não desistir desse sonho. Por isso, quando estive em Washington, cidade do Tom, eu quis fazer uma visita para agradecê-lo pessoalmente.

A Allair System possui muitos anos de experiência em soluções em telecomunicações e com o tempo aumentou seu portfólio de produtos consideravelmente, com soluções em segurança de alta tecnologia. Seus principais clientes: instituições financeiras e governo. A cobrança por parte desses clientes era muito grande e isso se refletia em todos que trabalhavam lá.

Os técnicos de campo tinham oportunidades de fazer cursos técnicos internacionais de aprimoramento das ferramentas vendidas na empresa, mas sempre que eu comentava isso com Dagoberto, eu recebia a mesma resposta.

— Jonas, fico tranquilo com você à frente do departamento de TI. Deixe esse tipo de treinamento para os técnicos.

Eu tinha tudo na Allair System para não querer mudar, se eu fosse um acomodado. Achava que tinha a confiança do dono, a empresa era financeiramente saudável, séria, idônea. Por que eu pensaria em sair?

A única pessoa que fazia eu pensar se valia a pena continuar lá era um cara chamado Júlio.

Júlio foi meu subordinado direto há alguns anos. Depois que passou na experiência em meu departamento e foi transferido para a área técnica, confidenciou que havia mentido para conseguir a vaga. Ele fora indicado por Henry, o diretor que me entrevistou. Júlio e Henry combinaram tudo, até mesmo o que o Henry lhe perguntaria na entrevista. Ele usaria a vaga disponível em minha área como porta de entrada na empresa, mas o objetivo do Júlio era mesmo a área de Engenharia e não o TI.

Henry e Júlio foram desonestos. Henry mostrou interesse em me ajudar a entrevistar os candidatos e fez eu pensar que se tratava de um processo limpo, transparente, mas na verdade, tratava-se de algo ridículo, baixo. Henry havia prometido ao Júlio que conseguiria uma vaga para ele na empresa e não mediu esforços para isso.

Durante o processo de entrevistas, Henry apresentou um currículo para o departamento de RH que estava fazendo as buscas por candidatos. Quando chegou a vez de entrevistar o Júlio, Henry participou e fez perguntas ao então candidato. Todas as perguntas foram respondidas rapidamente, com precisão. Henry fez com que Júlio parecesse o candidato mais bem preparado, mas não participou presencialmente de nenhuma outra entrevista. Dizia que ligaria para os candidatos para fazer as mesmas perguntas, mas incrivelmente ninguém era bom o suficiente para ele.

Henry era praticante de voo livre e Júlio era uma espécie de ajudante, que auxiliava Henry e seus amigos com coisas como ajustar o rádio amador e carregar o equipamento e acessórios do Henry. Mas ele não tinha dinheiro para pagar Júlio por toda ajuda e resolveu recompensá-lo pelos serviços, conseguindo um emprego para ele, além de facilitar o contato diário e preparação para os fins de semana. Ou seja, Henry "pagaria" o Júlio com o dinheiro da Allair System.

Júlio fazia poucas atividades na Allair System pelo departamento do TI. Ele sumia por longos períodos para atender aos pedidos de atividades pessoais de Henry. Quando percebi o que estava acontecendo, já era tarde. Certa vez, Henry deveria visitar um cliente no Nordeste e alegou que precisaria da ajuda do Júlio nessa viagem. Inicialmente achei estranho, recusei, mas o pedido foi escalado ao Dagoberto sob a alegação de utilizar o Júlio em questões técnicas durante uma apresentação para o cliente.

Dagoberto ficou furioso quando descobriu que eles usavam o dinheiro da empresa para passeios em praias paradisíacas, chegando até a atolar um veículo alugado numa praia, quando na verdade, deveriam estar no cliente.

— Você sempre pede o Júlio emprestado para atender suas demandas e o Jonas está com só um recurso no TI. Eu não sei o que acontece entre vocês, isso não me interessa, mas se eu souber que você está usando meu dinheiro para assuntos pessoais, isso passará a ser assunto meu. — Disse Dagoberto para o Henry na volta da viagem.

— Ei, acho que está havendo um mal-entendido aqui. Eu conheço o Júlio desde que ele era criança, sou amigo do pai dele, por isso estou sempre pedindo ajuda para ele. — Henry começou a explicar ao Dagoberto.

Dagoberto imediatamente me procurou para saber sobre essa história e só nesse momento me dei conta que eu havia sido enganado pelo Henry e Júlio. Fiquei muito chateado com a história, porque Henry tinha cargo de diretor e todos confiavam nele. Poderia ter falado a verdade desde o início e indicado Júlio, não precisava mentir e fazer toda aquela encenação ridícula. Outra coisa, no final eu acabei ficando sem o recurso que eu precisava e penso que alguém que estava com vontade de trabalhar, acabou ficando sem o emprego.

Júlio também acabou confessando sua culpa e assumindo que havia combinado com o Henry para que ele pudesse entrar na empresa e que não queria trabalhar no TI, queria trabalhar na Engenharia, que era o departamento onde ficavam os técnicos de campo.

Com o tempo, não sei se iniciado por esse tipo de atitude, o clima entre Dagoberto e Henry ficou muito ruim. Em alguns meses Henry foi desligado da empresa.

Júlio ficou "perdido". Sem seu principal apoiador e parceiro, ele tinha que encontrar outro que o "protegesse" na empresa. Logo encontrou o que precisava e, como alguém que se agarra num galho de árvore para não ser levado pela correnteza, Júlio voltou sua atenção para o diretor da Engenharia e em poucos meses conseguiu a transferência para a área que ele tanto queria.

A empresa trabalhava com produtos de alta tecnologia provenientes de Israel e um dos maiores atrativos era uma maleta que conseguia bloquear e interceptar sinal de celulares. Isso significa que o usuário da tal maleta conseguia ouvir a conversa dos outros. A empresa também comercializava gravadores e isso era utilizado dentro da empresa como forma de garantir a segurança da informação, já que muitos contatos e contratos com o governo e grandes instituições bancárias eram confidenciais. Todos sabiam que os únicos ramais que não eram gravados era o de Dagoberto e do diretor da Engenharia, então todos mantinham o maior cuidado quando falavam ao telefone.

Porém Júlio trabalhava na área que dava acesso aos testes com a tal maleta que era usada para demonstrações em clientes. O mais incrível é que Júlio era tido como uma pessoa do bem, alguém de confiança e até uma pessoa sensível.

O que o pessoal não sabia é que Júlio usava as gravações e a tal maleta para vigiar a vida das pessoas, descobrir os gostos, o que elas faziam. Pense comigo. Se você tivesse interesse em descobrir sobre a vida de alguém e tivesse tempo e possibilidade de ouvir as conversas mais íntimas e preservadas dessa pessoa? O que acha que aconteceria? Certamente você se tornaria a pessoa mais interessante para essa pessoa, já que você saberia exatamente o que ela pensa a respeito de determinados assuntos, saberia dos gostos, das dores, das atividades, dos problemas e até as manias. Pense no poder que isso tem na mão de psicopatas como esse Júlio.

No caso do Júlio, ele queria ser querido por todos e, ao saber um pouco da vida particular de cada um, ele tornou-se o "queridinho" da maioria, mas poucos sabiam sobre esses recursos e como eles eram utilizados dentro da empresa.

Se alguém ficava triste, Júlio já sabendo do que se tratava, mandava mensagens positivas a fim de melhorar o humor daquela pessoa e isso o fez ser um cara "sensível" que parecia que adivinhava o pensamento dos outros.

Júlio descobriu os gostos do diretor da Engenharia, a forma com que ele tratava os assuntos, os dramas e as alegrias dele. Fácil presa para se aproximar. Se a pessoa gostava de futebol e torcia para o Corinthians, Júlio diria que era fã de futebol e adivinhe o time dele? Se a pessoa passeava pelo parque no domingo pela manhã, olha que coincidência! "Encontrei o Júlio domingo de manhã no parque, ele também corre cedo, assim como eu!"

Consegue imaginar o que estou falando?

O mais incrível, é que esse diretor da Engenharia também não tinha o ramal gravado, mas adivinhe quem tinha? A secretária dele.

Em poucos meses, usando a tática de gravação e escuta, Júlio tornou-se um dos colegas mais populares daquela pequena empresa de pouco mais de 100 funcionários. Ele sabia de tudo da vida das pessoas que ele tinha interesse. Nas confraternizações mensais de aniversariantes, não tinha gente mais querida e que mais sabia o que se passava na mente e nos corações do pessoal. Eu concordo com isso, ele sabia mesmo!

Com a confiança adquirida pelas pessoas, ele ajudava-as com pequenas configurações, desconsiderando o departamento de TI, sob alegação de ajudar, ele ficava com suas senhas e pronto, o ciclo completo de informações estava fechado. Ou seja, além da gravação e escuta de conversas telefônicas, Júlio também tinha acesso às contas de e-mails dessas pessoas.

Eu era o único que sabia a verdadeira face do criminoso, mas era a minha opinião contra a opinião de todos os outros. Uma vez tentei alertar o Dagoberto sobre os perigos, sobre o que estava acontecendo, mas nas primeiras vezes que falei, ele imaginou que tudo isso era uma mágoa por eu ter descoberto que ele tinha mentido junto com o Henry para conseguir o emprego.

— Jonas, esquece, isso foi passado! Henry foi sujo com você, eu concordo. O Júlio não teve culpa, ele me avisou sobre isso e eu mesmo pedi para ele te falar a verdade, te pedir desculpas. Se todas as pessoas fossem como ele e assumissem o que fizeram de errado, este mundo seria bem melhor.

Dagoberto também estava "contaminado" e eu não seria a pessoa a "curá-lo".

Nesse período até o meu último dia na empresa eu aprendi muito sobre *"ethical hacker"* e isso eu devo muito ao Júlio.

Ele usava uma espécie de software do tipo *sniffer* que vasculhava todos os pacotes de dados que trafegavam na rede. Resumindo, o tal programinha lia tudo que era digitado e trocado entre os computadores da rede, ou seja, ele conseguia ver o que estavam enviando e recebendo de informação, inclusive, fragmentos de e-mail.

Eu tinha que usar outros softwares para evitar tudo isso, e gastava mais tempo conduzindo atividades contra ações do Júlio do que nas atividades do dia a dia do departamento. Era uma atividade estressante que Dagoberto poderia dar um fim, se ele não achasse que eu só queria prejudicar o Júlio, porque eu estaria "magoado" com a mentira dele.

Toda e qualquer reclamação que eu fazia contra o Júlio era encarada como mágoa, como ressentimento por ele ter deixado o meu departamento.

A parte boa da saída do Júlio do meu departamento é que pude contratar profissionais bons de verdade e com interesse em aprender e dar continuidade em meu trabalho.

E foi aí que eu conheci André e Andreata, pessoas com quem eu tive o prazer de trabalhar junto durante anos.

Eu cobrei deles uma postura profissional e em troca eu os treinei para que um dia me substituíssem na empresa.

Fico feliz que hoje André seja um dos maiores administradores de banco de dados do país e Andreata continua sendo uma excelente desenvolvedora de software. Se por um lado, Júlio tirava-me do sério pela desonestidade e falsidade, eu tinha vários motivos para sentir orgulho da equipe enxuta que eu tinha. Nós construímos várias soluções interessantes para a empresa, entregas de valor com poucos recursos e investimentos. Até nossos equipamentos eram a "sobra" da Engenharia. Primeiro os pedidos da Engenharia eram atendidos, o que sobrava de equipamentos, ficava conosco. Chamávamos isso de TI barata.

Anos mais tarde eu já tinha resolvido os ataques de Júlio enquanto ele usava poderosos *scanners* para tentar saber também o que as pessoas estavam gravando na rede. Tudo aquilo tinha esgotado minha alegria em trabalhar naquele lugar.

Nos últimos sete anos, tinha saído de férias duas vezes em curtos períodos, vendendo a maior parte das minhas férias para ajudar nas despesas. Nos demais anos eu vendi todas as férias, isso mesmo, 100% das minhas férias. Além de ajudar no orçamento, Dagoberto sempre dizia que ficava mais tranquilo em estar em viagem enquanto eu cuidava do departamento de TI. É aquela velha história de realizar seus sonhos ou realizar os sonhos dos outros. Hoje eu não vendo mais férias, porque isso, além de não resolver a vida financeira, não traz o merecido descanso que é importante para recuperar a energia e continuar. Essa é a minha opinião atual.

Depois de anos vendendo férias, e com todo o estresse, eu cansei e o limite veio antes do que eu imaginava.

Certo dia fiquei até mais tarde em um evento, um amigo deu-me carona até a estação mais próxima, tentei voltar para Mogi das Cruzes, mas não havia mais trens para o meu destino. Resolvi recorrer ao ônibus que saía de um outro ponto distante da cidade, mas no meio do caminho, fui surpreendido pela informação que o metrô também encerraria as atividades, retornando às 5h da manhã do dia seguinte. Não teve jeito, e pior do que isso, a estação de metrô fechava para manutenção e todos deveriam sair da estação.

Foi horrível, estava na Praça Dr. João Mendes, bem próximo à Praça da Sé. Um lugar bonito durante o dia, mas extremamente perigoso à noite, pelo menos naquela época. Foi um dos piores dias da minha vida. Pensei em ligar para o amigo que havia dado a carona, mas ele morava em outro ponto da cidade, 30 quilômetros de distância de onde eu estava. Não quis incomodá-lo, também não tinha dinheiro para pegar um taxi até outra cidade e não existia motoristas por aplicativos, tampouco o táxi aceitava cartões de crédito nos anos 2000. Sem outra opção, o jeito foi sentar e esperar que o dia amanhecesse e a estação de metrô voltasse a funcionar.

Para piorar, apareceu um maluco que batia uma lata enquanto passava gritando, ameaçando as pessoas que estavam no mesmo ponto de ônibus que eu estava. A única coisa boa desse maluco é que ele não me deixou dormir e fiquei em estado de alerta até amanhecer e a estação abrir. Fui para casa, tomei um banho, troquei de roupa e voltei para a Allair System. Não podia faltar nesse dia, porque eu tinha uma atividade muito importante.

Cheguei na empresa "destruído", com muito sono. Não estava em um bom dia e a gota d'água, aquela que transborda um copo cheio, veio quando o Dagoberto pediu para uma funcionária usar meu *scanner* para digitalizar um cartão de crédito.

Até aí, usar meu aparelho enquanto o dele estava quebrado, tudo bem. O problema foi quando ela pediu para que eu confirmasse se eu havia apagado as imagens do meu equipamento, como se eu fosse usar a cópia do cartão de Dagoberto.

Eu pensei: "isso só pode ser brincadeira!".

— Eu trabalho aqui há um bom tempo, tenho acesso a documentos muito mais valiosos e confidenciais que o cartão de crédito do Sr. Dagoberto e não entendo por que ele faria isso, ele sabe que eu não sou uma pessoa desonesta. Tenho certeza de que desconfiado como ele é, ele nem teria te mandado aqui para digitalizar o cartão dele. Já apaguei a imagem. — Disse para a funcionária do Financeiro.

— Obrigado, Jonas, agora posso ir.

Então quando parecia que ela estava indo embora, ela voltou e disse:

— Jonas, ele disse que precisa confirmar se você apagou mesmo. Posso considerar que sim, né?

— Você tem certeza de que está falando com a pessoa certa? Eu estou aqui há sete anos, trabalhando duro para manter tudo funcionando perfeitamente, com acesso à muita informação sigilosa, nunca dei motivo para desconfiarem de mim. Acho melhor você ir. Preciso falar com o Dagoberto e a conversa não vai ser legal. Você está dispensada.

Não satisfeito, liguei para o Dagoberto.

— Dagoberto, que palhaçada foi essa? Será que depois de tudo que eu fiz nesses últimos anos, esse é o tratamento que eu mereço? Quer que eu te devolva todos os contratos confidenciais com o governo que estão em minha pasta? Talvez eu não seja merecedor de confiança.

Eu realmente tinha passado uma noite acordado e não estava nos meus melhores dias.

— Calma, Jonas, acho que ela não soube te explicar o que era para fazer. — Dagoberto não era pessoa de levar desaforo para casa, mas também nunca tinha me visto nervoso daquele jeito, sabia que tinha pedido algo para a moça e ela fez exatamente o que ele tinha pedido, só não imaginava que aquilo me incomodaria tanto.

— Dagoberto, você tem um problema que precisa resolver agora.

— Como assim, Jonas? Qual problema?

— Você precisa de um profissional de TI que possa me substituir. Estou me demitindo!

Naquele dia eu fui embora para casa com duas decisões tomadas: sair da Allair System e me mudar para São Paulo. Estava cansado dessa viagem diária entre Mogi das Cruzes e São Paulo, eram quatro horas do meu dia que eu poderia fazer outra coisa, mesmo que fosse dormir um pouco mais.

Os cursos e todo conhecimento acumulados nos últimos 16 anos trabalhando com TI foram colocados à prova durante um processo de seleção de uma vaga de emprego.

Na semana seguinte após minha decisão, eu fui convidado e aceitei ser o Gerente de TI de uma fabricante de implantes dentários, que tinha o desafio de migrar seus sistemas e conduzir a empresa para um novo patamar.

Andreata e André assumiram o departamento, eles foram preparados para isso.

Logo que saí da empresa, senti um certo alívio por não ter mais que trabalhar com pessoas como o Júlio. O mais curioso é que tempos depois eu recebi uma ligação dele pedindo minha ajuda para configurar um servidor de arquivos. Eu já estava na nova empresa, poderia ter ignorado, mas o lado profissional "falou" mais alto e eu o ajudei. Lá ainda tinham pessoas que eu gostava e não iria decepcioná-los. André e Andreata saíram da empresa e Júlio "pagaria" seus "pecados" ao ter que assumir o TI, acumulando suas funções na Engenharia. Conhecendo um pouco o Dagoberto, ele deve ter pensado, já que você colocou todos para fora, agora quero que assuma o problema.

André aproveitou bem alguns cursos que eu insistia que fizéssemos e se tornou um especialista em banco de dados em uma conceituada empresa. Andreata continua como uma excelente desenvolvedora de software e é empreendedora.

Nós fizemos muita coisa juntos, estudamos, trabalhamos duro, construímos soluções que facilitaram a vida dos usuários e ainda nos divertimos com tudo isso. Tenho orgulho do que fizemos lá. As pessoas muitas vezes deixam seus gestores, não a empresa.

Após alguns anos, recebi a triste notícia que Tom havia sofrido um acidente vascular grave. Ele perdeu a visão e o movimento das pernas.

Tom voltou aos Estados Unidos e nunca mais consegui agradecê-lo pela inspiração e incentivo. Por isso que naquela excursão da escola de Nova York para Washington, tentei falar com ele, mas nosso contato ficou mesmo por telefone.

A GRANDE OPORTUNIDADE

2.1 O convite

Recebi uma ligação de uma moça chamada Laura, que se apresentou como assistente de RH da empresa Implantsim. Ela fez uma breve apresentação da empresa e passou informações sobre uma vaga para Gerente de Tecnologia. Disse que se eu tivesse interesse, que poderíamos agendar uma entrevista para o dia seguinte.

A Implantsim passava por uma grande transformação. A empresa estava em processo de venda de 75% de suas ações para o fundo de investimento Moneycross. A antiga proprietária, Nádia, havia negociado para manter-se com 25% das ações e continuar no Conselho Administrativo da empresa. Era parte do processo de compra, a substituição do corpo diretivo e principais cargos de confiança.

Fiz uma entrevista com Eliseu, coordenador do RH da empresa e um dos caras mais legais que conheci. Ele explicou com mais detalhes sobre o processo de seleção e a vaga. No dia seguinte, eles teriam a visita do Comitê, que era formado por membros da atual gestão e parte do pessoal da Moneycross. Disse que se eu tivesse disponibilidade, ele gostaria que fosse entrevistado também pelo pessoal do Comitê.

Confirmei minha participação e no dia seguinte participei da entrevista, agora com quem decidiria qual candidato seria o novo gestor de TI da empresa.

De um lado da sala estavam as pessoas que representavam a gestão atual: Nádia, Eliseu e Matiolli. Matiolli era o diretor de marketing e braço direito de Nádia. Do outro lado estava Murata, representando o time da Moneycross e a nova gestão.

Com exceção de Nádia, todos perguntaram muito sobre minhas experiências e simulavam situações para que eu respondesse quais seriam minhas reações.

Durante a entrevista, Murata comentou que o novo gestor teria uma grande responsabilidade para implantar os novos sistemas de ERP[3] e CRM[4] e que os projetos teriam pouco tempo hábil para serem implantados já que faziam parte de uma série de exigências para que o negócio da compra se concretizasse. Ou seja, o negócio da compra de 75% das ações da Implantsim pela Moneycross só seria efetivado se a empresa cumprisse algumas tarefas como a implantação dos novos sistemas, a troca do corpo diretivo e alcançar o selo que comprovaria que a empresa atendia às normas de produção exigidas pelo órgão responsável pela vigilância sanitária.

Nádia permaneceu o tempo todo no fundo da sala cobrindo parcialmente o rosto com um jornal. Às vezes, passava os olhos por cima do jornal para ver o que estava acontecendo. Tempos depois Eliseu me disse que essa era a maneira de Nádia contratar as pessoas, ela colocava um interlocutor que fazia as perguntas, enquanto ela observava a pessoa. Segundo ele, o candidato escolhido teria que ser aceito também por ela, porque mesmo que a Moneycross fosse responsável pelas novas contratações, isso só valeria para as contratações quando a Moneycross assumisse o controle acionário. Ou seja, enquanto a venda não fosse concretizada, Nádia precisaria autorizar. A contratação de um novo gestor para o TI foi antecipada, porque o Dante, atual gestor da área, havia decidido não esperar a negociação e se demitiu. Isso explicava a urgência da contratação e o fato de terem me chamado para uma segunda etapa de entrevista no dia seguinte.

Assim como eu, Dante tinha encontrado uma nova oportunidade de trabalho e aguardaria algumas semanas apenas para passar o bastão para o novo gestor da área.

Realmente o processo foi muito rápido e fui informado no mesmo dia da segunda entrevista que eu havia sido o escolhido.

Teria uma semana para me desligar da Allair System e iniciar as atividades na Implantsim, então tratei de ser rápido e no mesmo dia conversei com o Dagoberto, explicando os motivos de minha saída. Na Allair System o processo de desligamento foi muito rápido, porque eu sempre mantive minhas atividades documentadas, todos os processos, sistemas, procedimentos da área estavam documentados e disponíveis para todos os membros do time e Dagoberto. Também havia treinado André e Andreata para me

---

[3] WIKIPEDIA, Planejamento de recurso corporativo (em inglês, *Enterprise Resource Planning* – ERP) é um sistema de informação que integra todos os dados e processos de uma organização em um único sistema.
[4] WIKIPEDIA, Gestão de Relacionamento com o Cliente (em inglês, *Customer Relationship Management* – CRM) é uma classe de sistemas de informações ou ferramentas que automatizam as funções de contato com o cliente.

substituírem a qualquer momento como férias, eventos, treinamentos ou desligamento. Sempre achei saudável a empresa não ficar "presa" ou ter algum serviço prejudicado na ausência de um funcionário. Todos devem pensar que a empresa não pode parar, não pode ser prejudicada.

Na integração conheci Patrícia, que era velha conhecida do pessoal da Moneycross e tinha trabalhado com o Rodrigo, o presidente do fundo de investimento. Ela foi indicada por ele para gerir uma nova área da Implantsim, que seria responsável pelos serviços de financiamento da empresa.

Patrícia comentou sobre o pessoal do fundo de investimento, principalmente sobre Rodrigo, o que me deixou muito empolgado. Segundo ela, Rodrigo era um homem muito inteligente, que tinha trabalhado em grandes instituições financeiras e era muito conhecido pelo sucesso em seus empreendimentos, certamente aprenderíamos muito com ele.

Eu e Patrícia éramos dois estranhos em uma empresa que passava por grandes transformações, mas que ainda possuía os pés fincados no passado, num modelo de gestão familiar e cheia de vícios. Começaríamos nossos trabalhos preparando a empresa para a chegada dos novos diretores e gerentes, que seriam contratados pela Moneycross. Seria uma difícil tarefa, porque teríamos que conviver com as duas gestões por um certo período: a antiga formada por Nádia e seus discípulos e a nova, formada pelo novo corpo diretivo contratado pela Moneycross. Além disso, chegamos antes do novo corpo diretivo, por isso éramos considerados da nova gestão, o que gerou muita desconfiança por parte dos funcionários que adoravam Nádia.

Assim que iniciei, minha primeira atividade foi procurar Dante, porque ele só teria um dia para me passar o "bastão" (informações sobre o departamento, sistemas, equipamentos, metodologias etc.).

Fui recebido com desconfiança como era esperado e nenhum dos membros da equipe quis muita conversa comigo. A primeira constatação é que o número de profissionais era muito baixo para atender cerca de 350 usuários. A empresa tinha planos de expansão, contratações de pelo menos mais 150 funcionários no semestre seguinte e implantação de sistemas para modernizar todos os processos de fabricação.

Havia a promessa que seriam feitos muitos investimentos em TI, principalmente na contratação de pessoal, porque a área estava desacreditada e subdimensionada. Ou seja, mais uma vez estava diante de uma TI barata.

Dante foi direto ao ponto, explicou todos os problemas que havia identificado e fez um alerta importante antes de ir embora:

— Você precisa ter cuidado com os seus assistentes do TI! Um deles é muito inteligente, mas vive se metendo em encrenca. O outro é prestativo, mas é iniciante e trapalhão. — Ele estava se referindo a Dalton e a Ferdinando, os únicos membros do time do TI.

"Que ótimo!", pensei comigo. Já estava preocupado com a quantidade reduzida de funcionários no TI, agora devia me preocupar também com a qualidade deles.

— Outra coisa! — Continuou ele. — Tomara que você consiga investimento com a Moneycross, porque se depender da Nádia, você vai continuar com equipamentos "sucateados" por toda a empresa, e esse é mais um dos motivos que contribuíram para minha decisão de sair.

Obviamente eu tentei "filtrar" tudo que o Dante tinha falado, porque ele carregava uma mágoa da empresa na qual ele trabalhou por anos e agora estava saindo, desprestigiado. Mesmo assim, eu prestei atenção em tudo que ele falou, porque algumas coisas tinham fundamento, como os equipamentos "sucateados" e isso era algo fácil de reconhecer.

2.2 Conhecendo a equipe de TI da Implantsim

No dia seguinte à saída de Dante, eu me reuni com a equipe para conversar.

O departamento estava subdimensionado e não era à toa que passava por dificuldades em atender aos chamados. O departamento era formado por um gestor e dois assistentes para atender aproximadamente 350 usuários, não tinha como fazer um bom atendimento.

A empresa tinha um sistema de gestão empresarial e uma centena de soluções específicas para os departamentos de Segurança, Portaria, Expedição, Administração, Financeiro, Comercial, Fábrica, Controle de Qualidade, Importação e Exportação, Engenharia e Transporte. Todos demandavam conhecimentos específicos e a empresa não tinha contrato de suporte com metade deles. Era o TI que tinha que saber como operar e dar manutenção nos sistemas.

Durante minha entrevista de emprego, tive a promessa de investimentos para a área e tratei logo de compartilhar com o time que isso seria utilizado para melhoramos o departamento, adquirir novos equipamentos, treinamentos e contratar mais gente.

Mesmo assim eles se mostraram desconfiados, ariscos. Retinham muita informação importante e demoravam para responder o que eu perguntava.

Era perceptível que a equipe era formada por pessoas com pouca experiência e que a maioria das atividades mais importantes era realizada pelo antigo gestor. Dante não compartilhava conhecimentos com a equipe, então eles estavam "perdidos" com a saída dele. Foram condicionados a fazer somente tarefas do dia a dia, como suporte ao usuário, instalação e configuração de softwares e rede, formatar microcomputadores e trocar cartuchos de tinta das impressoras. Na maioria das vezes, sequer tinham autonomia para decidir o que fazer primeiro, recebiam ordens de Dante para cada atividade.

Dalton era realmente problemático, revoltado. Falava como se tivesse certeza de que seria desligado tão logo me contasse tudo. Tinha a atitude negativa, só falava de coisas ruins, ameaçava e agredia verbalmente outros funcionários. Justificava seus atos como se estivesse partindo em defesa própria para possíveis reclamações futuras dos usuários.

Dante estava certo sobre Dalton quando disse que ele era encrenqueiro, mas confesso que não o achei tão inteligente no primeiro momento. Eu penso que inteligência é um pouco mais do que ser bom técnico. De nada adianta ter grande conhecimento técnico quando não há inteligência emocional e social. A imagem do TI já era muito negativa, então eu precisava de gente que fosse além de bom técnico, que soubesse atender o usuário com respeito, que levasse adiante uma boa imagem do nosso departamento.

Tratei logo de terminar a conversa com os dois, acalmando o clima e trazendo tranquilidade. Pensei que a revolta do Dalton fosse causada pela preocupação em perder o emprego, por não entender que a aquisição era uma grande oportunidade, e não um problema, era o início, mas ele só via o fim.

Imediatamente, no dia seguinte, procurei-os para conversar separadamente.

Com o Dalton não foi diferente. Ele continuou seu discurso defensivo, alegando perseguição de usuários e gestores. Pior que isso, ele começou a contar coisas que me preocuparam ainda mais. Falou sobre diversas atividades do TI que eram desprezíveis e criminosas, como acessar os e-mails dos usuários e até a ordem do Dante em acessar a unidade de rede dos usuários em busca de documentos pessoais. Depois que eles descobriam algo que chamasse a atenção, Dante procurava por Lurdes, a irmã de Nádia, e compartilhava o conteúdo descoberto com ela. Lurdes era responsável pela área financeira da empresa.

Dante usava o conteúdo encontrado para fazer fofocas e geralmente ridicularizava os funcionários envolvidos. Não era à toa que o departamento de TI estava desacreditado. Dante desperdiçava energia e tempo em busca de coisas irrelevantes, nada produtivas e muitas vezes, cometeu atos ilegais só para agradar a Lurdes.

Com Ferdinando a conversa foi melhor. Ele assumiu a postura de quem desejava aprender, crescer. Tinha pouca experiência em TI, mas grande força de vontade em aprender. Desconhecia grande parte de suas atividades do dia a dia. Disse que Dante reduziu seus acessos depois que ele alterou uma configuração de um servidor de arquivos acidentalmente.

Dante levou um dia para recuperar a configuração do servidor e Ferdinando perdeu a oportunidade de acessar servidores da empresa. Aproveitei para conhecê-lo um pouco mais, vi que ele tinha grandes sonhos e um deles era simplesmente continuar no time.

Ele também confirmou a triste história contada pelo Dalton de que Dante fuçava na rede em busca de arquivos pessoais e invadia e-mails dos usuários. Ele disse que o clima era "pesado" e que o Dante levava informações pessoais de determinados usuários para a Lurdes. Ela compartilhava essas informações com outras pessoas do departamento, que por sua vez contavam para outros e logo a empresa inteira sabia da vida pessoal de quem tinha a conta invadida. Ou seja, a pessoa que tinha sua privacidade invadida era vítima duas vezes!

Assim que concluí a conversa com os dois, tive a real noção de quanto trabalho eu teria pela frente.

Ficou claro que Dalton era o único que possuía acesso aos servidores e sistemas mais importantes da empresa, incluindo telefonia e infraestrutura. Foi difícil convencê-lo que todas essas informações pertenciam ao departamento e que era importante documentá-las para que todos do departamento tivessem acesso às informações.

A equipe não tinha qualquer controle sobre os chamados técnicos. Eles atendiam conforme a "lei da amizade". Chamo de "lei da amizade", porque eles davam prioridade aos amigos mais próximos de Dalton. Os demais entravam na fila de "esquecimento" e só quando o assunto era escalado, era tomada uma providência.

Um dia, almoçando com um grupo de pessoas da empresa, tive a confirmação de que era de conhecimento de todos as atividades obscuras de Dante. Também recebi reclamações sobre a falta de profissionalismo e a terceira reclamação mais constante era sobre o estado da maioria dos equipamentos de tecnologia da empresa, muito obsoletos.

Criei o costume de almoçar com diversos usuários de áreas diferentes, com o intuito de colher o máximo de informações que levassem à melhoria no departamento de TI. Foi muito bom porque em pouco tempo eu fui convidado a conhecer todas as áreas, entender as necessidades de cada uma delas e ter um contato muito próximo com nosso principal cliente, o usuário. Melhor ainda, tive acesso às expectativas que eles tinham sobre o meu departamento e como éramos vistos pela empresa naquele momento.

As políticas de acesso à internet também seguiam a "lei da amizade". Os funcionários considerados "legais" tinham acesso a tudo, sem restrição. Já os demais, deviam se contentar em navegar nas redes sociais somente durante o horário de almoço e sofriam restrições quanto ao conteúdo. Assim como os "legais", os gerentes que tinham status de diretor, também acessavam qualquer conteúdo, sem qualquer tipo de restrição de horário.

A sala do CPD era revestida com um material altamente inflamável e havia carpete no piso. Carpete gera estática e não é recomendado para ambientes com servidores, mais um item anotado. Outra coisa importante é que não havia ar-condicionado e a ventilação era falha, por isso tantas vezes os servidores desligavam sozinhos por superaquecimento.

Dentro da sala dos servidores existia uma divisória de vidro que dava acesso aos servidores. Do outro lado ficava uma bancada e algumas cadeiras para a equipe. Não era recomendável, mas a equipe estava habituada a receber visitas de usuários que solicitavam atendimento.

Por meio de câmeras instaladas dentro do CPD, a equipe sabia quem estava se aproximando, então presenciei algumas vezes a constrangedora situação deles se escondendo dos usuários que estavam cobrando por agilidade em algum chamado técnico. Aquilo era ridículo e eu corrigi isso imediatamente. Se esconder do usuário não resolveria o problema.

A nossa sala ficava no terceiro andar do prédio, juntamente com as salas dos diretores e da presidência.

Todos os funcionários ficavam alojados em baias no centro do andar, rodeados pelas salas dos diretores. Apesar de ser uma prática comum, o time ficar na sala dos servidores, nós tínhamos uma baia também, e eu preferia ficar por lá, mais próximo dos usuários.

Apesar de algumas recomendações e mudanças de postura do time, coisas bizarras ainda aconteciam. Um exemplo disso ocorreu um dia quando percebi da minha baia que Ferdinando estava inquieto rodeando a sala dos servidores e carregando uma impressora enorme. Perguntei se ele gostaria de ajuda para abrir a porta ou carregar o equipamento pesado para dentro, mas ele logo desconversou, colocou o equipamento na baia e disse que havia esquecido algo no andar inferior.

Achei estranho, então resolvi entrar na sala e vi que a porta estava trancada. Tentei com a minha chave e nada, alguém havia trancado ela por dentro e a fechadura não funcionava com duas chaves.

Nós tínhamos um rádio de comunicação com frequência própria, muito útil para nos comunicarmos internamente. Chamei Dalton pelo rádio e ele não respondeu.

Desconfiado que algo de errado estava acontecendo, blefei via rádio dizendo que eu teria que me ausentar por alguns minutos e que se precisassem de mim, eu estaria fora, que poderiam me ligar no celular.

Fiquei de longe só olhando para a porta do CPD e em segundos surgiu Dalton, todo desconfiado olhando para fora.

Pensei que ele tivesse trancado a porta para dormir lá dentro, antes que ele trancasse a porta novamente, entrei correndo e ele tomou um susto. Lá estava Dalton e Michele, uma funcionária do Comercial. Michele ainda estava se arrumando e ficou sem graça quando me viu. Além de toda a bagunça na sala dos servidores, o CPD também havia se tornado um ponto de encontro!

Tenho certeza de que muita gente teria demitido o Dalton ali mesmo por justa causa, mas além de acreditar que todos merecem uma segunda chance, de fato eu ainda não tinha poderes para tal. No momento eu era apenas um contratado da nova gestão, aguardando a efetivação da compra pelo fundo. Toda e qualquer demissão ou contratação estavam suspensas e se eu quisesse reclamar algo, teria que falar com Nádia ou seu braço direito, Matiolli.

— Jonas, me desculpe por favor, eu prometo que isso não acontecerá mais, mas por favor, não me mande embora. — Disse Dalton.

— Só um instante, que falamos. Michele, pode ir, a minha conversa é com o Dalton.

— Obrigado, Jonas. — Disse Michele desconcertada enquanto passava por mim.

Ela ainda tentou esboçar alguma coisa, mas eu só balancei a cabeça como quem diz: melhor não.

— Valeu, Jonas! — Disse Dalton, achando que estava tudo resolvido.

— Dalton, agende seus encontros no motel, na sua casa, no carro, na rua, menos aqui. Isso aqui é uma empresa, não um puteiro! Se alguém vir ou souber disso, é capaz que eu ainda seja penalizado.

— Oh, cara, claro que não, eu jamais deixaria algo assim sobrar pra você. Tenho o vídeo aqui, quer ver?

— Espere um pouco, você está dizendo que além de marcar encontro com a menina aqui dentro, você usa o sistema de câmeras para filmá-la? Cara, é sério isso?

— Foi mal, é que o Dante curtia ficar vendo o vídeo que eu gravava com a Michele, pensei que você ia querer ver também.

Eu não precisei dizer mais nada, acho que minha cara disse tudo.

A gente já tinha problemas demais e agora mais essa.

Ferdinando sabia de tudo também, mas quando isso acontecia, ele e Dante deixavam Dalton ficar com a moça trancado na sala, sem qualquer preocupação que isso pudesse prejudicá-los.

Dalton tinha problemas sérios e outro que logo ficou evidente era o alcoolismo. Por vezes ele chegava na empresa reclamando de dor de cabeça e cheirando à pinga. Para dizer de forma bem popular, ele chegava bêbado, trançando as pernas. Eu não conseguia acreditar que uma pessoa pudesse chegar nesse estado, ainda mais tão jovem.

O RH tinha ordens para manter todo o pessoal até que a nova gestão decidisse o que fazer. Então, na prática, ninguém era demitido por mais que fizesse algo grave. Eles simplesmente dispensavam o Dalton para ir para casa quando ele estava nesse estado. Sem comentários.

Com ou sem Dalton, eu tinha um grande trabalho pela frente e fui documentando todos os equipamentos da sala dos servidores e as contas de acesso. Tinha que deixar tudo preparado para iniciarmos a implantação do novo sistema de gestão da empresa, e eu não teria tempo para fazer esse trabalho depois. Sinceramente ainda não confiava na equipe para deixar esse trabalho sob responsabilidade dela naquele momento. Sempre que eu confiava alguma atividade, ao verificar, encontrava falha na execução e acabava fazendo junto com eles para mostrar como era o correto.

Nesse período, o fundo de investimento, por meio do Murata, pediu paciência para aguentar o momento de transição e que eu logo teria um diretor que seria o responsável pela área. Esse diretor me ajudaria nas aquisições e contratações de pessoal. Sim, o departamento tinha muitos problemas para uma equipe tão pequena.

2.3 Conhecendo a Implantsim e seus colaboradores

Assim que cheguei na empresa, percebi que tinha um grande desafio. A maioria dos funcionários reclamava dos salários baixos, de falta de perspectiva, da administração de um modo geral e do incrível número de puxa sacos espalhados pela empresa. Acabei aprendendo que em alguns lugares, os bajuladores proliferam-se em maior número, porque encontram um ambiente propício para sua multiplicação, cheio de gente que gosta de ser bajulado. Não deveria ser minha preocupação como gestor da área de TI, mas passou a ser assim que percebi como isso mudou o modo como as pessoas trabalhavam naquele lugar. Mudaria a minha atuação, porque existia a tensão de não fazer parte de nenhum desses grupos, tampouco contribuir com conversas paralelas.

Alessandro era um bom exemplo disso. Quero dizer, um bom exemplo de puxa saco! Ele acumulava as funções de porteiro e motorista. Quando não tinha entrega para fazer, ele ficava na portaria para auxiliar o porteiro fixo a controlar o fluxo de gente e de carros, ou pelo menos deveria.

Como auxiliar de porteiro, Alessandro ficava na cabine instalada na parte frontal da empresa, ao lado do estacionamento, em frente à entrada principal. Enquanto estava na cabine, deveria monitorar as câmeras de segurança e abrir e fechar os portões do estacionamento, mas ao invés disso, ele passava o tempo todo assistindo programas na televisão que havia instalado na cabine. Era frequente recebermos chamados para procurar imagens gravadas no circuito de segurança. Isso acontecia, porque mesmo com um estacionamento pequeno, Alessandro distraía o porteiro, distraía-se e depois não sabiam explicar como pequenos arranhões e amassados eram provocados nos veículos. Como disse, isso envolvia diretamente o TI, porque com uma equipe tão enxuta, cada vez que o Alessandro pedia para rever imagens das câmeras, o TI perdia um recurso, aumentando o número de chamados atrasados. Claro que essa era uma boa desculpa e obviamente não aconteciam tantos acidentes assim no estacionamento. Logo descobri que o que Alessandro queria mesmo era ficar monitorando pessoas, saber o horário que elas chegavam e saíam da empresa.

Outro tipo de chamado frequente por parte dele era o uso do monitor de câmeras para ver outros tipos de vídeos na internet e depois ele não conseguia fazer o monitor das câmeras de segurança voltar a funcionar.

Ele era famoso pelo mau humor com que atendia visitantes e funcionários quando um desses surgia em frente à entrada principal da empresa. Todos os portões eram automáticos, bastava ele apertar um botão, mas ele reclamava mesmo assim. Se alguém chagasse no portão 1, ele propositalmente abria o portão 2, era sempre o do lado ao que as pessoas estavam chegando, forçando-as a manobrar os veículos e se dirigirem ao portão ao lado. Isso obviamente, além de atrasar as pessoas, fazia com que elas ficassem expostas a riscos desnecessários, já que estávamos diante de uma avenida movimentada, com grande fluxo de pessoas e carros. Ele divertia-se com isso.

Uma coisa que me incomodava além disso e que estava diretamente ligada à minha área, é que ele aparecia sem avisar, entrava na sala dos servidores, falava com o Dalton que precisava analisar o servidor de câmeras e Dalton deixava-o sozinho operando o servidor. Se ele quisesse, poderia apagar imagens sem qualquer tipo de proteção.

Essa foi uma das primeiras mudanças que implantei, mesmo sob o protesto de Dalton, que dizia que eu deveria ser mais "brando" com o Alessandro, porque ele era uma das pessoas de confiança da Dona Nádia.

Quando Nádia aparecia no portão da empresa, ele abria o portão correto e corria para manobrar o carro dela em vaga especial. No caminho ainda contava alguma fofoca do dia para ela. Um dia cheguei no mesmo horário que ela e presenciei essa cena ridícula. Nádia aguardou que ele terminasse de estacionar o carro dela e quando trouxe a chave para ela, aproveitou para falar os nomes dos funcionários que teriam chegado atrasados naquele dia. Minha decepção foi com ela, já que ao invés de mandá-lo cuidar da sua própria vida, parecia gostar da informação.

Assim que chegamos no 3º andar, ela passou na baia de cada um dos funcionários reportados pelo Alessandro e disse em voz alta:

— Se não está satisfeito, procure outro lugar para trabalhar. Chegar atrasado eu não aceito. Quero ver encontrar outro lugar tão bom para trabalhar como aqui!

Enfim, como eu disse, lugar com alto índice de puxa sacos é causado por quem atura e até incentiva esse tipo de atitude desprezível.

Tive outra oportunidade de conhecer mais gente da Implantsim e isso aconteceu durante a integração, que era o processo liderado pelo RH para apresentar a empresa e principais gestores dos departamentos aos novos colaboradores. O evento consistia em apresentações no departamento do RH encerrando com visitas aos departamentos da empresa.

Como era um evento mensal, era comum gente como eu iniciar as atividades e depois de algumas semanas participar do evento.

Durante essa visita, conheci Lucilana, a chefe da Expedição e sobrinha de Lurdes. Uma pessoa grosseira, mal-educada e mal-humorada. Ao chegarmos em cada departamento, O RH apresentava aos líderes do setor, o pessoal que estava chegando. Na Expedição, toda vez que alguém era apresentado, Lucilana soltava uma frase em tom de crítica ou deboche. Assim que falei que seria o substituto de Dante, ela abriu um sorriso sarcástico e falou:

— Lembre-se que aqui é a Expedição e quando eu avisar que está tudo parado, eu quero que você mande urgente um dos seus peões para me atender. Se não for assim, vou logo te avisando que chamo a Lurdes e você vai ver o que é bom pra tosse! — Disse ela com uma risada escrachada enquanto suas principais assistentes riam de fundo.

Eu olhei para a guia do RH e ela fez uma cara de quem nada poderia fazer. Se eu fosse do RH, cancelaria esse tipo de evento enquanto o clima da empresa não apresentasse índices próximos do ideal. Aquele tipo de comentário ou intimidação para quem estava entrando na empresa era totalmente desnecessário, mas era o normal para eles.

Na Implantsim havia dois times: "Nádia Esporte" e "Lurdes Futebol Clube". Um liderado por Nádia e outro obviamente por Lurdes, sua irmã. Os profissionais da empresa buscavam a proteção em um deles. Isso era bem estranho.

Era uma guerra não declarada em família, extremamente agressiva e que gerava um clima "pesado".

Quando alguém era desligado da empresa, se não tivesse o consentimento de ambas (Nádia e Lurdes) era comum a pessoa voltar para a empresa. Imagine a situação? Você manda um péssimo funcionário embora e ele volta dias depois para te confrontar. Uma não mexia no time da outra, mas ambas faziam de tudo para saber o que estava acontecendo no time oposto. Isso explicava atitudes como a do Alessandro, que passava informações para a Nádia sobre membros do time da Lurdes e Nádia usava isso para constrangê-los.

Ninguém imaginava que alguém do TI poderia fazer parte de algum time, mas Dante foi descoberto quando o e-mail de uma pessoa foi invadido e informações pessoais foram divulgadas para toda a empresa. Sabe aquela história do segredo? Alguém conta um segredo para alguém, que conta para outro e logo todos da empresa souberam da história, gerando um clima horrível.

A vítima dessa história de invasão de conta de e-mail foi Raissa, uma moça que trabalhava no departamento Comercial. Raissa criticava o sistema gerencial, o atendimento, as pessoas que não trabalhavam com ela, todo o time da Lurdes. Respeitava Lurdes, mas era membro declarado do time de Nádia.

Para Raissa, Nádia era uma espécie de *superstar*, seus olhos brilhavam quando ela contava as histórias folclóricas de Nádia.

Raissa foi uma das pessoas que me ajudou a entender o funcionamento do sistema de ERP que seria substituído. Também me ajudou a entender o complexo jogo de poder disputado entre os dois times que comentei. Ela tinha todo interesse em me incentivar a entrar para o time de Nádia, porque se eu consertasse os problemas do TI, Lurdes não teria mais acesso às informações pessoais e confidenciais dos funcionários do outro time.

Eu simplesmente não seria de time algum, só queria fazer meu trabalho então tratava Nádia e Lurdes com muito respeito e, acima de tudo, com profissionalismo e distância.

A Raissa conhecia bem o sistema gerencial e o departamento comercial. Isso foi importante, porque eu tinha que entender como tudo funcionava para ajudar no processo de implantação do novo sistema. Como ela conhecia todo o processo e pessoas envolvidas, foi fácil ter um entendimento dos processos que ainda não estavam mapeados pela empresa.

Raissa tinha fortes discussões com Julia, que era a responsável pelo departamento de atendimento ao cliente, o famoso SAC[5]. Julia, assim como Raissa, conhecia todos os processos da empresa e tinha o controle de sua equipe. As duas começaram suas carreiras na Implantsim, trabalhavam há anos na empresa, mas provavelmente eram suas primeiras experiências profissionais. Quando conheci as duas, percebi imediatamente por que elas não se entendiam. O problema era que elas eram protegidas por times diferentes, com propósitos diferentes e ainda tinha um agravante: as duas tinham personalidades muito parecidas, ambas eram explosivas!

Enquanto Raissa procurava auxiliar o departamento Comercial, facilitando a vida do vendedor na entrada de pedidos e gerar vendas, Julia era quem tinha o pós-venda em suas mãos, recebia o retorno dos clientes que poderiam ser elogios e reclamações. Se alguém do Comercial vendesse algo que não atendia aos anseios do cliente, Julia quem tinha que se explicar, se desculpar em nome da empresa e resolver a situação. Para Julia, os vendedores, ávidos por alcançarem as metas, cometiam erros, porque forçavam a venda de produtos sem necessidade para os clientes, e depois, ela e sua equipe eram responsáveis por explicar essas divergências. Outra reclamação que os clientes faziam para a equipe de Julia era sobre o prazo

---

[5] Serviço de Atendimento ao Cliente.

de entrega. Alguns vendiam produtos que não estavam no estoque, que deveriam ser produzidos conforme demanda. Como o cliente não tinha essa informação, ele aguardava alguns dias e perdia a paciência ao perceber a demora no recebimento de certos produtos.

Para Raissa, o SAC não passava de um departamento cheio de gente treinada para bloquear as vendas, que passava informações desnecessárias sobre produtos e que essas informações faziam com que os clientes não voltassem a comprar determinados produtos. Também dizia que por não gostarem do departamento comercial, o SAC apoiava a reclamação do cliente, ao invés de acalmá-lo. Chamava o SAC de departamento antivendas.

Sempre que a situação ficava insuportável entre as duas áreas, ou melhor, entre as duas, os gestores de ambas eram convidados a resolver o problema. Estes por sua vez, colocavam as duas para conversar e o resultado era sempre desastroso: muita discussão, mal-estar e material para Lurdes e Nádia discutirem entre elas também.

Eu estava em uma reunião quando Julia e Raissa começaram a discutir e acabou sobrando para mim. Julia acusou o TI de gravar ligações clandestinamente e que isso era usado contra ela, frequentemente.

Cada hora surgia algo novo e nada bom para eu resolver. Agora mais essa. Durante a conversa com Dante, Dalton e Ferdinando, nada disso foi comentado.

Meus conhecimentos sobre centrais telefônicas eram limitados, da época da Nacional Automática, mas foram suficientes para localizar o tal aparelho gravador e desinstalá-lo.

Resolvi aproveitar a oportunidade e conhecer Jacinto, nosso fornecedor e consultor responsável pela manutenção da central telefônica. Jacinto era um cara simples, falava muito errado e era hostilizado tanto por Ferdinando quanto Dalton, que não perdoavam o sotaque caipira dele.

Procurei Jacinto para conversar um dia e entender melhor quais serviços ele prestava para a empresa. Durante nossa conversa, ele falou com orgulho sobre as dificuldades em estudar e como havia conseguido montar uma empresa que era conduzida em família: ele, filho e esposa.

Jacinto realmente era muito bom no que fazia e em todos os momentos que tivemos problemas com a central telefônica, ele foi rápido na solução. O único problema da empresa de Jacinto, é que ele era extremamente enrolado para as questões administrativas. Enquanto ele se preocupava com o atendimento técnico, seu filho o auxiliava nas instalações e transporte de equipamentos. Sua esposa era responsável pelos pagamentos, recebimentos e envio de propostas comerciais. Era comum Jacinto dar sua palavra sobre um prazo e o equipamento não chegar a tempo, ou quando combinava um prazo para envio de um orçamento, esquecer de alinhar com sua esposa para o envio. Nada disso, porém, desabonava o excelente trabalho feito por ele, por isso o departamento de TI já havia se adaptado à sua forma de trabalho e ajudávamos com lembretes sobre atividades pendentes e prazos.

Jacinto confirmou que o aparelho que eu encontrei se tratava de um gravador que era usado para gravar, inicialmente, as conversas dos vendedores com os clientes. O equipamento foi instalado a pedido de Dante, que atendeu um pedido da Nádia. O problema é que Dante começou a usar o aparelho para gravar conversas de outras pessoas sem qualquer solicitação ou autorização. Ou seja, além de bisbilhotar arquivos na rede e ler e-mails dos usuários, ele também gravava conversas telefônicas não autorizadas!

Jacinto fez várias considerações importantes sobre a nossa central telefônica. Foi importante termos essa conversa, porque entendi que esse equipamento não suportaria o nosso crescimento, uma vez que tínhamos uma limitação para expansão de ramais.

Solicitei a Jacinto que verificasse o que seria necessário para uma possível expansão, que seria feita tão logo eu obtivesse a expectativa de crescimento da empresa para os próximos anos.

Quando o pessoal da Moneycross não estava na empresa, meu contato para resolver assuntos relacionados ao TI era o Matiolli, braço direito de Nádia, gerente de Marketing e elo principal da Moneycross com a antiga gestão. Mostrei o equipamento a ele, que confirmou que houve um pedido de Nádia para que Dante monitorasse alguns ramais, mas que ele já deveria ter sido desligado há meses. Provavelmente Dante continuava usando o equipamento sem autorização.

Nesse período eu tive muito contato com Matiolli, porque ele conhecia os poucos contratos que tínhamos para serviços e produtos de TI, além de ter todo o histórico. Geralmente era ele quem intermediava com Nádia os assuntos de contratação de tecnologia.

Como disse, no terceiro andar ficavam muitas baias que dividiam departamentos e ao redor dessas baias, tinham salas fechadas para alguns diretores. Uma dessas salas era a de Matiolli.

Nádia curiosamente não tinha uma sala própria, ela usava a sala do Matiolli e era fácil encontrá-la sentada no sofá que ficava na sala dele. Nádia também não usava computadores, sequer tinha endereço de e-mail. Todo assunto com Nádia era resolvido pessoalmente ou por meio do seu telefone pessoal.

Matiolli é casado com uma moça que trabalhava com Lurdes e isso eu só soube por que ele mesmo comentou tempos depois. Os dois eram muito reservados, profissionais e por trabalharem em "times" diferentes, tinham que manter a discrição. Sim, a sua mulher trabalhava com Lurdes e Matiolli, com Nádia.

O jeito que Nádia falava com Matiolli é como uma mãe fala com um filho. Ele havia conhecido Nádia em uma feira anual de odontologia e trabalhava como funcionário de Marketing em uma gigante fabricante de produtos para higiene bucal. Fez um excelente atendimento e Nádia ficou encantada com ele. Logo ele foi contratado e com o tempo se tornou chefe na empresa, confidente e braço direito de Nádia. Seu cargo de gerente tinha poderes de diretoria. Todas as decisões da empresa passavam por ele. Todos diziam que Nádia o tinha como um filho mesmo. Ela tinha dois filhos, mas nenhum deles tinha interesse em assumir algum cargo na empresa construída por ela, este, aliás, seria um dos motivos para que ela vendesse parte da empresa.

Matiolli participava de tudo, das decisões comerciais às assinaturas dos contratos com fornecedores, por isso eu aprendia muito com ele.

Assim como eu, Matiolli veio de família humilde e até entrar na Implantsim, tinha um salário mediano e um Chevette velho. Na Implantsim ele trouxe uma visão jovem de gerenciamento e soube aproveitar a oportunidade como ninguém.

Outro que fez parte da história da Implantsim, mas que não contava com o mesmo prestígio e respeito era Benito, o chefe da Manutenção. Esse assim como Alessandro, era um puxa saco que, quando via Nádia, saía correndo para contar fofocas. Ele dizia que isso era contar novidades.

As pessoas tinham nojo de Benito pela forma que ele conduzia sua atividade na empresa. Percebi que as pessoas apenas o toleravam, porque sabiam que se ele não gostasse de alguém, falaria mal dessa pessoa para todos, inclusive para Nádia. Ele tinha um discurso repetitivo sobre como levar vantagens em cima dos outros, não importava como. Um exemplo que ele gostava de repetir é como havia feito para enganar o governo para comprar um carro com desconto, benefício dado às pessoas com alguma deficiência física. Ele tinha um pequeno problema no braço, algo imperceptível e que de forma alguma limitava seus movimentos, como ele mesmo fez questão de dizer. Como a lei obrigava que a pessoa utilizasse um documento e um adesivo preso ao carro, ele aproveitava-se disso também para ocupar vagas especiais reservadas para deficientes. Estranho uma pessoa contar isso a um desconhecido com tanta naturalidade e alegria. Sei que muitas pessoas que precisam do mesmo benefício, às vezes, nem conseguem, então fiquei um pouco revoltado com a atitude dele.

Benito era um dos amigos do Dalton e tinha acesso total à internet, sem restrição de conteúdo e seu telefone também era o que tinha maior limite de minutos disponíveis para ligação.

O problema é que Benito usava a internet para assistir vídeos pornográficos e eu frequentemente recebia reclamações, porque ele não respeitava o ambiente de trabalho e acessava esse conteúdo durante o expediente. Para piorar, a sala onde ele trabalhava tinha paredes de vidro e todos que passavam pelo corredor, viam o que ele assistia.

Semanas depois tive um outro contato com Benito, foi quando eu ajustei o acesso e ele deixou de ver os seus vídeos. Eu havia feito uma política temporária, alinhada com o pessoal da Moneycross e RH para evitar reclamações. A empresa havia liberado acesso às redes sociais no horário de almoço e a regra passaria a ser a mesma para todos.

Obviamente Benito não queria que a regra valesse para ele e veio me procurar dizendo que era muito amigo de Nádia e que ele precisava acessar muitos sites a pedido dela. Ele é muito cara de pau!

Ao final da conversa, educada e tranquila, descobri que Benito não seria meu amigo, saiu da sala batendo a porta com força e jurando que aquilo não ficaria assim. Paciência, minha função nem sempre está relacionada com criação de novos amigos. Nem sempre é possível agradar a todos e fazer amigos quando se decide fazer a coisa certa.

Apesar das ameaças, eu estava tranquilo e a proximidade dele com Nádia não me preocupava. Não acreditaria que ele fosse reclamar com ela por não acessar determinados sites que ele poderia acessar de sua casa.

A Implantsim é uma fabricante de implantes dentários feitos em titânio, um metal nobre. É uma espécie de indústria metalúrgica e farmacêutica, porque para fabricar esse produto necessariamente precisamos de processos encontrados em ambas as indústrias.

A equipe da fábrica tinha um grande peso nas decisões da companhia, por isso, era muito comum ter os principais membros nas reuniões da empresa, principalmente quando algum processo ou sistema os envolvia.

Álvaro era o engenheiro de produção da fábrica. Ele era muito resistente a mudanças. Era comum opinar contra elas, seja lá quais fossem e geralmente era apoiado por seu superior direto, Edgar, o gerente da fábrica.

Edgar tinha o cargo de gerente, mas assim como Matiolli, seus votos no Conselho tinham "peso" de diretor.

Quando a Implantsim estava em busca de um perfil sênior que pudesse gerenciar o time da fábrica, Álvaro teve a grande oportunidade de indicar Edgar para ser seu chefe. Até aí tudo bem, o problema era que geralmente Álvaro se fazia valer da indicação e fazia corpo mole na maioria dos casos, contando sempre com o apoio incondicional de Edgar, seu chefe. Em reuniões de projetos, quando Álvaro era cobrado ou recebia alguma reclamação, Edgar assumia a frente e o defendia com todas as forças. Era mais fácil Edgar dizer que ele próprio faria a atividade do Álvaro do que deixar que alguém dissesse o que seu pupilo deveria fazer. Também era comum Edgar pedir que seu nome fosse colocado como responsável pela atividade, no lugar do nome de Álvaro.

Edgar era funcionário de confiança de Nádia e ninguém o contrariava. Isso era a minha percepção em todas as reuniões que eu participava com eles. E se ninguém contrariava Edgar, seu subordinado Álvaro também não era contrariado.

Inicialmente tive pouco contato com Álvaro, porque ele sempre se recusava em participar de reuniões sobre definição de tecnologia para a área de produção. Eu só tive contato com ele um pouco mais para a frente, durante o projeto de implantação do novo ERP.

Uma pessoa que fiquei contente em conhecer foi o Nogueira, o gerente nacional de vendas. Sua equipe tinha muito respeito por ele e assim como seu amigo Matiolli, tinha a confiança de Nádia. Suas decisões criativas ajudaram a empresa a manter o crescimento anual em dois dígitos percentuais e quando falo em criatividade eu lembro do dia que participei do meu primeiro evento com a equipe Comercial. O evento criado por ele, chamado de Rali Nacional de Vendas, concedeu à equipe comercial, prêmios que iam de valores em dinheiro a um carro zero. Para apresentar a premiação, ele e mais um gerente entraram no evento com motocross, devidamente equipados como pilotos de rali.

Os vendedores iam ao delírio com tudo aquilo e foi bom eu ter ido nesse evento, porque foi o último nesses moldes e foi o último evento comercial da Implantsim com a participação do Nogueira.

Nogueira gostava de minha atuação à frente do departamento de TI e fazia questão de elogiar pessoalmente todas as melhorias que fazíamos. Também fazia questão de nos repassar todos os feedbacks que a sua equipe encaminhava a ele sobre o nosso trabalho. Conforme eu melhorava a vida dos vendedores da empresa com a inserção de novas tecnologias, recebíamos mais elogios.

Uma vez eu recebi o pedido do Eliseu, chefe do RH, para comprar dois aparelhos celulares para dois novos gerentes comerciais que se reportariam ao Nogueira. Como não havia processo desenhado ou definido para isso, consultei o próprio Eliseu, que apenas disse que eu deveria solicitar a compra à operadora que nos atendia e que o processo de Compras seguiria adiante.

Ninguém me avisou que toda e qualquer compra passava por Nádia e como o pedido veio direto a mim, tratei logo de comprar os aparelhos e entregar para a equipe. Nogueira agradeceu a velocidade na compra, porque, segundo ele, isso demorava e geralmente o funcionário chegava sem ter o aparelho para trabalhar.

Estava tudo bem até o dia que eu fui visitar uma empresa do grupo e recebi a ligação de Nádia, que estava brava, porque eu comprei os aparelhos celulares novos sem consultá-la antes. Por sorte, Nogueira estava perto de Nádia e ouviu quando ela começou a falar comigo pelo telefone. Ele sabia que ela ia brigar feio comigo e ouvi pelo telefone quando ele intercedeu, dizendo que eu tinha salvado o departamento devido à velocidade na compra. Ainda disse que ele errou em não me informar o procedimento e que eu não tinha culpa. Assumiu a responsabilidade, coisa que a maioria por lá não faria.

Minutos depois eu ainda estava na linha e ela disse:

— Menino, está tudo bem! Depois Nogueira vai te explicar que eu participo de cada compra na empresa, mesmo que seja um simples celular.

Ufa! Eu tinha me livrado de um sermão desnecessário graças ao Nogueira!

Eliseu era um cara do bem, mas tinha um medo terrível de Nádia e quando foi questionado por ela sobre quem teria dado a ordem da compra, recuou e não assumiu a responsabilidade pelo pedido. Certamente porque ele esqueceu de mencionar que toda compra tinha a participação de Nádia e no momento preferiu me deixar exposto. Sobrou para o Nogueira, que mais uma vez demonstrou seu caráter, livrou-me de um problema com Nádia e ganhou meu respeito.

Logo depois desse episódio, o fundo de investimento Moneycross entendeu que compras simples de TI seriam tratadas diretamente com o departamento de Compras, sem a necessidade de aprovação da Nádia.

Outro profissional que eu respeitava muito era o Sr. Matias, antigo *controller* da empresa.

Ele era o responsável por todos os assuntos relacionados à Contabilidade. Tinha experiência de mais de 30 anos trabalhando no ramo e era gente de confiança de Nádia.

Sua mesa era vizinha à minha e ele gostava de passar dicas sobre como evitar problemas com Nádia e Lurdes. Ele era um dos poucos que transitavam entre os dois times sem grandes problemas. Falava com as duas e tinha o respeito de ambas. Respondia à Nádia em relação ao seu trabalho já que ela era a superior direta dele, mas sobre os assuntos financeiros da empresa, ele reportava-se diretamente à Lurdes.

— Eu tenho que defender meu ponto de vista duas vezes! — Dizia ele.

Muito positivo e sempre disposto a ajudar, Matias fazia questão de passar todas as manhãs para saber se eu precisava de algo e saber se as coisas estavam indo bem.

Outro vizinho de baia que eu conversava muito era Monteiro. Ele era um supervisor de vendas e assim como Raissa, conhecia muito bem a rotina e processos comerciais da empresa. Sempre que eu tinha uma dúvida sobre o sistema atual, tratava de dirimi-las com um dos dois. Seu cargo anterior era vendedor e Monteiro tinha uma riqueza de informações sobre o trabalho em campo, como era o processo de venda na prática, desde a visita aos clientes até a expedição do material. Conhecia os problemas para emitir pedidos no sistema e sempre que podia, mostrava-me quais eram as dificuldades atuais. As informações de Monteiro seriam úteis no futuro para mapear o novo processo comercial para ser implantado no sistema de ERP. Aliás, conforme conhecia pessoas na empresa, eu anotava os pontos mais importantes sobre nossas conversas. Não apenas para resolver as questões que estavam ao meu alcance, mas também para aprender, revisitar esse material em caso de dúvidas de como a empresa funcionava. Também aproveitava para estudar as pessoas, entender se elas fariam parte dos novos projetos como usuários-chave, o tipo de usuário com conhecimento sobre um assunto e que todo gerente de projetos precisa para conduzir um projeto com qualidade. Para quem trabalha com projetos, é muito importante escolher bem as pessoas que vão ajudar. O melhor cenário é ter pessoas que conhecem bem os processos, que sabem onde estamos errando ou onde podemos melhorar. Monteiro com certeza seria um deles. Era positivo e não reclamava de minhas insistentes perguntas sobre o processo comercial.

Ele mesmo havia mencionado algumas vezes que contava comigo para uma mudança radical em seu departamento. O sonho dele era se tornar Gerente Comercial com essa restruturação e sabia que me ajudando, estaria se ajudando.

A Implantsim tinha uma empresa do grupo chamada Ynepto, que funcionava como um braço para pesquisas e experiências científicas. A Ynepto também era responsável por treinamentos avançados para dentistas em busca de especialização em implantes dentários e prestava serviços à população com custos abaixo do mercado enquanto treinava os novos dentistas.

Isso era importante, porque ajudava na divulgação dos produtos e consolidação dos produtos no mercado.

A criação da Ynepto foi idealizada pelo Dr. Adônis, famoso cirurgião dentista especialista em implantes dentários e marido de Nádia. Dr. Adônis era um homem muito cordial, simples e inteligente. Ao contrário de Nádia, que era muito enérgica, Dr. Adônis era um homem calmo, de fala mansa.

A Ynepto tinha poucos funcionários e um dos mais conhecidos era o Claudio. Ele era uma espécie de "faz de tudo" na Ynepto. Ora cinegrafista em cirurgias para implantes, ora responsável pela tecnologia da empresa, ora editor de vídeos de treinamento, às vezes, fotógrafo, sempre chato. Ele era arrogante com todos que sentia que podia ir além, que percebia que podia se aproveitar.

Uma das coisas mais tristes que vejo em um ser humano é quando ele precisa usar o nome do chefe para pedir algo e Claudio fazia isso com grande frequência. Pedia tudo dizendo que Dr. Adônis ou Nádia haviam pedido algo, quando na verdade não tinham feito. *"A Nádia mandou você fazer isso!"*, *"Dr. Adônis falou para você comprar um novo equipamento para mim!"*. Claudio iniciava as frases com os nomes de Nádia e Dr. Adônis justamente porque as pessoas tinham medo e não sabiam se ele estava falando a verdade ou blefando. Ele falava como se caso alguém não fizesse o que ele mandasse, algo de ruim poderia acontecer com aquela pessoa. Era tudo blefe e rapidamente entendi isso, porque eu sempre documento solicitações. Se a empresa possui um fluxo de aprovações, isso se torna muito simples de resolver. Basta documentar e enviar para o superior da pessoa que está solicitando. Assim que comecei a verificar os pedidos de Claudio com Nádia e Dr. Adônis, ele já percebeu que aqui não seria igual e parou com a festa dos pedidos.

Murata já tinha me avisado que assim que a Moneycross concretizasse a compra, Claudio seria um dos meus subordinados diretos e que o TI seria unificado. Logo que conheci Claudio, tive a noção que teria muito mais trabalho pela frente. Eu não gostaria que os usuários continuassem recebendo aquele tipo de atendimento que Claudio prestava, que era muito ruim e tenso.

Toda vez que Claudio era convidado para uma reunião, eu ouvia de outros participantes duras críticas sobre a participação dele.

"Precisamos dele na reunião?", ou *"Em toda a minha vida, nunca tinha visto uma pessoa tão negativa!"*.

No início eu achava todos os comentários maldosos e até falta de respeito, até conhecer Claudio pessoalmente.

A Implantsim tinha um auditório grande, geralmente utilizado para eventos promovidos pelas empresas do grupo como o caso da Ynepto. Os equipamentos de som, vídeo e iluminação eram de responsabilidade do TI da Implantsim. Fomos informados em cima da hora que haveria um evento no dia seguinte e que o Claudio passaria na Implantsim para alinhar conosco sobre o evento.

Estávamos em uma reunião, Dalton, Ferdinando e eu, quando Claudio invadiu a sala, não pediu licença, não cumprimentou ninguém e saiu disparando ordens para o Dalton, que já estava se preparando para sair da sala quando eu chamei sua atenção.

— Dalton, aonde você vai? Ainda não terminamos a reunião.

— Jonas, desculpe. É que preciso ir agora com Claudio para o auditório para alinharmos como será o evento.

— Dalton, estamos em reunião e tudo que o Claudio precisa agora é da chave do auditório. Fique tranquilo.

Logo que Claudio retornou do auditório, pediu licença, cumprimentou a todos e resolveu se apresentar. Dessa vez solicitou com educação a ajuda de Dalton para o dia seguinte e eu concordei, dando continuidade na reunião.

No dia seguinte, como combinado, Dalton ficou o dia inteiro auxiliando Claudio durante o evento da Ynepto enquanto os chamados se acumulavam. Mas até aí tudo bem, pelo menos estávamos começando a nos entender.

Com o tempo fui conhecendo os profissionais das empresas e colocando meu ritmo de trabalho, mas confesso que o início foi complicado. Os vícios e as dificuldades de alguns em trabalhar em equipe dificultavam muito o meu trabalho.

Na mesma velocidade que surgiam problemas, surgiam excelentes novidades!

Um dia estava em minha mesa, quando chegou o Murata, dizendo que o Rodrigo estaria visitando a Implantsim e tinha curiosidade em me conhecer.

A minha conversa com o Rodrigo foi bem rápida nesse primeiro momento. Ele quis saber como eu estava atuando à frente do TI e pediu que eu me preparasse para a chegada do novo corpo diretivo. Ele comentou que ainda estava concluindo as contratações, mas que logo os novos colegas estariam comigo para conduzir a mudança no controle da empresa.

Solicitou que eu providenciasse um orçamento com consultorias especializadas na implantação do ERP escolhido e queria que eu fizesse uma apresentação ao Conselho para que eles aprovassem o orçamento. Deu um prazo de um mês para que eles pudessem avaliar o material com tranquilidade e antes das férias de fim de ano.

Se eu já estava contente com a oportunidade, a possibilidade de iniciar um projeto dessa magnitude me deixava ainda mais entusiasmado. E agora era a palavra do chefe, tinha que acelerar e fazer a melhor apresentação que eu já havia feito até então.

Sabendo da responsabilidade que eu tinha pela frente, agendei reuniões com as melhores consultorias que havia no mercado. Algumas fizeram questão de levantar informações um pouco mais precisas sobre nossos processos, isso enriqueceu ainda mais minha apresentação e foi determinante para que chegássemos às três melhores propostas.

Consegui fazer todas as tarefas em tempo recorde e montei uma apresentação para explicar ao Rodrigo e ao Conselho. Como sabia que apresentar aqueles dados era tão importante quanto a própria tarefa de reunir as informações, resolvi testar primeiro com o Murata e o resultado foi positivo.

Durante a apresentação, alinhamos qual a consultoria que nos atenderia nesse projeto, quem seriam os envolvidos, os *key users*[6], o que precisaríamos para adequar a infraestrutura e os custos envolvidos em toda a operação.

Tudo foi aceito e eu tinha carta branca para iniciar o projeto, no entanto, deveria aguardar a chegada dos novos contratados da Moneycross, porque entre eles teria o novo Diretor Financeiro, que me ajudaria em toda a negociação e liberação de valores.

A consultoria escolhida pela Moneycross foi a Sondhas, porque além dos valores cotados, eles teriam feito um trabalho similar em outra empresa do grupo que ficava no Chile. Os contatos do Chile elogiaram a escolha do fundo, porque tinham boas referências sobre o trabalho deles.

Agora era aguardar a chegada do novo corpo diretivo da empresa para que eu pudesse iniciar o projeto.

Era dezembro e a empresa entraria em recesso por 15 dias. Rodrigo pediu que eu aproveitasse o período para descansar, porque o início de ano seria de muito trabalho.

2.4 Quem foi?

O ano realmente começou com muito trabalho e eu sabia que antes de iniciar o maior projeto tecnológico da empresa, precisava eliminar o maior número possível de reclamações dos usuários de tecnologia. A qualidade do atendimento de TI era uma das maiores reclamações. Estávamos aquém do esperado, faltava mão de obra e infraestrutura compatível com nossas pretensões.

Como se não bastasse o volume de trabalho, fui surpreendido com um telefonema do Rodrigo, convidando-me a passar em sua sala. Sim, Rodrigo, o presidente da Moneycross e futuro comprador da Implantsim querendo falar comigo. Logo pensei que fosse para falar sobre o projeto de implantação do novo ERP, mas na verdade era outro assunto.

Rodrigo estava muito sério.

— Jonas, sei que está ocupado, mas preciso de sua ajuda.

— Pois não, Rodrigo, em que posso ajudar?

---

[6] *Key users* ou usuários-chave são os porta-vozes de cada processo dentro do projeto. A eles é dada a responsabilidade de aportar experiência de processos, recursos e conhecimento técnico e funcional sobre os sistemas legados, testar e validar desenvolvimentos, realizar testes no sistema. Cabe a eles também preparar o material e ministrar o treinamento de usuários finais.

— Tivemos um evento da Ynepto no mês passado.

— Sim, estou ciente, Rodrigo. Houve algum problema com nossa atuação?

— Não, pelo contrário. O problema é outro. Um dos palestrantes, o Dr. Gomes, amigo do Dr. Adônis, disse que recebeu um e-mail em nome da secretária do Dr. Adônis, com muitas ofensas. Não se sabe se o e-mail foi enviado por meio de invasão ou se por algum descuido, alguém se aproveitou da ausência dela para enviar. Eu só quero que descubra o que aconteceu, como isso foi possível e quero o nome do culpado, não importa quanto isso custe. Estou liberando uma verba para que possa contratar algum especialista em crimes cibernéticos, se precisar.

— Tudo bem, Rodrigo. Vou verificar o que houve.

— Jonas. Aqui está o contato do Dr. Gomes, quero que ligue para ele e alinhe o que precisa para iniciar essa investigação. Como disse, ele é amigo de Adônis e Nádia e eu prometi que te colocaria no caso, porque confio em sua capacidade e discrição.

— Claro. Entendi perfeitamente. Pode deixar, eu te manterei informado sobre o assunto.

Assim que saí da sala do Rodrigo, pensei: "com tantos problemas e agora mais esse!?".

Sem perder tempo, agendei e fui até o escritório do Dr. Gomes.

— Eu falei para o Adônis que ele não tinha que se preocupar com isso. Eu apenas comentei que a secretária dele tinha me enviado esse e-mail, mas foi em tom de brincadeira. Eu sei que jamais ela faria isso, de toda forma, seria bom ela checar se o acesso ao e-mail dela não estaria disponível para pessoas que não gostam de mim.

— Sem problemas, Dr. Gomes, no entanto, o assunto é realmente sério e tenho certeza de que isso trouxe um mal-estar para o Dr. Adônis. Enfim, estou aqui para tentar entender o que houve. O senhor teria como me mostrar o e-mail original?

Assim que ele me mostrou o e-mail, percebi que o remetente, apesar do nome parecido com o da secretária, não era realmente originário de nosso servidor. Isso foi um enorme alívio, porque realmente poderia ter sido alguém invadindo a conta dela ou acessando o equipamento sem sua autorização, bem comum de acontecer em outros tempos, não sob minha gestão. Mostrei ao Dr. Gomes o que eu havia identificado, isso foi fácil, ele comparou com outros e-mails anteriores dela e entendeu que se tratava de um e-mail disparado com o intuito de confundir mesmo.

Mas isso não resolvia outra questão importante: quem teria mandado esse e-mail e por quê?

Enviei o e-mail para minha caixa postal e imprimi outra cópia para que eu pudesse tentar observar algum outro detalhe. Quem sabe a forma de escrever me ajudasse no futuro?

Passei semanas analisando o conteúdo para tentar entender o padrão de escrita, tentando encontrar algo que desse uma pista enquanto o especialista contratado também buscava por pistas que nos ajudasse a encontrar o verdadeiro culpado.

O trabalho do especialista contratado resultou em uma análise que afirmou que o servidor era mesmo um desses que eles chamam de *open relay*[7], uma espécie de servidor que serve para envio de porcarias como e-mails com endereços de origem falsos e propagandas não autorizadas.

O computador que teria feito o acesso a esse servidor pertencia à mesma cidade da empresa, São Paulo, mas não conseguia informar com precisão sobre o local exato já que o endereço não era fixo.

Todos os dias eu olhava para aquele papel e, juntando as informações recebidas pelo especialista, cheguei às seguintes conclusões:

- A linguagem era informal, cheia de gírias e palavrões, mas havia um padrão na repetição das palavras.

- O e-mail foi enviado a partir de um servidor pirata e esse servidor em especial, era especializado em fraudar o nome do domínio de origem, ou seja, ele fazia o destinatário pensar que havia recebido um e-mail legítimo.

- A pessoa que enviou o e-mail estava possivelmente alterada e falava poucas coisas que faziam sentido, parecia bêbada, mas deixava claro que estava chateada com alguma atitude do Dr. Gomes durante sua palestra, porque continha trechos no texto relatando a arrogância do Dr. Gomes. Ou seja, a pessoa possivelmente participou daquela palestra.

- Os erros de Português se repetiam em todo o texto, havia um padrão também na forma de se expressar.

---

[7] *Open relay* é um método de atuação de servidores de correio eletrônico. Os servidores de correio eletrônico são classificados como *open relay* quando ele processa um e-mail onde o remetente e o destinatário não são usuários do servidor em questão.

- A pessoa conhecia o Dr. Gomes e a secretária do Dr. Adônis e não gostava de ambos, porque ela o xingava, fazendo-se passar por outra pessoa.
- Durante a digitação do nome da secretária do Dr. Adônis, errou em manter somente o primeiro nome com a primeira letra em minúsculo, os demais estavam diferentes. Poderia ser pela pessoa estar com pressa, não sei.
- Dr. Gomes tinha um cabelo comprido, que ele prendia quando se apresentava em eventos. A pessoa fez questão de inventar um apelido que fazia menção ao seu estilo. O apelido dado ao Dr. Gomes no e-mail era Capitão Caverna, em alusão à uma antiga personagem de desenho infantil.

Isso não me ajudava a provar coisa alguma, mas fiz questão de manter tudo documentado mesmo assim.

Uma coisa era certa, a pessoa estava no evento e não gostou de algo que aconteceu durante a palestra do Dr. Gomes. Mas o que poderia ser e quem?

Lembrei que Dalton havia participado do evento, auxiliando o Claudio naquele dia com a aparelhagem do evento, som etc. Talvez ele tivesse presenciado algo que pudesse me ajudar.

Liguei para o Claudio perguntando como tinha sido o evento, fui claro em perguntar sobre a palestra do Dr. Gomes e ele foi enfático em dizer que tudo tinha ocorrido bem com exceção do problema que ocorreu com a tela de retorno, o que fez com que o Dr. Gomes reclamasse com o Dalton na frente de todos os participantes.

Aproveitei nossa reunião diária logo cedo e compartilhei com Dalton e Ferdinando o que tinha acontecido, mas não disse tudo, apenas comentei por cima, porque o assunto era confidencial.

— Vocês acreditam que o Dr. Gomes recebeu um e-mail com um monte de xingamentos depois da palestra dele?

— Nossa, aquele "tiozinho" é gente boa, coitado, que chato isso! Você chegou a ver o conteúdo do e-mail? Posso ver? — Perguntou Ferdinando.

— Não tenho o conteúdo. Apenas disseram que isso aconteceu, que teria sido enviado pelo e-mail da secretária do Dr. Adônis.

— Coitado o caramba, Ferdinando! Esse cara é um arrogante! No dia do evento, só porque deu um probleminha na tela de retorno dele, me humilhou na frente de todo mundo, me fez passar vergonha! Eu estava lá pra ajudar e já estava de saco cheio de tanta coisa que o Claudio fica pedindo ao mesmo tempo, aquele gordo preguiçoso. Aí veio o Capitão Caverna gritando comigo, porque não tinha uma tv no palco, sendo que ele poderia apenas olhar para o telão e resolveria o problema. — Esbravejou Dalton.

— Você disse "Capitão Caverna"? — Perguntei ao Dalton.

— Isso. Capitão... — Na hora ele entendeu a mancada que havia dado, eu não havia comentado sobre o conteúdo do e-mail e mentido que não tive acesso a ele. Como Dalton sabia o apelido usado no e-mail? Coincidência? E por que ele teria ficado sem graça?

— Ferdinando. Reunião terminada. Por favor, faça uma análise no nível de tinta de todas as impressoras do andar, por favor.

Queria um tempo para conversar com Dalton. Naquele momento um monte de coisas o ligava ao tal e-mail: o apelido usado, a motivação, a bebedeira e a forma passional de conduzir muitos assuntos. Mas nada disso me dava provas para acusá-lo.

— Dalton. Foi você?

— Jonas, pode ter sido um monte de gente.

— Dalton, só comente a verdade.

— Olha, Jonas, digamos que fosse eu. O que aconteceria em seguida?

— Aconteceria que eu informaria o Dr. Adônis e Rodrigo sobre o resultado da nossa conversa.

— Opa, então eu tenho chance ainda. Pode contar para eles. Eu estava chateado com ele, fiz apenas uma brincadeira, acho que ele exagerou me tratando daquele jeito na frente de todo mundo. Eu cheguei em casa, queria descontar o que ele fez comigo, acessei um servidor que simulava o nosso endereço de e-mail e enviei. Não imaginei que isso causaria todo esse rebuliço. Pensei que ele fosse ler e ignorar. Eu estava bêbado, não pensei muito bem no dia.

— Dalton, você sabe que desta vez eu não terei como esconder esse tipo de coisa. É muito sério. Você entende isso?

— Jonas, sim, eu entendo, mas como eu disse, eu sou muito amigo do filho da Dona Nádia, eu posso me explicar para ela, fica tranquilo. No máximo ela vai me pedir para me desculpar com o Dr. Gomes. Olha, no fundo ela também não gosta dele!

Dalton tinha certeza da impunidade, porque via vários exemplos de gente que era de um time ou de outro e que sempre dava um jeito de se safar.

Eu não acreditava que seria assim depois de contar ao Rodrigo, eu cheguei a pensar em tentar ajudar o Dalton, mas isso já era demais, não poderia jamais encobrir algo assim dentro do meu time. Eu não acreditava naquela história de que alguns profissionais você precisa demitir imediatamente até conhecer Dalton.

— Eu sabia! — Disse Matiolli assim que conversamos sobre o assunto com Rodrigo.

Rodrigo ficou muito bravo e decidiu que não queria mais uma pessoa assim na empresa.

— Eu sei que ainda não fechamos o negócio, mas penso que não podemos ter uma pessoa assim na equipe. Jonas, sinto por desfalcá-lo, sei que já está "ferrado", mas não vejo uma alternativa a não ser demitir o Dalton para evitar mais problemas.

Matiolli comprometeu-se em resolver o assunto e saí da sala com sentimento de derrota. Despedir um profissional é sempre algo complicado, ruim. Queria que tivesse outra forma de resolver, mas eu não podia mentir e muito menos ignorar a gravidade de tudo que Dalton estava aprontando na empresa. Já não era mais uma questão de algo que pudesse dar uma nova chance, a questão moral tem um "peso" muito grande. Ter um profissional honesto e comprometido com bons resultados é o mínimo que um gestor espera. Quando o vínculo da confiança é quebrado, não há como consertar.

Agora, mais do que nunca eu precisaria do apoio do RH para uma rápida substituição do profissional, porque as atividades continuavam e já estava difícil para nós três. Agora com a eminente saída do Dalton, ficaria ainda mais complicado.

2.5 Foi ele. E daí?

Passou uma semana e Dalton ainda não tinha sido desligado da empresa. Ele acreditava no costumeiro tratamento de impunidade que era dado aos membros participantes dos times de Nádia e Lurdes. Aliás, ele fazia parte do time de Nádia.

Esse tipo de falta de atitude da empresa era algo assustador e preocupante. Se era para desligá-lo pelos motivos informados, por que correr mais riscos? O desligamento deveria ser imediato! Dalton já tinha provado que não era digno de confiança e continuava com acessos importantes aos sistemas da empresa. Outra coisa que incomodava era o mau exemplo que ele dava para os demais colaboradores.

A nossa sorte é que Dalton, certo da impunidade, não piorou a situação do TI danificando algum sistema, mas não demorou muito para que ele aprontasse mais uma.

Durante um almoço com alguns funcionários da empresa, uma pessoa comentou que tinha a grande curiosidade em saber o salário dos gestores. Sugeriu um valor para o salário de seu chefe e isso fez com que outros também sugerissem valores para os seus. No dia seguinte, Dalton voltou com uma lista impressa completa com todos os nomes, cargos e salários de todos os funcionários da empresa e provocou a mesma conversa. A cada sugestão de salário, ele rebatia com o valor real, dizendo se a pessoa tinha "chutado" certo ou errado, se o salário desse ou daquele funcionário era maior ou menor que o valor sugerido na conversa.

Claro que isso não ia dar certo. A curiosidade estendeu-se para o salário dos colegas de trabalho, muitas vezes, pessoas que trabalhavam no mesmo departamento e com os mesmos cargos e isso foi ainda pior. Alguns descobriram que seus colegas de trabalho ganhavam mais para fazer a mesma coisa. Quando o colega era mais antigo em tempo de serviço, tudo bem, mas quando descobriam o contrário, gerava um sentimento ruim e o clima ficou tenso.

Eles esqueceram de todos em volta e justamente no dia, pessoas do RH estavam próximas deles e sabiam que as informações eram verdadeiras, sigilosas e comentaram com Eliseu.

Eliseu procurou o Matiolli, que me chamou imediatamente à sua sala.

— Jonas, só estou te informando que vamos desligar o Dalton imediatamente! Estou cansado desse cara e de tudo que ele vem fazendo. Ele agora aprontou mais uma. Compartilhou informações sigilosas e revelou meu salário para um monte de gente.

— Matiolli. Eu imaginei que ele seria desligado após o ocorrido na semana passada. Ele já não possui determinados acessos, como o banco de dados do RH, e posso garantir que essa lista é antiga. Para outras funções relacionadas ao dia a dia eu tenho que o manter trabalhando e ele precisa enquanto for funcionário a não ser que me autorize retirar todos os acessos e deixá-lo sem trabalho. A minha situação é complicada, porque eu não posso ser o único a ter acessos especiais, preciso ter alguém de confiança no time, porque se acontece algo comigo, o que vai ser da empresa?

— Vai ser o jeito, Jonas. Tire os demais acessos e já estou solicitando que Eliseu o desligue imediatamente.

Eu tinha dois meses na empresa e já começava a me perguntar onde eu fui parar. Como um homem pode ser tão problemático e irresponsável assim?

Enquanto Matiolli passava as ordens para Eliseu desligar Dalton, chegou Nádia e ela perguntou por que Matiolli estava tão nervoso.

Nádia tinha a fama de não demitir pessoas, mas se alguém fosse demitido, ela deveria concordar, caso contrário, como já aconteceu, Nádia mandava a pessoa voltar para o trabalho.

Por esse motivo, muitos consideravam Nádia como uma madrinha, para quem deviam favores para o resto de suas vidas. Outros viam essa atitude como uma falta de respeito, porque além de favorecer os bagunceiros, dava força para que eles voltassem mais fortes e atrevidos!

Nádia tentou argumentar com Matiolli, pedindo que ele tivesse calma e chamou Dalton à sala.

— Dalton, estou muito triste com a notícia que acabei de receber de Matiolli. — Disse Nádia com um certo ar de mãe chamando a atenção do filho mimado.

— O que foi que eu fiz? — Dalton perguntou cinicamente.

— Eu fiquei sabendo pelo Matiolli que você andou aprontando, que mandou aquele e-mail horrível para o Gomes e ainda saiu por aí comentando os salários do povo. Isso é verdade?

— Sim, D. Nádia, é verdade e eu me arrependo muito por isso. — Respondeu baixando a cabeça.

— Dalton, que coisa feia. Como posso confiar em você desse jeito, rapaz? Você é amigo do meu filho, gostamos muito de você, mas não posso permitir que incomode o Matiolli desse jeito.

— D. Nádia, por favor, eu apenas estava olhando o conteúdo que o RH deixou na rede. A senhora sabe que eu sou trabalhador e que jamais gostaria de prejudicar a senhora. — Disse Dalton com voz de choro, apelando para o lado sentimental de Nádia.

— Eliseu, por que essa planilha estava na rede? — Nádia perguntou ao Eliseu, como se a culpa fosse só dele.

— D. Nádia, eu coloquei a planilha em nosso diretório de rede, é algo normal e ela tem senha, não sei como ele conseguiu. — Respondeu Eliseu.

— Então você é muito inocente em pensar que esses garotos não conseguem quebrar senhas de planilha. Também não faz sentido gerar uma planilha dessas se já temos o sistema.

Por um momento eu pensei que o Eliseu seria despedido no lugar de Dalton, mas Nádia voltou a atenção para Dalton e deu a ordem.

— Dalton, sabe que terá que ir para casa hoje. Estou muito decepcionada com você.

Dalton retirou-se, pegou seus pertences e foi embora.

Pensei que tudo estava resolvido, pensei que isso significaria o desligamento permanente do Dalton, imaginei que um pedido do próprio Matiolli seria o suficiente, mas eu estava enganado.

Acompanhei o Dalton até a sala e novas revelações seguiram até a sua saída.

— Jonas, foi mal, cara. Eu usei um programinha para descobrir a senha da planilha deles e deu certo, a senha era muito fácil, não tinha caracteres especiais. Não se preocupe que a Nádia gosta de mim e ela só está dando um susto, logo mais estou de volta! — Disse Dalton, muito confiante.

— Dalton, eu não teria tanta certeza assim, você quebrou algumas regras do nosso departamento, quebrou a confiança que Matiolli tinha em você. Gerou um transtorno para muita gente, colocou nosso departamento em xeque-mate.

— Fica tranquilo, Jonas. Isso é só por alguns dias e prometo que quando voltar, eu serei mais esperto!

Dalton não tinha entendido a gravidade do assunto. Sua autoconfiança estava acima de tudo e ele não tinha ideia do que estava fazendo, perdeu a noção do que era certo e errado. Simplesmente não passou por sua cabeça que o que ele estava fazendo era inaceitável, ele só achou que eu estaria bravo por ele ter sido descoberto e não pelo fato de roubar informações confidenciais de outro departamento. Era uma inversão de valores.

Passaram três dias de dispensa do Dalton. Eu e Ferdinando estávamos fazendo o possível para manter as coisas funcionando, mas a verdade é que mesmo com a presença do Dalton, os chamados continuavam aumentando e tínhamos muito trabalho pela frente. Faltava gente e eu sabia que somente depois da concretização do negócio de compra por parte do fundo de investimento, eu teria os recursos que precisava para colocar a casa em ordem.

Achei que a fase de surpresas desagradáveis tinha terminado, eis que surge Nádia em minha baia, pedindo para conversar.

— Menino. Sabe que gosto de você, te respeito muito. Agora preciso de um favor. — Disse Nádia.

— Oi, Dona Nádia, tudo bem? Como posso ajudar?

— Preciso que reconsidere e aceite o retorno de Dalton em sua equipe. Eu não gostaria de mandar alguém embora agora, pelo menos não por enquanto.

— Nádia, entendo o seu pedido, mas o pedido de desligamento partiu diretamente do Rodrigo e Matiolli para o Eliseu. Fui apenas informado e concordei que o Dalton já passou dos limites. Não podemos manter uma pessoa assim em nossa equipe.

— Não se preocupe, já falei com eles. Eu só não queria ter problemas com a Moneycross, respeito demais o Rodrigo e por isso estou falando com você agora. Vocês têm razão, o menino é complicado, ele é mimado e vive se metendo em confusão, mas não quero criar um ambiente ruim na empresa às vésperas de fechar um negócio com o fundo de investimento. Todos estão passando por um momento de instabilidade e tenho certeza de que ele não criará mais problemas para você. Estou lhe informando que ele ficará até o negócio se concretizar e aí você e o fundo decidirão sobre o futuro dele.

Pediu que eu a acompanhasse até a sala do Matiolli, repetiu o que havia falado comigo e tivemos que aceitar Dalton de volta.

— Nádia, esse moleque passou dos limites e eu quero ele fora daqui. — Disse Matiolli.

— Ele fica e já avisei para ele que amanhã ele pode voltar para o trabalho. Não volto atrás na minha decisão e dei minha palavra. Ele não vai mais aprontar, já avisei para ele. Também não quero gastar dinheiro com demissões agora, logo mais ele passa a ser problema do novo dono. — Insistiu Nádia.

Nádia saiu da sala e percebi que Matiolli e Eliseu não tinham como contra-argumentar a decisão dela. Senti na prática o que significa aquele velho ditado: "Manda quem pode, obedece quem tem juízo!".

Matiolli e Eliseu olharam para mim e Eliseu comentou:

— Puxa vida, que coisa chata. Então ele assumiu tudo que fez e mesmo assim vai continuar na empresa? Isso vai ser um mau exemplo para todos!

— Você conhece a Nádia, ela decide quem vai e quem fica. Foi ele e daí? — Respondeu Matiolli, visivelmente contrariado.

2.6 Nádia. Um capítulo à parte

Essa era apenas mais uma história das muitas que eu presenciei ou ouvi sobre a Nádia.

Praticamente todos os funcionários conheciam alguma história dela, porque ela se fazia presente em todos os assuntos da empresa. Isso era muito bom para alguns, para outros, nem tanto. Isso só aumentava o "folclore" em torno dela.

Nádia tinha uma cisma com a cor lilás. Sempre que via algo ou alguém usando parte da roupa ou acessórios nessa cor, ela falava bem alto:

— Gosta da cor da concorrente? Que tal usar a nossa cor, hein, lindinha?

Só para contextualizar, as cores da Implantsim eram azuis e brancas. Essas cores decoravam os uniformes, paredes, logos, materiais de propaganda etc.

Conversando com Anete, a secretária de Nádia, fiquei sabendo que ela não gostava de lilás, porque se tratava da cor predominante no logo da concorrente, que aliás era a número 1 em nosso mercado. Eu ainda não tinha entendido por que ela odiava tanto assim a concorrente, a ponto de implicar até com alguém usando uma roupa com essa cor, mas Anete explicou que não era só implicância, a coisa estava numa esfera pessoal.

Anete contou-me que certa vez estava num evento e foi ao banheiro para retocar a maquiagem. Estava dividindo o espelho com uma senhora muito elegante e elogiou a tal senhora dizendo que seus sapatos eram lindos. Ela disse que a mulher olhou para ela, viu o logo em seu uniforme e percebendo que se tratava de alguém que trabalhava para a Implantsim, mudou totalmente o humor, passando a ser arrogante e irônica.

— Sim, é lindo, mas, filha, trabalhando para a Implantsim, você nunca conseguirá comprar sapatos como esses! Nunca!

Anete disse que se sentiu humilhada e voltou chorando para o estande da empresa.

A conversa chegou na Nádia, que perguntou para Anete o que tinha acontecido em detalhes.

— D. Nádia, por favor, não se preocupe com isso. Só comentei porque a senhora insistiu em saber por que eu estava chorando, não era para a senhora saber e nem se preocupar. Hoje é um dia especial e nosso evento está lindo.

— Você é minha secretária, como achou que eu não saberia? Como era essa mulher?

— Ah, é uma mulher loira, com vestido lilás e sapatos pretos.

Poucos minutos depois Nádia foi até o estande da concorrente e aos berros agrediu fisicamente a dona da empresa que fez sua secretária chorar. Foram necessários alguns seguranças para tirar Nádia de lá. A tal senhora elegante do banheiro era a dona da concorrente número 1 e, pelo visto, elas não tinham um relacionamento amistoso. Anete disse que ficou assustada com a violência, mas que tinha orgulho de a Dona Nádia ter brigado para defendê-la.

Um rapaz que trabalhava na fábrica tinha uma outra história com Nádia e dizia que ela o "salvou" de uma abordagem policial. Enquanto ele caminhava para o trabalho, foi abordado por policiais em uma viatura parada próximo à empresa. Os policiais pediram seus documentos e enquanto revistavam sua mochila, Nádia passava de carro pelo local e ficou indignada quando viu a cena. Para ela, o fato dele estar a caminho do trabalho e uniformizado, dispensaria qualquer revista de um policial.

Ela desceu do carro e foi falar com os policiais e uma policial feminina disse para ela que o fato dele estar uniformizado não significava nada. Disse ainda que ela estava aguardando a confirmação sobre a consulta dos documentos do rapaz que ela havia passado para a central.

Isso foi o estopim para uma discussão acalorada e logo outras viaturas foram deslocadas para o local. Nádia era muito bem relacionada com membros das polícias civil e militar pelos seus atos de apoio e benfeitorias em delegacias e batalhões. Logo a identificaram e foi rapidamente liberada junto com o garoto e com um pedido de desculpas.

Matias contava uma história maluca sobre ela. Segundo ele, certa vez Nádia estava voltando para casa quando foi surpreendida por dois assaltantes que estavam em uma moto.

Indignada, ela teria partido para cima da dupla com seu carro blindado, sem se preocupar com a reação deles. Eles foram perseguidos por quilômetros até caírem da moto e fugirem a pé.

Eu presenciei uma dessas histórias. Estava há dois meses na empresa e era fim de ano. Um funcionário do RH me abordou e entregou um envelope com uma nota de $ 100 dentro. Brinquei com ele e perguntei se era presente de Papai Noel e ele me disse que na verdade era presente da Nádia mesmo.

Todos os anos, nessa época do ano, ela presenteava os funcionários com um valor em dinheiro. Não importava o valor, o que importava era que ela lembrava de todos e percebi como isso era importante para a grande maioria dos funcionários. Nádia não lembrava dos nomes de todos os funcionários, então ela pedia para o RH imprimir uma lista com as fotos de todos os funcionários, com nome, departamento e um campo em branco onde ela preenchia o valor que seria dado àquela pessoa. Ela poderia não lembrar o nome de todos, mas pela fisionomia, lembraria de algo e definiria o valor que aquela pessoa iria receber.

Nádia realmente tinha muitas histórias. Uma que foi compartilhada pelo Nogueira foi sobre a participação dela num leilão de carros esportivos apreendidos pela polícia. Ela queria comprar para o filho, um carro esportivo avaliado em quase 1 milhão, o que seria o objeto principal do leilão e o principal produto a ser leiloado no dia.

Enquanto o objeto principal do leilão não era leiloado, Nádia encontrou outros produtos nos quais deu seu lance e alguns ela arrematou por entender que estava fazendo um excelente negócio.

Quando abriram os lances para o tal carro esportivo, Nádia viu que ainda tinha muita gente interessada no veículo e de vez em quando oferecia seu lance acenando para o leiloeiro.

Passados alguns minutos, Nádia percebeu que somente ela e um outro homem estavam fazendo lances para esse carro.

Indignada, Nádia aproximou-se do homem e teria dito:

— Se eu fosse você, escolheria outro carro, porque esse eu vim comprar para o meu filho!

— Como eu não sou a senhora, vou ficar aqui e arrematar esse carro. Eu vim aqui só para isso! — Respondeu ele.

A partir daí, os dois iniciaram uma disputa que se estendeu até ele não ter mais condições de oferecer lances e o valor do carro chegar próximo a de um novo.

O carro foi adquirido por Nádia, que ao passar pelo tal sujeito, ainda disse:

— Eu te disse que levaria o carro para o meu filho.

Naquele dia, Nádia voltou para casa com três carros esportivos arrematados no leilão e mais uma história para contar.

Julia contou que uma vez Nádia chegou em seu departamento com mais de 80 pares de sapatos novos, ainda com etiquetas. Disse que era para ela escolher quais queria e distribuir o restante com a equipe de meninas do departamento. A maioria dos sapatos era nova e ainda tinham etiquetas.

Isso teria acontecido, porque Julia havia comentado com alguém que estava sem dinheiro até para comprar sapatos.

Matias também dizia que Nádia tinha um coração de ouro. Ele disse que muita gente foi beneficiada pela bondade de Nádia, que se fazia de durona, mas que no fundo, não podia ouvir uma história triste que logo tratava de ajudar. Ela teria emprestado ou dado dinheiro a muita gente na empresa e essas pessoas também a tratavam com muito respeito e gratidão.

Nádia tinha mais de 12 carros de luxo da mesma marca alemã e eu, que gosto de carros, ficava louco com o desfile deles, um mais lindo que o outro. Alguns tão exclusivos e especiais, únicos no Brasil.

A empresa tinha um jardineiro que também era o responsável por lavar os carros da Nádia diariamente. Ela tinha vários carros, então todos os dias esse senhor tinha um carro para lavar.

Nádia gostava tanto desse senhor que ele tinha o salário maior que alguns gerentes que conheci na empresa, inclusive eu. Assim como os presentes em dinheiro no fim de ano, quando ela olhava a foto da pessoa para saber qual seria o valor, Nádia recompensava quem ela gostava, como no caso do jardineiro.

Se para alguns ela era a heroína, para alguns isso tudo não passava de fachada. Seria algo que ela fazia para compensar atitudes negativas e baixos salários, como no exemplo dos presentes e o dinheiro no fim do ano.

Nádia tinha algumas excentricidades, como manter no refeitório dois tipos de mesas e cadeiras. Um tipo era estofado e outro era de madeira lisa e dura. Os funcionários do escritório podiam usar as cadeiras estofadas enquanto o pessoal da fábrica, somente a de madeira dura.

Segundo o pessoal da fábrica, Nádia dizia que eles poderiam sujar a cadeira estofada e seria difícil de limpá-las, porque eles teriam óleo em seus uniformes. Eles mesmos não entendiam isso, porque a fábrica era um dos locais mais limpos da empresa, não se via um pingo de óleo no chão, muito menos nos uniformes do pessoal que trabalhava lá. As máquinas de fabricação dos implantes eram muito modernas e não deixavam o óleo cair no chão.

Mas não importava e não tinha quem a convencesse do contrário. Mesmo depois da venda concretizada ao fundo de investimentos, e com as mudanças do RH, que autorizou o uso de qualquer mesa e cadeira para todos os funcionários, tivemos alguns mal-entendidos quando ela presenciou pessoas da fábrica sentadas e comendo nas mesas não autorizadas por ela. Chegou ao ponto de um funcionário ficar tão chateado e envergonhado que deixou a comida e foi embora.

Ela sempre me tratou bem. Às vezes ela chegava no 3º andar onde ficava a administração e quando cruzava comigo falava bem alto:

— Assim que eu gosto! Eu gosto de gente feliz trabalhando para mim. Gosto de gente que sorri!

2.7 Arrumando a casa - Parte 1

Estava com muitas ideias anotadas e chegou a hora de colocar em prática algumas melhorias que eram urgentes. Era início de ano e liberaram uma pequena verba para que o TI pudesse arrumar algumas coisas que não podiam esperar a compra da Implantsim.

Teria que fazer o possível com os recursos atuais, enquanto aguardava a concretização do negócio e a liberação dos investimentos para o departamento.

Não tinha uma solução para controle dos chamados técnicos e as ferramentas que eu havia construído no passado possuíam características próprias para aquelas empresas. Como a empresa ainda não havia implantado um novo sistema de gestão, a solução foi montar um sistema simples no qual o usuário abria o chamado e entrava numa fila por ordem de chegada, evitando injustiças como acontecia antes. Como ficavam registrados os horários, nomes e descrições do atendimento, era mais fácil controlar inclusive os casos mais urgentes.

Dalton reclamou bastante, mas aos poucos foi se acostumando com o novo procedimento.

Esses atendimentos geravam informações importantes e permitiam que eu criasse gráficos sobre o nosso atendimento, identificasse os problemas mais comuns, as áreas com maior necessidade de recursos ou treinamentos.

Com esses dados em mãos, preparei uma apresentação para Murata e Rodrigo da Moneycross, explicando que a maioria dos chamados era proveniente de falta de infraestrutura. Pontuei exatamente o que era a causa de mais de 90% dos chamados encaminhados ao TI:

- A maioria dos equipamentos de rede, microcomputadores e impressoras era muito velha e isso gerava custos e paradas para troca de peças.

- A falta de um sistema de ar-condicionado na sala dos servidores causava superaquecimento e constantes travamentos ou desligamentos de servidores. Era comum chegarmos na empresa pela manhã e encontrar servidores desligados.

- Faltava licença de software para todos os sistemas instalados nos servidores e serviços que eram utilizados pela empresa. Isso era muito grave, porque ia contra a lei e eu prefiro utilizar um sistema *open source*, ou seja, livre, do que ter sistema "pirateado".

- Havia a necessidade da instalação de *nobreak*[8] para que em caso de falta de energia elétrica, os equipamentos mais importantes como servidores, não fossem desligados abruptamente.

- Não existia software antivírus instalado na maior parte dos equipamentos e os poucos que tinham foram compras isoladas de departamentos ou instalados pelos próprios usuários utilizando versões gratuitas.

- A solução de backup das informações da empresa era ineficiente. Além de não ter software licenciado, também não havia fitas em número suficiente para armazenar todos os dados. O pouco que era armazenado, ficava guardado dentro da própria empresa, o que aumentava o risco em caso de incêndio ou algum desastre no prédio.

- Apesar dos esforços para que a sala dos servidores fosse uma sala com acesso restrito, muitos usuários ainda insistiam em invadir o espaço quando não nos encontravam em nossa baia. Por isso, era importante que tivéssemos um tipo de controle de acesso, algo que travasse a porta e permitisse somente acesso para quem tivesse a senha.

Nesse momento, como já mencionei, a Implantsim tinha o controle dividido entre os donos atuais e a Moneycross. Isso atingia nosso departamento, porque era difícil a liberação de qualquer verba para investimentos na área. Se falava com Nádia, ela explicava que não faria investimentos no TI, porque já estava próximo de entregar o controle da empresa para a Moneycross, então não via sentido em disponibilizar dinheiro para isso. Ao falar com o pessoal do fundo de investimento, eles alegavam que também

---

[8] *Nobreak* ou UPS (Fonte de Energia Ininterrupta, na sigla em inglês) é um condicionador que regula a voltagem e a pureza da energia que chega até os eletrônicos conectados a ele. Além disso, o *nobreak* também é responsável por alimentar os dispositivos, em caso de queda de energia elétrica, por meio de uma bateria.

aguardavam a concretização do negócio para que fosse liberado dinheiro. Enquanto isso, os usuários e nós do TI sofríamos com a situação atual, que era precária, com rede lenta, equipamentos sucateados, servidores de baixa capacidade e fornecedores que nos atendiam como se estivessem nos prestando um enorme favor.

Houve uma reunião para tratarmos sobre a famosa feira anual que ocorreria no mês seguinte. Para a feira, estavam exigindo o aluguel de pelo menos 50 microcomputadores, mas quando eu analisei os orçamentos enviados para o Marketing, percebi que o valor de aluguel superava o valor de compra de equipamentos novos.

Providenciei três orçamentos de fabricantes distintos e os levei para discutir com o Rodrigo. Essa foi fácil, porque independentemente de a empresa ser vendida ou não, aquele negócio de alugar equipamentos para cinco dias era totalmente incoerente. Para se ter uma ideia, o aluguel dos 50 equipamentos durante os cinco dias da feira correspondia a 80 equipamentos novos. Os novos equipamentos resolveriam parte das reclamações direcionadas ao TI.

Rodrigo conversou com Nádia e chegaram à conclusão do óbvio, não valeria a pena alugar como vinham fazendo há anos. A compra seria feita pela Nádia, mas a Moneycross faria o repasse do valor durante a concretização da compra da empresa. Se o negócio não fosse concretizado, ela teria equipamentos novos.

Foi uma alegria e o meu enorme departamento de TI com três pessoas comemorou bastante como uma simples apresentação trouxe luz para um assunto tão discutido. Apesar da conquista, ainda tinha muito a se fazer e a "casa" ainda estava muito bagunçada para a chegada dos novos "moradores" que era o novo corpo diretivo da empresa, contratado pela Moneycross.

Eu cheguei um pouco antes, mas tratei logo de melhorar o ambiente para a chegada dos colegas e esse foi um passo muito importante. Muitos usuários comemoraram a chegada dos novos equipamentos que inicialmente seriam utilizados na feira e depois seriam instalados em substituição dos equipamentos mais antigos e que, segundo meus estudos, geravam a maioria dos chamados relacionados a microcomputadores.

Na área Comercial, por exemplo, eles dependiam da mobilidade e não tinham sequer notebooks para realizarem seu trabalho. Eles tinham que retornar todos os dias para a empresa, acessar os poucos microcomputadores compartilhados para os vendedores e realizar seus pedidos. A chegada de notebooks para os vendedores trouxe uma agilidade que deveria ser o normal para eles. Os vendedores poderiam acessar os e-mails, fazer e consultar pedidos e alimentar o sistema com dados sobre os clientes, sem que tivessem que voltar para a empresa ao final da tarde para fazer isso. Talvez você pense que isso era para ser o básico, mas nem isso eles tinham por falta de autorização e uso dos recursos disponíveis.

Existia uma lenda que o sistema não permitia seu acesso externo, o que resolvemos com poucas configurações e boa vontade.

Como todos os vendedores precisavam voltar à matriz para realizarem seus pedidos, o departamento de Expedição só começava a separar os produtos no dia seguinte. Como todos os pedidos chegavam na mesma hora, as manhãs para eles eram de intensa correria e estresse, já que os vendedores ficavam cobrando agilidade em seus pedidos.

Após a compra dos equipamentos, o vendedor começou a vender os produtos ainda na presença do cliente, dispensando as fichas de papel que geravam vários erros durante a digitação no sistema. Os pedidos passaram a ser encaminhados para o Faturamento poucos minutos após a entrada do pedido e seguiam para a Expedição no mesmo dia.

Na sequência, resolvemos problemas de telefonia e rede que eram possíveis de serem feitos com baixíssimo investimento. Foram realizadas manutenções preventivas para os casos mais comuns de falhas e realizados treinamentos para usuários com dificuldades no uso de determinadas tecnologias.

Resultado dessa primeira "arrumação"?

Equipamentos novos, diminuição em 65% dos chamados mais frequentes e muitos elogios ao time do TI.

2.8 Negócio fechado

Enfim a Anvisa[9] concluiu que a Implantsim cumpria todos os requisitos necessários para produzir seus produtos, em todas as fases da produção.

Isso era o que faltava para que o fundo de investimento concretizasse a compra. Por fim, 75% da empresa foi adquirida pela Moneycross. Nádia

---

[9] Agência Nacional de Vigilância Sanitária. Criada pela Lei nº 9.782, de 26 de janeiro de 1999, a Anvisa é uma autarquia sob regime especial, que tem como área de atuação não um setor específico da economia, mas todos os setores relacionados a produtos e serviços que possam afetar a saúde da população brasileira.

ficou com 25% e uma posição com direito a voto no Conselho Administrativo. O valor não foi revelado, mas quem participava das reuniões sabia que foram investidos nessa compra, algo em torno e 230 milhões.

Todos acreditavam que Matiolli, por ser muito próximo de Nádia, fosse desligado tão logo um novo Conselho Administrativo fosse contratado. No entanto, Matiolli continuou na empresa por ser um bom profissional e ter o conhecimento de todos os processos e negociações realizadas na empresa até aquele momento.

A partir daí, a Moneycross tornava-se sócia majoritária e os recursos começariam a chegar, pelo menos era o que eu ouvia.

Durante a feira anual, Rodrigo apresentou a nova CEO: Martha. Ela tinha a difícil missão de substituir Nádia na condução da empresa. Logo no primeiro contato que eu tive com a Martha, tive a sensação de que seríamos bons colegas de trabalho. Durante os poucos minutos de nossa conversa, Martha pareceu-me muito tranquila, experiente e segura.

Médica de formação, Martha havia trabalhado nos últimos anos como presidente de uma multinacional farmacêutica em Bahamas. Voltou ao Brasil a convite de Rodrigo, que a viu como a melhor escolha para dar uma cara nova à Implantsim. Ele também queria expandir os negócios pelo mundo e Martha tinha experiência na condução de empresas multinacionais.

Depois de meses de espera, finalmente o negócio estava concretizado e eu estava ansioso para iniciar os novos projetos, receber os reforços e investimentos necessários para a área, conhecer meu novo gestor e dar andamento ao meu trabalho.

A novidade não foi recebida por todos como uma boa notícia. Para ser sincero, a grande maioria não gostou, porque isso os tirava da zona de conforto. Uma empresa do porte da Moneycross com mais de 20 empresas espalhadas pelo mundo sob seu comando, não permitiria mais aquelas divisões por times e muito menos imaginaria os novos membros permitindo conversas negativas ou fofocas sobre quem chegou atrasado. Todos tínhamos muito o que fazer.

Logo imaginei como seria esse novo momento, quanto eu aprenderia com esses profissionais, como eu cresceria com eles e com a empresa.

Estava me sentindo confiante e muito entusiasmado com a oportunidade. Murata e Rodrigo passaram para me dar as boas novas oficialmente. Eles estavam ansiosos para colocar as mãos no manche e dar um novo rumo àquele avião.

— Jonas. Esteja preparado, logo mais daremos notícias sobre a liberação para que você inicie os projetos. — Disse Murata, entusiasmado.

— É, Jonas, chegou a hora e quero só ver, hein! Semana que vem te mando a lista dos novos contratados para que providencie os equipamentos, contas de e-mail e telefonia para eles. — Avisou Rodrigo.

Foi um início de ano muito especial e com aquela sensação de renovação e esperança.

Faltou alguém pendurar a faixa em frente ao prédio avisando a todos! "Sob nova direção!".

2.9 Sob nova direção

Na semana seguinte ao comunicado sobre a compra da Implantsim pela Moneycross, Rodrigo convidou-me para fazer uma breve apresentação ao novo time. Rodrigo queria que todos estivessem alinhados sobre o futuro da empresa. Fiz minha breve apresentação sobre os desafios encontrados até então e todas as melhorias realizadas nesse curto espaço de tempo. Alguns relatórios que ele havia solicitado fizeram mais sentido ainda durante essa apresentação, porque dariam aos novos membros do time, uma visão mais clara sobre os desafios que eles também teriam pela frente.

Foram mais alguns dias e o time todo foi apresentado à empresa, oficializando Martha como a nova CEO, assim como os novos membros do Conselho Administrativo.

Não demorou muito para que Martha me procurasse para conversar.

— Jonas, eu avaliei o organograma com o Rodrigo e eu disse para ele que não entendo nada de tecnologia. Ter o TI diretamente abaixo da minha estrutura, como sugerido por ele, pode não ser uma boa ideia. Então sugeri que eu colocasse seu departamento sob responsabilidade do novo Diretor Financeiro, que já possui experiência na condução de TI. O que acha?

— Entendo que o Rodrigo fez isso pensando em TI não sofrer qualquer intervenção por outra área que não fosse de tecnologia. De toda forma obrigado por compartilhar sua decisão.

Ficou claro que eu teria um diretor, mas este não seria um profissional da área de tecnologia. Sinceramente não vejo problema desde que o profissional tenha interesse em entender o que o TI precisa para continuar funcionando adequadamente. Talvez a empresa não tivesse tamanho suficiente para bancar uma estrutura que comportasse um diretor de tecnologia, mas será que o Diretor Financeiro me ajudaria a conseguir esse pessoal?

Na sequência foram apresentados os novos membros do time: Fábio Zurman (Diretor de RH e o novo gestor de Eliseu), Mariano (Diretor Comercial e o novo gestor de Monteiro), Rafael "Doc" (advogado), Adalberto (*controller*), Allison (Diretor de negócios Internacionais e Marketing), Vítor (Diretor Financeiro e meu novo chefe).

Infelizmente, com a chegada do novo time, foram anunciados os desligamentos de Nogueira (substituído por Mariano) e Matias (substituído por Adalberto). Senti muita falta desses colegas que tanto me ajudaram. Também foi desligada da empresa a Lurdes, irmã de Nádia, substituída pelo Vítor.

Matiolli foi promovido a Diretor de Novos Produtos e Edgar a Diretor Industrial, cargo que eles já exerciam, mas sob o rótulo de "Gerente". Com essa mudança, alguns de seus principais subordinados foram reconhecidos como gerentes e coordenadores, fazendo com que a estrutura em seus departamentos fizesse mais sentido.

Martha tinha uma reunião semanal para alinhar os próximos passos da companhia. Nessa reunião, eram convidados Adalberto, Rafael "Doc", todos os diretores e eu. Era muito amistosa e geralmente saíamos de lá com muita coisa a fazer. Em uma dessas reuniões, Martha sugeriu um desafio e solicitou que todos trouxessem sugestões de melhoria sugeridas pelos funcionários. Uma das sugestões feitas pelos funcionários era de criar um informativo mensal para que eles soubessem os números da empresa e principais projetos.

Martha gostou da ideia e, aproveitando o enorme auditório da empresa, criou uma reunião mensal com uma hora de duração com todos os funcionários. Seria um momento em que ela apresentaria os principais números da empresa, os status de projetos em andamento e notícias que deveriam ser compartilhadas com todos. Também era a oportunidade que ela teria de se aproximar dos funcionários e manter esse contato mais próximo, algo que Nádia fazia questão de ter. Essa reunião recebeu o nome de Encontro Mensal com a Presidente.

Essas apresentações geravam muitas expectativas para o pessoal da empresa. Todos ficavam aguardando esse dia, porque paravam suas atividades e se encontravam no mesmo espaço. Era um evento social para a grande maioria. Pela primeira vez eles participavam das decisões da empresa ou, pelo menos, eram informados sobre tudo o que estava acontecendo.

Como o TI participava da maioria dos projetos, logo fui convidado a falar mensalmente nesses encontros por 10 minutos. Era o momento do TI apresentar as transformações na área, as inovações e novidades para a empresa. Eu costumava montar uma simples página de apresentação com o antes e o depois. Até um simples gesto de organizar fios de rede e equipamentos era motivo para o pessoal aplaudir.

Com o passar do tempo, me deram 15 minutos para falar, porque a apresentação do TI era "leve" e descontraída se comparássemos os demais temas "pesados" relacionados à fábrica e a questões do RH. Quando os gestores dessas áreas apareciam para falar, muitos funcionários questionavam coisas críticas como benefícios e segurança, o que gerava muita discussão entre funcionários e gestores das áreas.

Teve um dia em que o Edgar discutiu calorosamente com um dos seus subordinados da fábrica, porque ele disse que Edgar havia prometido algumas coisas para eles, antes da mudança de gestão. Ele chegou a partir para cima do funcionário para agredi-lo de tanta raiva. Martha e os demais diretores tiveram que contê-lo para evitar algo pior.

— Você ouviu isso da minha boca, seu moleque? — Gritava Edgar.

Nesse dia eu tinha que falar depois do Edgar e logo após essa discussão calorosa.

— Jonas, sobe lá agora e fale das notícias do TI. — Disse Martha.

— Está quente aqui hoje, hein, pessoal? — Falei antes de iniciar minha apresentação, enquanto todos riam.

Estava me acostumando a ser a solução até para melhorar o clima durante os encontros mensais com a presidente e comecei a ter um tempo maior para apresentar as principais mudanças em termos de tecnologia, enquanto algumas áreas perdiam temporariamente o seu tempo até que a empresa se livrasse das mágoas do passado. Assuntos relacionados à fábrica e ao RH tiveram seu tempo reduzido para evitar novas discussões e brigas.

Meu espaço também foi aumentado durante as reuniões semanais do Conselho por se tratar de um assunto que estava em alta.

Sendo assim, Martha sugeriu que Vítor pensasse no orçamento para a área para que continuássemos sendo fonte de boas notícias. Ela chegou a sugerir ao Vítor que contratasse também uma consultoria para auditar o TI. Eu achei uma excelente ideia, porque validaria tudo que eu estava fazendo e com certeza mostraria o que poderíamos melhorar.

Eu havia feito algumas apresentações no Conselho, defendendo um investimento maior para o TI, porque entendia que não havia recursos suficientes para garantir qualidade e segurança e esse era o momento para essas decisões.

Apesar do alto valor investido para os novos projetos, os recursos básicos para o TI ainda não estavam contemplados no orçamento. Eu precisava urgentemente resolver as questões relacionadas às ferramentas e, principalmente, gente de qualidade para realizarmos um trabalho decente.

Naquele momento, eles estavam reservando grande parte do dinheiro para a implantação do ERP, CRM e para a compra dos equipamentos, mas não havia nada concreto para a contratação de pessoal para operá-los. Isso era o que mais me preocupava. De nada adiantava ter as melhores soluções, os melhores equipamentos de TI, se não tivéssemos pessoas capazes de utilizá-los e obter o melhor resultado.

Naquele momento, além de não ter gente capacitada no time, não tinha time, já que em breve Dalton seria demitido e ficaria somente o Ferdinando comigo.

Eu ainda tinha esperança, ainda mais agora sob nova direção!

2.10 Contratação barata

Novamente em reunião do Conselho, aproveito o meu tempo para expor, mais uma vez, a minha preocupação em relação aos recursos do TI. Tínhamos que nos preparar para o início dos novos projetos e isso não seria possível com falta de mão de obra. Outro detalhe é que em um determinado período, os dois projetos (ERP e CRM) estariam dividindo os mesmos recursos e não havia opção de priorizarmos um deles, os dois eram prioritários para a empresa e a nova direção contava com os dois.

Os membros do Conselho reforçaram a confiança em meu trabalho. Fiquei obviamente orgulhoso e feliz com os elogios e justamente por isso tinha a preocupação em manter a qualidade. Com apenas dois auxiliares, nós teríamos problemas para atender às expectativas.

A impressão que eu tinha é que todos estavam tão empolgados com aquele começo que nem sequer ouviam sobre os riscos que eu estava alertando insistentemente.

Percebi que as reuniões do Conselho estavam definindo os orçamentos para o novo ano e aquele era o momento para eu pedir ajuda mais uma vez e, quem sabe, resolver alguns problemas mais graves.

Solicitei a palavra, dirigi-me à lousa e comecei a desenhar um triângulo muito conhecido pelos gerentes de projetos. Em cada ponta eu escrevi as palavras *Custos*, *Qualidade* e *Tempo* e no meio do triângulo escrevi a palavra *Escopo*. Assim que percebi que todos estavam prestando atenção, comecei a explicar o meu desenho:

— Eu penso que projetos precisam cumprir o objetivo principal definido no escopo e tão importante quanto o escopo é garantirmos os custos, o tempo e a qualidade. Qualquer alteração em uma das partes do triângulo afeta as demais.

— Vou dar um exemplo. Se quisermos antecipar o prazo final do projeto (tempo) ou diminuir os custos, perdemos qualidade. Alteração no escopo, altera custo e tempo. Se continuarmos assim, sem recursos suficientes para o TI, é certo que teremos problemas na qualidade, no tempo e no custo.

Assim que encerrei, Martha disse:

— Jonas, entendi e vou discutir com o Vítor sobre o orçamento do TI para garantir que todas as partes do triângulo sejam atendidas. Vi que você negociou com os fornecedores e conseguiu uma redução de 2,2 milhões no valor dos projetos e nada mais justo que tenha parte da economia para acrescentar no orçamento da sua área.

Rodrigo acrescentou ao Conselho que eu fiz um excelente trabalho economizando esse valor após negociar muito com as consultorias e que elas estimaram inicialmente entre 12 e 18 meses para implantação do ERP.

— O Jonas reduziu para sete meses o tempo total para implantação do ERP, eu já estaria satisfeito com 12, mas se vocês conseguirem manter esse projeto dentro do prazo estimado, ano que vem teremos um fechamento único, ou seja, realizar o fechamento em somente um sistema. Isso gerará ainda mais economia para a empresa. Por isso peço que todos estejam envolvidos a fim de garantir os prazos como ele sugeriu.

Confesso que não foi fácil convencer a consultoria escolhida, mas um dos principais itens que trouxe economia para o projeto foi justamente a diminuição em cinco meses do tempo total para a implantação do projeto. Cada vez que eu analisava o cronograma, sugeria algumas alterações. Era nítido que havia um tempo adicional por precaução para as atividades, o que nós, gerentes de projetos, chamamos carinhosamente de "gordura".

No final, mesmo colocando mais consultores para garantir as atividades em menos tempo, tivemos esse valor absurdo de economia.

O projeto de CRM tinha um prazo de três meses para ser implantado e o agravante é que em determinado momento, teríamos os dois projetos andando juntos e em alguns casos, compartilhando os mesmos recursos internos.

Rodrigo estaria satisfeito com 12 meses para implantar todos os módulos do ERP, por isso estava contente com a possibilidade, mas não acreditava que faríamos isso em apenas sete meses. Tanto é que ele apostou com a Martha que nós não conseguiríamos fazer a implantação nesse tempo e deixou um orçamento pré-aprovado para os 12 meses, caso falhássemos. Martha adorou a ideia e nunca descobri o que eles apostaram.

Após o Conselho, Martha cumpriu sua palavra e pediu que Vítor conversasse comigo e me ajudasse na contratação do pessoal. Além disso, pediu que ele e "Doc" me ajudassem na conclusão da contratação das consultorias para muitos os projetos.

Imediatamente após a reunião, formalizei o pedido para contratação de novos membros do time de TI e indicação dos *key users* que seriam envolvidos nos projetos, pessoal este que eu havia procurado enquanto conhecia os membros da empresa. Estes seriam os responsáveis que me ajudariam na implantação dos novos projetos de ERP e CRM.

Nas semanas seguintes, Vítor, Doc e eu começamos a tratar dos assuntos técnicos e burocráticos com os fornecedores. Enquanto Doc, como advogado, analisava as diversas cláusulas dos contratos, Vítor questionava valores, parcelamentos e fazia as contas para encaixar tudo dentro do orçamento liberado pelo Conselho. Eu questionava assuntos técnicos enquanto aprendia com os dois.

No caso do projeto do ERP, um time recebeu-nos na sede da consultoria e naquele dia ficamos até a madrugada analisando documentos.

Tudo ocorreu bem, apresentamos o resultado ao Conselho e a Martha novamente disse que ela faria de tudo para ajudar a empresa a fazer a implantação com sucesso. Contar com o apoio da alta gestão da companhia é imprescindível para um bom projeto e ela se nomeou patrocinadora oficial do projeto, ou seja, seria figura importante para cobrar das áreas o comprometimento e execução de suas tarefas. Sem esse apoio, ficaria muito difícil implantar com sucesso, ainda mais com prazos apertados como era o nosso caso.

Conversando com o Vítor, expliquei que tinha necessidade de contratar pelo menos oito pessoas para o time de TI. Apresentei os dados do departamento, nossas atividades em atraso e as necessidades de TI para assumir os novos projetos. Ele explicou que, por questões financeiras, liberaria a contratação de somente três recursos, sendo dois técnicos e um estagiário.

Refiz ao Vítor a mesma apresentação que tinha feito ao Rodrigo, explicando sobre os problemas que ainda tínhamos em relação à infraestrutura de TI como:

- Problemas com equipamentos de rede;
- Impressoras velhas, sem padronização e com alto custo de manutenção;
- Falta de aparelho de ar-condicionado na sala dos servidores;
- Ausência de licenças de software;
- Decisão em manter os servidores fisicamente na empresa ou contratar serviços na nuvem;
- Ausência de *nobreaks* (banco de baterias) para manter os servidores ligados por alguns instantes. Era comum faltar energia naquela região e os servidores serem desligados abruptamente sem os comandos corretos para desligamento.

Vítor prometeu que analisaria meu pedido, mas que naquele momento, teríamos que fazer escolhas, porque o orçamento não contemplaria todos os itens solicitados. Eu ficava o tempo todo pensando aonde foi parar a economia de 2,2 milhões já que novamente estava sendo cerceado das promessas que foram feitas nas últimas reuniões.

Martha comentou novamente para contratar uma consultoria para auditar o TI, mas esta também foi suspensa pelo Vítor até o ano seguinte. Ao verificar meus processos internos, Vítor entendeu que só faltavam alguns formulários para pedidos de equipamentos diversos e definições de regras de uso dos recursos de TI. Ele mesmo providenciou os formulários, que prontamente foram adaptados e aprovados por todos os membros do Conselho.

Quanto às contratações, Fábio Zurman, o novo diretor de RH, ficou encarregado de me ajudar e acelerar o processo de seleção dos três novos profissionais. Passei a ele, conforme solicitado, a descrição do trabalho para cada vaga, assim como o perfil esperado de cada profissional. Esperava com isso ter gente suficiente, mesmo que abaixo das minhas expectativas, que pudesse manter as atividades do dia a dia do TI enquanto eu me dedicava aos novos projetos.

O retorno para as vagas foi rápido, mas para todas as entrevistas, percebia que o perfil estava muito abaixo do que eu havia solicitado. Os candidatos não tinham o conhecimento básico de TI. Ao reclamar isso com o Zurman, recebi a resposta que ele teria alinhado com o Vítor sobre a faixa salarial desse novo pessoal e que eu não conseguiria grande coisa com salários tão baixos. Disse que eu deveria me contentar com isso por enquanto até que a empresa tivesse condições de contratar gente com mais experiência.

Discuti algumas vezes com Vítor e Zurman por causa disso, porque era nítido que eles não tinham entendido a complexidade das atividades diárias do TI e quais eram as responsabilidades e desafios que esse pessoal teria pela frente. Trabalhar com sistemas e equipamentos sofisticados demanda conhecimento e conhecimento não se paga com salário tão baixo. E quando digo baixo, estou dizendo baixo mesmo. Para se ter uma ideia, o salário oferecido para as três vagas era quase o mesmo dos estagiários.

Eu jamais tive problemas para ensinar o básico de TI para novos funcionários. Acontece que naquele momento, eu realmente precisava de gente com experiência e de preferência, melhor do que eu. Eu tinha paciência para ensinar, o que eu não tinha era tempo.

Esse foi o primeiro momento em que senti que a solução apontada pela Martha, em colocar um diretor financeiro como meu superior direto, não era a decisão mais acertada para a nossa realidade. Era nítido que as prioridades eram divergentes e eles estavam analisando somente os custos.

Quando ocorreu a próxima reunião do Conselho, lá estava eu novamente reclamando que o número de profissionais que seriam contratados estava muito abaixo do que eu inicialmente havia sugerido e que, além disso, o salário oferecido não tinha chamado a atenção de profissionais com o perfil esperado.

Cheguei a comentar que o resultado por contratar profissional desqualificado e de mão de obra barata poderia ser desastroso. Eu não teria tempo hábil para treiná-los a tempo de iniciar os projetos e acompanhar as rotinas diárias do TI.

Zurman exaltou-se e disse que ele tinha experiência de muitos anos contratando gente e que ele jamais colocaria alguém desqualificado para preencher a vaga. Pediu que eu tivesse mais paciência e que concluísse o trabalho de seleção para os candidatos que haviam participado do processo. Pedi ao menos mais candidatos com a esperança que pudesse aparecer nas entrevistas alguém que estivesse mais preparado para o cargo.

Participei de todas as entrevistas e os poucos que eu gostei queriam um valor maior de salário e não foram aceitos pelo RH.

Conversei com Fábio Zurman e Vítor para explicar que os candidatos não cumpriam as exigências para as vagas disponíveis:

— Olha, os candidatos que vieram não preenchem as características solicitadas pela Moneycross para ajudar nestes projetos que vêm pela frente. Os que preenchem, dizem que o salário oferecido é muito baixo. — Disse para os dois.

— Jonas, pedi para as meninas procurarem pessoas do mercado e acho que as exigências estão grandes demais. Talvez isso tenha criado uma expectativa em você e ela não será atendida neste momento. — Respondeu Fábio Zurman.

— Sinceramente eu entendo que as características para o cargo são básicas como conhecer o sistema operacional que vamos trabalhar e este ambiente de trabalho. Não vejo problemas em atualizar o candidato e auxiliá-lo na adaptação, mas pelo menos ele precisa ter o básico para entender o que vamos passar para ele.

— Vamos fazer o seguinte: Jonas, escolha os melhores deste grupo que você entrevistou e vamos contratá-los para te ajudarem nas questões básicas. Como você mesmo disse, agora só temos você e Ferdinando, logo mais Dalton estará fora e será muito difícil manter o atendimento ao usuário. Vou conversar com a Martha e tentar uma liberação de investimentos para a contratação de um estagiário e depois de pelo menos, mais dois profissionais com as características informadas pela Moneycross. Podemos continuar assim? — Disse Vítor.

— Tudo bem, vamos fazer isso então. Fábio, ainda hoje te envio os nomes dos candidatos.

Entreguei a lista com os candidatos que eu havia selecionado durante a entrevista no mesmo dia.

Dias depois, fui convidado para ser apresentado aos novos contratados: Ricardo Nonatto e Ítalo. Dois nomes que não estavam na lista dos melhores, mas que conforme explicado pelo Vítor, seriam contratados para ajudar nas tarefas de suporte aos usuários até que ele conseguisse verba para a contratação de profissionais mais experientes.

Dalton foi desligado no dia seguinte à contratação de Ricardo Nonatto e Ítalo. O RH entendeu que não havia condições de manter uma pessoa que invadia e-mails ou compartilhava informações confidenciais da empresa sem autorização. De fato, não havia como mantê-lo no quadro atual, suas atitudes já tinham minado a confiança e respeito do departamento de TI perante a empresa.

Não houve sequer passagem de conhecimento, porque temiam que ele não colaboraria e, pior, que ele aprontaria mais uma das suas. Cheguei à sala do RH para o desligamento do Dalton e ouvi gritos e ameaças dele aos funcionários do RH.

— Eliseu, quero saber quem foi que autorizou o meu desligamento. Quem teve a coragem de me mandar embora sem falar com D. Nádia? Ela está sabendo disso? — Gritava Dalton.

— Dalton, tente se acalmar. Ela está sabendo sim, mas isso é uma decisão da empresa. Ela não tem mais como te segurar aqui. — Disse Eliseu com toda a calma do mundo.

— Eu não consigo entender, eu pedi desculpas, prometi que não faria mais isso. Por que vocês estão me punindo? — Disse Dalton me olhando como se não soubesse o porquê.

— Dalton, sinto muito, mas a empresa decidiu pelo seu desligamento. — Acrescentei.

— Não aceito isso! Eu exijo saber quem foi, quem foi o culpado pelo meu desligamento, porque eu vou acertar as contas com ele, eu vou quebrar a cara de quem me mandou embora! — Dalton gritou novamente com Eliseu.

— Dalton. Preste atenção! Você é o único culpado pelo seu desligamento! Não estamos aqui discutindo mais o que você acha certo ou errado. Você sabe o que fez, certo? Então ao menos saia daqui com o mínimo de decência, reconhecendo seus erros e pare de gritar e procurar culpados por eles. — Falei em tom duro para que ele entendesse.

Dalton parou de gritar com Eliseu, baixou a cabeça e assinou os documentos.

Ao sair, desejei sinceramente boa sorte e da mesma forma disse que se precisasse de algo, que poderia contar comigo. Apesar de tudo que ele havia feito de errado, eu não tinha raiva dele, só queria que ele amadurecesse para uma próxima oportunidade. Também era a primeira experiência de Dalton e tenho certeza que essa saída significaria muito para ele, que ainda estava no início de sua carreira.

Depois daquele dia, não tive mais contato com Dalton. Espero que ele tenha aprendido e que hoje esteja usando sua imensa criatividade e inteligência para encantar seus clientes e superiores, honestamente.

Ricardo Nonatto e Ítalo iniciaram as atividades e logo percebi que o desafio era muito maior do que imaginava. Eles eram pouco experientes, a ponto de Ferdinando, que era o menos experiente até então, ensinar o básico para eles. E quando digo básico, eu digo de conceito técnico de TI, coisas como comandos básicos de sistema operacional, instalação de software, configuração de servidores, configuração e instalação de periféricos como impressoras, mouses e teclados.

Também ficou claro que eles, mesmo com pouquíssima experiência profissional, tinham vícios complicados para trabalho em equipe e eram indisciplinados. Demonstraram preguiça para atividades cotidianas, como o atendimento ao usuário. Faziam "corpo mole" para atender e demoravam para concluir atividades muito simples. Outra constatação foi que eles só estavam unidos quando o plano era criticar Ferdinando, com exceção disso, eles viviam brigando por coisas simples como até o lugar onde se sentariam.

Agora a questão eu tinha que resolver internamente já que Vítor e Zurman já tinham me dado esse "presente" e estavam cansados de minhas reclamações. Eles já estavam me evitando quando o assunto era Ricardo Nonatto e Ítalo.

Eu não tinha outra saída senão treiná-los todos os dias, passar a visão sobre os projetos que teríamos pela frente e como eu gostaria que eles atuassem. Fazia todas as atividades com eles para garantir que estavam aprendendo o certo e só depois que eu fazia algumas vezes, colocava-os para fazer também e quando sentia que havia duplicado corretamente, partia para o próximo passo. Para isso, tive que diminuir minha participação em reuniões improdutivas que ocupavam grande parte do meu tempo, o que foi muito bom.

Ricardo Nonatto e Ítalo mantinham uma competição entre eles e isso os levou a cometerem alguns erros graves. Durante a nossa reunião diária no início do expediente, repassava com eles a correta orientação de atuação, atualização de status das principais atividades e corrigia, na medida do possível, alguns desvios.

O quinto elemento do time veio a partir da abertura do programa de estágio da companhia. Gustavo foi integrado ao time e ele trouxe grande esperança. Como estagiário ele trabalhava menos horas que os demais, mesmo assim, devido ao seu grau de conhecimento, produzia muito mais que os outros.

Gustavo tornou-se parceiro de Ferdinando e isso foi bom para o time, porque além de ajudá-lo com diversas atividades, ele inseriu disciplina na rotina diária de Ferdinando, que tinha boa vontade, mas era indisciplinado.

Na reunião diária, que agora era de 15 minutos, Gustavo destacava-se, porque sempre eram dele as melhores questões. Ele anotava tudo e se não tirava as dúvidas na hora, fazia questão de ter o entendimento completo depois.

Gustavo veio para o programa de estágio muito bem-preparado, com noções sobre protocolos e cabeamento de redes, sistemas operacionais, linguagens de programação e configuração de servidores. Ele estudava em uma escola onde TI era levada muito a sério e preparava os alunos para o mercado de trabalho.

Tudo isso me fazia lembrar do antigo colégio Dr. Deodato Wertheimer, onde aprendi muito sobre TI com excelentes professores.

Ao mesmo tempo que Gustavo trouxe um ambiente melhor para o departamento, surgiu algo novo que era motivado pela inveja de Ricardo Nonatto e Ítalo. Por mais que eu tentasse trazê-los para essa boa energia, eles insistiam em andar pelo lado escuro. Reagiam negativamente às ideias de Gustavo e Ferdinando. Isso era realmente triste e desgastante, porque passaram tanto tempo competindo entre si e agora estavam unidos contra o time. Estavam somando forças para dividir o departamento.

Os dias seguintes mostraram que a tática deles era muito ruim para eles mesmos. Enquanto Ferdinando e Gustavo seguiam colecionando elogios, Ricardo Nonatto e Ítalo colecionavam reclamações dos usuários.

Eu teria pela frente mais um assunto para administrar além dos projetos, e nem fazia ideia de quanto isso seria difícil.

Graças à decisão da empresa em economizar nas contratações, tivemos poucos candidatos e os escolhidos já demonstravam características morais tão deficientes quanto o conhecimento técnico. Ambas as deficiências "cobrariam" da empresa um alto preço no futuro.

Como eu sabia que o assunto estava desgastado com Fábio Zurman e Vítor, tentava ao menos, conversar com Ricardo Nonatto e Ítalo, separadamente. Deixei claro diversas vezes sobre minhas insatisfações em relação ao comportamento e à atitude de ambos.

Ao ser questionado sobre os novos recursos, disse ao Fábio Zurman e Vítor que estava gostando muito do novo estagiário, Gustavo, mas continuava com preocupação em relação à capacidade do time como um todo para atender às demandas futuras do departamento de TI. Para ser mais sincero, estava muito preocupado com a atitude negativa de Ítalo e Ricardo Nonatto.

Vítor foi claro e disse que já tinha dispensado Dalton para evitar problemas maiores no futuro, que a questão relacionada aos dois seria revista no futuro próximo e naquele momento queria que eu focasse a atenção nos projetos. Fábio Zurman disse que falaria com os dois e, como RH, encontraria uma saída para melhorar a atitude dos dois.

Eles "empurraram" mão de obra barata a partir de uma contratação rápida e malfeita apenas para responder ao Conselho que eu tinha os recursos solicitados. Eu não tinha vivido até então a experiência de ingerência sobre as contratações do próprio time.

2.11 Arrumando a casa - Parte 2

Quando Rodrigo reforçou que eu havia economizado milhões na negociação com os fornecedores e Martha disse que eu teria parte dessa economia revertida em investimento para o TI, imaginei que de fato isso iria acontecer, mas não foi bem assim. Mais uma vez eu estava em uma reunião do Conselho defendendo meu orçamento para pôr fim aos problemas da área e iniciar um trabalho sério.

Eles ainda não tinham autorizado o orçamento para resolver as pendências como licenças de software, *firewall* — para proteção da rede contra intrusos e ataques cibernéticos —, antivírus, padronização de impressão, digitalização de documentos, substituição de cabos e equipamentos de rede obsoletos, adequação da central telefônica para o novo número de pessoas, substituição do provedor de serviço de e-mails — que mais ficava fora do ar que funcionando —, instalação de aparelhos condicionadores de ar e banco de baterias para a sala dos servidores. Todos os itens importantes. Sem o ar-condicionado, os servidores desligavam quando superaqueciam. A falta constante de energia elétrica na região era outro motivo de preocupação e o banco de baterias poderia resolver nesses casos, ou pelo menos dar um tempo até o desligamento correto dos servidores. Licença de software era importante, porque programas "piratas" eram usados indiscriminadamente e ainda não sei como eles nunca levaram uma multa. De toda forma, usar software ilegal era incorreto e só estava trazendo problemas, porque usuários viviam perdendo seus documentos. O antivírus era gratuito e não dava segurança para as maiores ameaças que "rondavam" a internet. Era muito comum clientes e fornecedores reclamarem que funcionários estavam enviando arquivos "contaminados" com vários tipos de vírus de computador.

Todos os departamentos estavam defendendo seus orçamentos e o meu superior era justamente quem defendia a economia do meu.

Com muito esforço, por ordem de valores e não por ordem de prioridade, saí da reunião com a aprovação para resolver as questões das impressoras, rede, *firewall*, antivírus, telefonia e digitalização de documentos. Os demais itens continuariam pendentes e eu teria que pensar como resolver isso tudo em outro momento. Tratei logo de comprar tudo, antes que eles desistissem de algo.

A substituição dos cabos de rede foi realizada pela empresa do Jacinto, que além de oferecer o orçamento mais barato, tinha toda a vontade do mundo em fazer um bom trabalho para mostrar que podia fazer muito mais do que manutenção da central telefônica.

Jacinto soube aproveitar a oportunidade e fez um excelente trabalho. Ele agradeceu muito pela escolha da sua empresa, porque antes, sequer participava do processo de cotação.

Os equipamentos de rede foram vendidos por outra empresa da região e da mesma forma, ofereceram orçamento justo e o trabalho foi muito bem executado.

Com a substituição dos cabos e dos equipamentos de rede, a nossa comunicação melhorou muito e a velocidade aumentou consideravelmente, o que já resolvia parte das necessidades para implantarmos os novos servidores.

Outro item que chamava a nossa atenção era o incrível número de chamados relacionados às impressoras. Durante o estudo que fizemos, percebemos que a empresa possuía impressoras matriciais (aquelas barulhentas, com agulhas) que não faziam mais sentido, porque os formulários contínuos de duas vias já não eram mais usados na empresa. Além dessas, existiam impressoras com cartucho de tinta, toner e até de impressão à cera.

Não existia padronização de marca ou modelo e isso dificultava a manutenção e a logística de compra de suprimentos, além de encarecer a manutenção.

Sem controle, muitos usuários utilizavam as impressoras para trabalhos pessoais como impressão de livros inteiros adquiridos pela internet. Em alguns departamentos, os cartuchos não duravam mais que três dias, então os usuários iam até o TI, pediam um novo e isso era liberado com um simples visto num papel que não servia para nada.

Quando uma impressora quebrava, o departamento ficava sem impressão até o retorno do conserto, porque não existia impressoras sobressalentes para substituição imediata. Também era comum moverem impressoras de outros departamentos sem qualquer comunicação ao TI.

Como não tínhamos capacidade para continuar operando o modelo atual de impressão, terceirizamos esse serviço. A empresa responsável pelo serviço fez um estudo para entender a necessidade da empresa, principalmente o volume de impressão. A partir daquele estudo, com um controle de impressões por impressora, cada departamento passou a ser responsável pelo pagamento de impressão por meio do centro de custo individual criado durante o início da nova gestão. Martha também sugeriu que durante minha apresentação mensal ao Comitê, elencasse os maiores usuários de tecnologias como impressão, internet (tempo e banda utilizada) e telefonia.

Todas as impressoras antigas foram doadas e deram lugar às novas com grande capacidade e qualidade. As copiadoras alugadas, antigas e obsoletas foram devolvidas, já que as novas impressoras multifuncionais tinham aparelho digitalizador embutido. Parece coisa simples, mas fiquei impressionado com a alegria do pessoal quando descobriram que poderiam enviar as cópias diretamente para seus e-mails. Antes só tinham disponível cópia de papel para papel, com qualidade ruim e o papel ainda saía sujo de toner.

Três meses depois da contratação do serviço, os relatórios apontaram uma redução de 60% no custo mensal e elevou para 98% a disponibilidade das impressoras. Por serem novas, não tinham muita manutenção, mas caso ocorresse algum problema, um técnico vinha até a empresa para substituir os suprimentos e se necessário, a impressora.

Mais um caso de sucesso que foi apresentado na reunião mensal com a presidente.

Com a compra do novo equipamento de *firewall*, pudemos criar uma proteção contra invasões à rede de computadores, balanceamento dos links de internet e, principalmente, filtrar conteúdos de navegação na internet. Entre outras coisas, o fornecedor havia prometido ao Conselho que seria possível até criar um relatório do uso da internet, com detalhes como saber quais os usuários que mais utilizavam a internet em tempo e quantidade de banda utilizada.

Martha solicitava o relatório em todas as reuniões do Conselho para mostrar aos membros do Conselho que podíamos melhorar a produtividade dos usuários que passavam muito tempo navegando pela web vendo assuntos que não estavam relacionados ao trabalho.

Novamente o nome do Benito veio à tona por aparecer entre os principais usuários que continuavam abusando do tempo e do conteúdo que ele acessava durante o expediente. Depois de algumas reuniões em que ele era o número 1 da lista, Martha pediu que entrássemos nos detalhes do uso ao vivo e infelizmente o relatório apontou que Benito fazia acesso a sites de conteúdo como pornografia, na maior parte do seu tempo. Isso repercutiu tão mal que o seu diretor, Edgar, viu-se obrigado a pedir ao RH que formalizasse uma advertência ao Benito. Foi a primeira vez na empresa que alguém recebeu uma advertência formal.

Nós do TI tivemos que implementar muitas regras que evitassem que as pessoas tivessem acesso a sites não recomendados pela empresa, mas assim que o Benito foi notificado pelo RH, a notícia espalhou-se tão rápido, que houve 55% de queda no uso da internet no mês seguinte e os primeiros lugares no novo relatório de uso de internet só tinha gente que realmente estava usando-a para trabalhar.

Com o relatório em mãos, o Conselho decidiu pelo desligamento de um segurança noturno que também foi pego assistindo filmes pornográficos. Já havia a desconfiança de que ele dormia durante seu expediente, o que explicaria a ocorrência de pequenos furtos e acontecimentos estranhos como peças e máquinas fora de lugar. O que descobriram é que ele desligava o monitor do sistema de câmeras de segurança para assistir seus filmes.

A questão do software antivírus foi tranquila de resolver. Configuramos um equipamento como servidor, que ficaria responsável pela atualização e distribuição automática do antivírus por todos os computadores da empresa. Foram tantos vírus encontrados no primeiro dia após a instalação, que a maioria dos computadores travou. Após a notícia de que os relatórios eram conferidos mensalmente por Martha e Conselho Administrativo, também reduziram os casos de vírus e outros tipos de arquivos maliciosos na rede.

Jacinto já tinha um contrato para manutenção da central telefônica, então não perdemos tempo e solicitamos que ele fizesse instalação da placa para expansão do número de ramais. O trabalho foi realizado em um fim de semana e liberou 100 ramais novos para que a empresa atendesse à demanda gerada durante as novas contratações.

Contratamos uma empresa que fornecia um ambiente para armazenagem de documentos físicos e virtuais. Reduzimos o valor da contratação, porque combinamos com as áreas que, como tínhamos digitalizador embutido nas novas impressoras multifuncionais, elas ficariam responsáveis pela digitalização e envio dos documentos para essa empresa. Por uma questão legal, alguns documentos da empresa deveriam ser armazenados por anos, e agora isso seria feito com mais segurança, uma vez que esses documentos ficariam armazenados em local seguro.

Algo que me preocupava muito era o sistema de cópia de segurança (backup) dos dados da empresa. Além de não ter licença original para o software, as mídias com os dados da empresa ficavam armazenadas em um armário dentro da sala de servidores. Ou seja, se algo acontecesse, como um desastre no prédio, tudo que tínhamos de sistema seria perdido, sem chance de recuperação.

Já no primeiro dia que Dante comentou sobre isso comigo, eu solicitei que as mídias fossem colocadas em um cofre portátil disponível na sala de servidores. Alinhei com o Claudio, que as fitas de backup da Implantsim, ficariam em sua maioria na Ynepto e o contrário, a maioria das fitas da Ynepto ficaria na Implantsim, deixando em cada empresa somente a fita que seria utilizada para copiar os dados daquele dia. A Implantsim tinha somente quatro fitas para realizar o backup. Era muito pouco, porque em caso de necessidade, não teríamos como encontrar uma informação mais antiga que quatro dias. É claro que não resolvia muita coisa, mas já era uma melhora considerável. Eu queria ter mídia suficiente para fazer cópia de segurança por um período bem maior e que tivéssemos essas fitas em local seguro, fora desses escritórios. Isso eu consegui meses depois, contratando uma empresa especializada em armazenagem de fitas de backup e eles tinham a responsabilidade de trocar as fitas pelo menos duas vezes por semana, deixando conosco somente as fitas para fazer a cópia de segurança dos próximos dias. Isso trouxe uma tranquilidade sem tamanho, porque eu temia que algo acontecesse no trajeto entre as duas empresas. Criei um formulário para controle da rotina de backup e nomeei inicialmente o Ferdinando como o responsável por esse serviço. O processo consistia em gravar os dados nas mídias, separar e entregar para o técnico externo da empresa de armazenamento. A cada iteração, ele deveria anotar a data, o número da fita e dar um visto confirmando a ciência pela operação.

O serviço de telefonia para a equipe de vendas era via rádio. O que inicialmente parecia mais prático e barato, com o tempo perdeu espaço pela limitação dos modelos de aparelhos disponíveis e área de cobertura.

Convidei as principais operadoras de telefonia e solicitei um orçamento — assim como havia feito com as consultorias — e negociei muito. A operadora escolhida ofereceu o serviço mensal pela metade do custo atual, o dobro de banda de internet e o mais incrível, todos receberiam o mais famoso smartphone disponível na época. Acrescentando as vantagens mencionadas, o smartphone permitiria que a equipe de vendas acessasse remotamente os dados do novo projeto de CRM. Isso estava alinhado com o que eu sonhava para a empresa, e a surpresa ficaria para o próximo evento chamado Encontro Nacional de Vendas. Martha sugeriu que eu guardasse essa novidade em segredo para que eu pudesse apresentá-la durante o evento com a equipe de vendas.

Não tinha conseguido tudo que eu queria, mas com certeza o cenário estava bem melhor do que eu havia encontrado nos últimos meses.

Em cada reunião do Conselho, eu anotava as conquistas e colocava um "X" nos itens pendentes de solução, para que todos estivessem cientes sobre os perigos que ainda corríamos:

Itens solucionados:

- ✓ Licenças de software de Sistema Operacional de servidores e estações de trabalho,
- ✓ *Firewall,*
- ✓ Software de antivírus,
- ✓ Padronização de impressão,

- ✓ Digitalização de documentos,
- ✓ Substituição de cabos e equipamentos de rede,
- ✓ Adequação da central telefônica,
- ✓ Serviço de armazenamento de cópias de segurança (backup),
- ✓ Substituição do serviço de telefonia por rádio por celular.

Itens pendentes de solução:

- ✗ Instalação de aparelhos de ar-condicionado na sala dos servidores,
- ✗ Banco de baterias para a sala dos servidores,
- ✗ Substituição do provedor de serviço de e-mails,
- ✗ Aquisição de fitas e licença de software para backup.

3

TI BARATA: MUITOS PROJETOS E POUCOS RECURSOS

3.1 Encontro nacional de vendas

Nunca vi tantos smartphones juntos antes!

Montei uma pirâmide com todos os aparelhos e tirei uma foto, porque a usaria em minha apresentação no Encontro Nacional de Vendas.

Restava pouco mais de dois dias para o evento quando as centenas de aparelhos chegaram. Os garotos do TI ficaram tão empolgados com a novidade que rapidamente montamos uma linha de produção para preparar os celulares.

Tínhamos que deixar todos os aparelhos já personalizados com as contas e acessos de cada um, assim como preparar a documentação que seria assinada por eles. Era a melhor oportunidade, porque a equipe estava espalhada pelo país e assim evitaríamos ter que despachar os aparelhos e aguardar a chegada dos documentos.

Mal conseguia segurar a minha ansiedade para aquele momento. Estava acostumado em subir ao palco do imenso auditório para falar por 15 minutos na reunião mensal com a presidente, mas aquela oportunidade era diferente, porque eu teria algumas surpresas para o time de vendas e não era só a entrega dos aparelhos. Eu iria falar também sobre o novo projeto de CRM e das principais mudanças que nossa área de TI estava fazendo para que eles tivessem mais qualidade para trabalhar. Era a primeira vez que o TI era convidado para o evento comercial da companhia. Eu sabia exatamente as "dores" que eles estavam passando: Aparelhos de rádio simples de baixa autonomia e sem recursos importantes, necessidade de retornar diariamente ao escritório para fazer seus pedidos, ausência de serviço de e-mail remoto ou móvel, sistema de pedidos ineficiente e extremamente lento e falta de informação sobre os pedidos realizados.

Seria o primeiro evento anual com o novo time contratado pela Moneycross e o primeiro contato direto entre o novo diretor, Mariano, e sua equipe completa. Era tudo muito novo e a empresa queria passar uma boa impressão para o time que fazia a empresa crescer dois dígitos anuais e que não tinha mais o carismático Nogueira.

No dia do evento, minha missão era apresentar as novas tecnologias adquiridas, trabalhos futuros e a tão esperada surpresa, a entrega dos novos smartphones e seus serviços já instalados. Ferdinando estaria comigo e auxiliaria na entrega dos aparelhos, colhendo as assinaturas de declaração de entrega durante o intervalo do evento. Chegado o grande dia, partimos Ferdinando e eu para o hotel fazenda onde seria realizado o evento. O hotel ficava em uma cidade próxima, numa região montanhosa e fria. Chovia muito nesse dia.

Carregamos o carro da empresa com todo o cuidado para que nenhum aparelho fosse danificado durante o trajeto. Chegando a poucos quilômetros do hotel, a estrada passou a ser de chão batido, mas a chuva dos últimos dias na região, fez com que a estrada se tornasse um lamaçal.

A equipe de vendas estava hospedada no hotel desde a noite anterior, então não fazia ideia de como estava a estrada naquele momento. A nossa apresentação estava marcada para iniciar às 10h da manhã e, de acordo com a minha programação, chegaríamos com duas horas de antecedência.

Não estava fácil dirigir por aquele caminho com o carro derrapando a todo momento, mas o negócio complicou mesmo quando faltavam uns 300 metros para chegar ao hotel. Nos deparamos com um morro bem íngreme, era uma curva acentuada e a rua parecia um cone, com o meio dela mais alto que os cantos e em ambos os lados, valetas bem fundas causadas pela água que descia o morro.

Respirei fundo e acelerei. Por um momento pensei que estávamos vencendo quando, de repente, na metade da subida, surgiu um caminhão do lado direito, quase tombado, encostado em um barranco. Um sujeito surgiu atravessando a rua, saindo de trás do caminhão. Não teve jeito, tive que desacelerar para não o atropelar, mas o carro perdeu tração e aí foi só tempo de escolher o outro lado da rua para não bater no caminhão enquanto o carro voltava de ré, deslizando sem controle pela rua escorregadia. Pronto, entendi como o caminhão foi parar ali.

O mesmo rapaz que havia atravessado à minha frente, ofereceu-se a ajudar para tirar-nos da valeta que prendia o carro no canto da rua. Pedi que ele e seus amigos nos ajudassem empurrando o carro para a parte do meio da rua. Assim fizemos e desci a rua até a base evitando encostar novamente em algum dos lados da rua para não ficarmos presos novamente.

Como o nosso carro não tinha tração 4x4 e era de tração dianteira, pensei em subir a rua com o carro em marcha à ré para que o peso maior ficasse no eixo de tração. Para ajudar com mais peso nesse ponto de tração, pedi ao Ferdinando que ficasse apoiado no capô, se segurando na porta e para-brisa. E assim ele ficou posicionado com o rosto colado no para-brisa e seus braços abertos em forma de cruz, segurando em ambas as portas.

Engatei a marcha a ré e acelerei firme, tomando cuidado em manter a direção do carro no meio da estrada. De um lado o caminhão atolado e encostado no barranco e do outro, a outra vala profunda cheia de água que ainda descia o morro.

Passei novamente pelo pessoal do caminhão, que gritou algo, fez alguns sinais, mas estava tão focado em vencer o obstáculo e chegar logo ao topo, ainda mais dirigindo olhando para trás, que nem prestei atenção no que falaram.

Foi bizarro, mas conseguimos.

Quando cheguei ao topo do morro, agradeci por ter sido uma criança que viveu muitas aventuras como aquela, mas assim que voltei os olhos para a frente do carro, percebi que o Ferdinando não estava mais na tampa do motor. Era isso que os rapazes tinham avisado.

Ferdinando surgiu no fim do horizonte e pareceu aquelas personagens de filme de guerra, só faltava a música dramática e a cena em câmera lenta. Ele estava todo sujo de lama.

— Fazendo uso de lama medicinal? — Tudo bem, fui sarcástico, eu confesso.

Silêncio total.

Ferdinando abriu os olhos, a única parte que não havia lama. Juro que tive que morder a língua para não rir.

Quando chegamos ao hotel, o pessoal que estava do lado de fora ficou impressionado com o estado em que o carro ficou com tanta lama. Ferdinando desceu do carro direto para o seu quarto para que pudesse tomar um banho e trocar de roupa.

Rapidamente corri para a apresentação e felizmente deu tudo certo. Os representantes ficaram muito felizes em saber que a empresa estava trabalhando duro para que eles tivessem acesso às melhores condições de trabalho e obviamente, como era esperado, foi uma comemoração quando descobriram que receberiam os novos smartphones naquele dia.

No final do evento, houve uma festa, com comidas e doces típicos caipiras. Muitos representantes estavam caracterizados com chapéus de palha e se amontoavam em volta da imensa fogueira que o hotel havia instalado no terreno ao lado.

Em meio aos cumprimentos e diversas tapinhas nas costas de tanta gente que eu nem conhecia, ouvi um chamado de Martha e Vítor, pedindo que eu me juntasse a eles. Falamos durante horas sobre um monte de coisas, menos tecnologia. Martha falava que eu tinha um futuro brilhante na empresa, que eu era dedicado e tinha trazido um ar mais jovem, mas com bastante experiência. Vítor reforçava dizendo que estava muito satisfeito com minha atuação à frente do departamento. Confessou que não conhecia muito de tecnologia, mas que me ajudaria a alcançar os objetivos da área, que não seria um empecilho para os nossos planos.

Caramba! Logo pensei que poderia aproveitar aquele momento de euforia dos dois e lembrá-los sobre algumas preocupações que eu ainda tinha, mas não seria oportuno, era momento de confraternização, de receber os elogios pelo trabalho, além disso, todos estavam contentes com a expectativa de crescimento da empresa. Não seria legal de minha parte comentar sobre assuntos polêmicos naquela hora.

Ao contrário, aproveitei o momento de festa, de confraternização. Fiquei ouvindo aquela turma e logo se juntaram a nós Adalberto, Rafael e Mariano. Adalberto já era velho conhecido de Martha. Ele foi um aprendiz que se destacou na empresa onde eles trabalharam juntos e ela o convidou para esta nova oportunidade. Rafael ou "Doc", formou-se em advocacia e descobriu o mundo corporativo trabalhando numa famosa empresa de cartões de crédito, especializou-se em regulamentos de promoções. Esse é o tipo de coisa que eu jamais daria importância, mas quando ele comentou o que a empresa precisa se preocupar para fazer uma simples promoção, eu fiquei impressionado.

Mariano, o novo diretor comercial, além de me agradecer por cuidar dos seus "meninos" — como ele se referia ao seu pessoal —, comentou um pouco sobre sua experiência profissional, seguido por Vítor e Martha. Logo percebi que estava diante de um time diferenciado e fiquei muito feliz em estar vivendo aquele momento, aprendendo muito.

Ainda durante a conversa, descobri que Vítor e Rafael tinham o mesmo gosto por esporte, o futebol. Logo fomos convidados para participar do futebol *Society* semanal da turma do Vítor que acontecia todas as quartas-feiras. Outro grupo do Vítor que me chamou a atenção era o grupo de kart, com corridas mensais.

Puxa vida, que dia legal, quanta coisa nova! Quanta expectativa de coisas boas pela frente!

Finalmente a turma que eu tanto aguardava chegou e, pelo visto, eram bons profissionais e gente do bem. Passei tanto tempo esperando por isso, não aguentava mais trabalhar naquela pressão dos dois times de Nádia e Lurdes. Agora todo mundo fazia parte do mesmo time.

3.2 A feira

Outro evento muito aguardado pela empresa era o evento que ocorria a cada dois anos, o Congresso Internacional de Odontologia. Durante esse evento, fornecedores do mundo todo expõem seus produtos para milhares de profissionais do ramo de odontologia. Verificando o histórico de nossa participação nos últimos três eventos, durante os cinco dias de feira, vendemos um volume de produtos que corresponde a 20% do faturamento anual, o que explicava a grande pressão para que tudo desse certo no evento.

Toda a força de vendas, agora com presença também internacional, estaria novamente reunida para representar a empresa e atender os clientes. Era montado um esquema especial para que todos fossem hospedados em hotéis próximos ao centro de convenções. O estande tinha mais de 1000 m² e havia telões que projetavam animações para atrair o público. Também tinham palestras e pequenos workshops sobre os nossos produtos. Parte do time de TI passaria os cinco dias no evento para garantir a continuidade de toda a infraestrutura de tecnologia e garantir que o grande volume de pedidos fosse liberado para a matriz o mais rápido possível.

Jacinto ficou feliz quando soube que havia oferecido o menor orçamento para fazer toda a parte de cabeamento de rede para o nosso estande. Além disso, ele disponibilizou um profissional para nos acompanhar durante o evento e ajudar em casos de problemas relacionados com infraestrutura e cabeamento de redes. Tudo isso custou menos da metade do que os outros fornecedores nos cobraram nos últimos eventos, só para passar cabos.

Como ainda estávamos utilizando o sistema de gestão antigo e ele só funcionava localmente na matriz da empresa, tivemos que solicitar ao fornecedor que montasse um servidor à parte que permitisse que emitíssemos pedidos de compra na feira. Isso seria uma grande mudança, porque nas edições anteriores da feira, os pedidos eram feitos manualmente numa ficha de papel para depois serem encaminhados para a matriz e então serem digitados no sistema. Era uma perda de tempo e isso fazia com que os clientes aguardassem até três dias para completar o ciclo de separação e despacho de seus produtos. Outro problema era que, dependendo da grafia do vendedor, os pedidos eram digitados com erros, gerando vários pedidos com erros na quantidade e nos produtos. Com a mudança que propus, os pedidos seriam feitos diretamente no sistema, validados pelo time financeiro presente na feira e em seguida separados e despachados pela Expedição na matriz. Isso tudo seria feito em alguns minutos, permitindo que em alguns casos, clientes de outros estados ou países, recebessem seus produtos no local do evento ou hotel, antes de voltarem para suas cidades.

Quem via a operação funcionando desse jeito não fazia ideia do que tinha acontecido ainda durante a montagem dos equipamentos no estande.

Alguns dias atrás soubemos que o caminhão que levaria os equipamentos de TI só teria acesso ao centro de convenções no dia do evento, então tínhamos pouco tempo para montar tudo antes do início da feira. Eram computadores, equipamentos de rede, impressoras, monitores e outros periféricos.

Lembra que comentei que consegui autorizar a compra dos computadores ao invés de alugá-los? Então, tudo isso teve que ser bem planejado para os equipamentos chegarem antes da feira de convenções.

Assim que chegamos ao local da feira, começamos a transportar os equipamentos do caminhão até o estande usando alguns poucos carrinhos de carga disponíveis. O pessoal do TI estava muito ansioso, ainda mais por ser a primeira vez deles em um evento desse porte e importância para a empresa.

Alinhei com o time para que tivéssemos cuidado com os equipamentos, porque apesar de quase todos terem peças sobressalentes, qualquer falha levaria minutos preciosos que poderiam gerar reclamações, transtornos e lentidão no fluxo de trabalho proposto.

Tudo ia bem até eu ouvir o barulho de uma caixa caindo no chão. O pessoal que estava transportando os equipamentos deixou cair a única caixa que não poderia, a que tinha muitos avisos de "frágil" e "cuidado ao manusear"; a caixa onde estava o servidor que foi preparado durante uma semana pelo fornecedor do sistema para entrada dos pedidos. Sim, o servidor, único e preparado especialmente para a feira para que os vendedores pudessem fazer seus pedidos e obter informações dos seus clientes. Tudo tinha redundância, mas ninguém pensou em montar dois servidores, esse era único. O plano "B" seria a volta das fichas de papel para preenchimento manual dos pedidos. Elas estavam lá, prontas para uso em caso de emergência durante a feira, mas, puxa vida, ninguém queria plano "B" sendo executado antes de começar o evento. De nada adiantou toda a proteção de isopor e plástico bolha que eu mesmo havia colocado para proteger o equipamento. Ao abrir a caixa, deparei-me com uma cena triste. A parte frontal do gabinete do servidor foi arrancada, deixando os fios dos botões pendurados. A parte metálica do gabinete do servidor estava amassada.

Meu coração veio à boca. Esqueci de todo o resto e com uma fé inabalável e a crença acima de tudo, comecei a montar um quebra-cabeças com o que sobrou inteiro do servidor. Fui para um cantinho do estande onde ficaria instalado o servidor e me tranquei por lá.

Lembrando os velhos tempos de Nacional Automática, soltei a placa mãe, a fonte de energia e o disco rígido daquilo que sobrou do gabinete. Coloquei tudo sobre um pedaço da caixa de papelão, protegendo os pontos metálicos com o próprio plástico bolha que o protegia. Era, sem dúvida, o microcomputador mais feio do mundo, mas o mais importante é que ligou e funcionou perfeitamente. Esqueceram de colocar uma ventilação como eu havia solicitado, então tivemos que improvisar com um ventilador de mesa. Tranquei a porta para evitar que alguém tivesse contato com o "monstrinho", porque eu duvidei que ele continuasse funcionando por muito tempo depois da queda que levou. Pensei que o disco não suportaria e então avisei a equipe de vendas que caso ocorresse uma falha no servidor, que estivessem com as antigas fichas por perto como plano "B", garantindo assim, que os pedidos fossem realizados, mesmo que manualmente, como eram antigamente.

Por incrível que pareça, esse computador funcionou durante todo o evento, ligado o tempo todo, porque imaginei que se desligasse, ele não voltaria a funcionar.

Poucos souberam do episódio, eu sempre resolvia os problemas de TI internamente. Pensei que nada adiantaria levar essa preocupação para o Vítor, porque ele não teria como ajudar e ainda ficaria com uma preocupação a mais. Claro que assim que o último pedido foi emitido e houve a confirmação que todos foram processados com sucesso, desliguei o servidor e mostrei ao Vítor. Ele não queria acreditar que aquilo que eu apelidei de "monstrinho" tinha sido o responsável pelo processamento de tantas requisições durante os cinco dias de feira. Talvez ele não teria acreditado se não tivesse visto, mas aquilo que sobrou de um computador servidor, ajudou a batermos o recorde não só de faturamento nesse evento, como também garantiu que pela primeira vez eles tivessem saído do tempo das cavernas com pedidos feitos à mão.

No final do evento, houve um jantar de agradecimento e todos foram elogiados pelo excelente desempenho. Houve um crescimento de 22% no faturamento em comparação com a última feira, e dessa vez, com o uso da tecnologia, os pedidos foram realizados rapidamente, permitindo que alguns produtos fossem entregues no dia seguinte e sem erros.

Durante a feira, eu fiz um rodízio de profissionais para garantir que todos participassem do evento e entender como tudo funciona. Também fizemos o possível para certificar que as atividades na empresa tivessem continuidade. Perto do fim do evento, solicitei que a parte do time que estava no escritório, viesse ao evento no centro de convenções para que participassem dessa confraternização e entendessem como foi importante a participação de cada um.

É claro que chegamos mais tarde para o jantar de confraternização, porque quando encerrou o evento, começou outra atividade do TI, que era garantir que todos os equipamentos fossem embalados e transportados com segurança para o escritório da empresa.

Participamos todos juntos no jantar e o reconhecimento trouxe uma trégua na atitude negativa de Ítalo e Ricardo Nonatto.

No dia seguinte, rimos muito com a história do servidor, tiramos fotos, porque ninguém acreditaria que aquelas placas soltas foram responsáveis por manter o servidor funcionando por tanto tempo. E quer saber? Depois que desligamos o computador, ele nunca mais funcionou.

3.3 Projeto de sucesso 1.0

Passada a tensão do evento mais importante para a Implantsim, resolvi botar em prática uma alteração de responsabilidades do time. Durante o evento tive um tempo para analisar melhor no que cada um se saiu melhor. Longe de ser o ideal, como eu repeti muitas vezes, o time era aquele e era com ele que eu tinha que seguir até que meus superiores cumprissem as promessas de contratações e investimentos para o meu departamento.

Agora era montar um plano de trabalho, dividir melhor as tarefas e responsabilidades entre o time e começarmos a nos preparar para o nosso primeiro projeto de sucesso.

Preparei minha mente para tudo que viria pela frente. Eu já tinha experiência em diversos tipos de projetos e produtos, até mesmo em implantações de ERP similares, mas esse era especial, era o mais famoso e valioso sistema de gestão empresarial do mundo!

Era o primeiro projeto de implantação de ERP que eu participaria desde o início; da fase de pesquisa, entendimento dos processos da empresa, estudos de aderência, definição de escopo, cotação, escolha dos *key users* até a assinatura do contrato. Estava ciente de cada passo do projeto, de todas as definições que antecedem um projeto dessa magnitude.

A minha autoconfiança refletia a confiança da empresa depositada em mim. Assim como Rodrigo e Martha, alguns usuários também comentavam o quanto estavam esperançosos pela novidade e falavam com frequência que essa seria a solução para os seus problemas!

Será que eu teria sucesso? O meu conceito de projeto de sucesso era bem simples: projeto realizado dentro do prazo, respeitando o orçamento e de acordo com o escopo definido.

Solicitei a palavra na reunião do Conselho daquela semana e mostrei aos membros do Conselho como seria minha apresentação no *kick off*[10] do projeto.

Martha havia solicitado que eu apresentasse ao Conselho, os nomes que eu havia selecionado para representarem seus departamentos no projeto, os famosos *key users*. Ela aproveitaria a reunião para confirmar os nomes dos participantes e solicitar autorização de participação aos seus respectivos gestores.

A lista separada por módulos ficou assim:

Fiscal e Contábil: Odílio, Paula Matiolli e Rafaela Alves.

RH: Laura.

Controladoria: Lauro.

Gestão de Materiais: William.

Gestão de Produção: Álvaro e Leonardo.

Gestão de Vendas: Camilo e Raissa.

Gestão de Qualidade: Dênis e Francisco Lopes.

Câmbio: Cecília.

---

[10] É a reunião inicial na qual serão apresentados o(s) gerente(s) de projetos, patrocinadores e o time, como o projeto será gerenciado e as partes interessadas.

Exportação: Sergio Grillo.

Basis. Analista de sistemas focado na instalação e suporte, especificamente no que diz respeito à infraestrutura: Ferdinando.

Claro que a primeira lista recebeu algumas críticas e pedidos de mudanças.

— Três *key users* para Fiscal e Contábil? Por quê? — Perguntou um dos membros do Conselho.

— Dentro desse módulo temos processos das áreas representadas pelos três e a participação isolada de um deles não cobriria todo o assunto. — Respondi.

— Você colocou os nomes dos principais funcionários desses departamentos. Eu creio que deveria ter colocado o nome daqueles que podem ficar fazendo projetos, que não teriam problema em se ausentarem do departamento. — Criticou outro.

— Eu penso que para termos sucesso nessa implantação, temos que usar o que temos de melhor. A questão não é ter no projeto quem tem mais tempo sobrando, e sim quem conhece bem o processo. Esses participantes terão que aprender como o novo sistema de gestão da empresa vai funcionar, ao passo que eles terão que explicar aos consultores externos quais são os processos e sistemas atuais. — Expliquei.

— Se você tem gente que julga não fazer falta em seu departamento, por que diabos ainda os mantém por lá? — Perguntou Martha, a presidente da companhia.

— Raissa representando o módulo de Vendas? Você só pode estar brincando. Ela é uma bomba-relógio pronta para "explodir" a qualquer momento. Eu não colocaria uma pessoa com temperamento tão difícil para liderar um módulo desses. — Recebi outra crítica, no meu entendimento, muito pertinente.

— Tenho observado que ela já faz o trabalho de treinamento ao usuário final e geralmente é ela quem esclarece as dúvidas dos representantes e gestores em relação ao sistema e aos processos atuais, mais precisamente no módulo de vendas. Como ela participará do projeto junto com o Camilo, gestor da área, eu acredito em um equilíbrio. Camilo tem muita experiência como gestor comercial e Raissa tem bastante experiência com o processo aqui da empresa, além de ter o respeito do time. — Respondi à crítica com o aceite da maioria.

Houve uma intensa discussão entre eles sobre quem deveria ser aceito ou não até que chegaram num consenso.

— Jonas, eu apenas faria uma sugestão. Eu colocaria o Ricardo Nonatto no lugar do Ferdinando para a função de *Basis*, tendo em vista que ele recentemente veio me procurar e alegou que gostaria de ter uma participação mais efetiva junto ao seu departamento. — Disse Fábio Zurman, que estava frequentemente em contato com Ricardo Nonatto e Ítalo para alinhar a atitude deles na empresa, um trabalho do RH na tentativa de reter talentos.

— Não vejo problemas em trocar para Ricardo Nonatto. — Respondi ao Zurman.

Fábio Zurman fez um sinal de positivo com a mão e abriu um sorriso. Com certeza isso seria moeda de troca do Zurman no trato com o Ricardo Nonatto, o mais complicado. Algo do tipo: "à medida que você evoluir como ser humano, eu conseguirei alguns avanços para sua carreira!". Zurman realmente acreditava numa mudança de postura tanto para Ricardo Nonatto quanto Ítalo.

— Pessoal! O que vocês acham que podemos fazer para garantir uma dedicação dos *key users* nesse projeto? — Perguntou Martha.

— Martha, eu daria um bônus em dinheiro! — Respondi tão rápido que fui motivo de risada na sala.

— Mas você acha que dando dinheiro resolveria a questão de empenho? E se o *key user* participar só para ganhar esse dinheiro e entregar o trabalho de qualquer jeito? — Achei muito boa a pergunta da Martha.

— Martha, eu daria outro bônus em dinheiro relacionado com a qualidade da entrega. Explico. Não quero entrar na questão da política de salários da companhia, entendo que isso é algo que o Fábio Zurman já deve estar tratando, mas em todos esses meses antes da confirmação da compra da empresa, antes mesmo da vinda de vocês, o que eu mais ouvi foram comentários sobre a insatisfação deles em relação ao salário. Pensando pelo ponto de vista de quem vai atuar nas frentes do projeto e ainda manter o dia a dia de atividades, um bônus como forma de recompensa é muito bem-vindo. — Martha ficou pensativa com a resposta.

— Achei bárbaro! Mas qual seria o parâmetro para medirmos se foi entregue com qualidade, se não entregaram de qualquer jeito só pra ganhar o bônus? — Martha perguntou novamente.

— Posso sugerir uma coisa? — Disse Vítor.

— Claro, prossiga Vítor!

— Eu acho que a gente poderia pegar uma base no número de chamados técnicos após alguns meses depois de implementado. Posso sugerir um cálculo em porcentagem, sendo o mínimo de 25% e o máximo de 100% do valor do salário do participante por bônus. Exemplo: se todos entregarem o projeto dentro do prazo, damos 100% do valor do salário como bônus e, depois de alguns meses, o Jonas nos passa a quantidade de chamados relacionados ao projeto. Se interpretarmos que são poucos chamados relacionados a problemas de implantação, damos mais 100%. Podemos criar algumas penalidades em casos de atrasos ou onde identificarmos baixo comprometimento, reduzindo a porcentagem do valor do bônus para esses casos.

Todos se entreolharam, novos sussurros e Martha perguntou se todos estavam de acordo.

A reunião foi encerrada com a aprovação de todos e caberia ao RH me ajudar na oficialização junto aos *key users*.

As conversas foram rápidas com cada um deles e todos ficaram felizes por terem sido escolhidos. Alguns se emocionaram com a possibilidade do 14º e 15º salários a título de bonificação ao final do projeto. Martha definiu que eles receberiam dois bônus pela participação no projeto. Um de até 100% do valor do salário referente à entrega do projeto dentro do prazo, e outro, de até 100% do valor do salário após cinco meses da entrega do projeto, relacionado com a qualidade da participação de cada um. Vítor definiu as regras sobre descontos na porcentagem de ambos os bônus nos casos de atrasos das atividades e se fossem apuradas atividades entregues com baixa qualidade. Tudo isso foi esclarecido durante a conversa com cada um deles e todos aceitaram imediatamente.

O projeto começou duas semanas após a conversa com eles e desde o primeiro dia, durante a reunião de *kick off*, percebi que seria um projeto diferente. Eu estava no palco junto com Luigi, o gerente de projetos responsável pelas atividades da consultoria Sondhas, a consultoria contratada para nos apoiar com este projeto de ERP, e dava para ver o sorriso estampado no rosto de cada um dos participantes. Não era só o dinheiro, era o reconhecimento que eu fiz questão de destacar. Serem lembrados como os melhores de suas áreas fizeram sentir-se reconhecidos, importantes.

Fizemos a apresentação do projeto com nomes e atividades de cada um, o objetivo da implantação do novo ERP, os prazos previstos, periodicidade de reuniões do projeto, ou seja, deixamos bem claro para todos quais seriam os próximos passos.

Martha e alguns diretores reforçaram a importância do projeto para a companhia e como a participação dela era fundamental para alcançarmos as metas.

Eu havia escolhido um nome para o projeto, que acabou escolhido na votação dos participantes: Sinergia! O Marketing deu uma força preparando material de apoio e divulgação. Os participantes divulgavam, orgulhosos, os materiais de apoio e divulgação do projeto Sinergia.

Assim que o Luigi deixou o palco falando sobre o ponto de vista da consultoria que nos auxiliaria com a implantação do projeto, foi minha vez de falar e fechar a reunião.

— Obrigado pela presença, pessoal! Estou muito feliz de participar do projeto junto com vocês e tenho certeza de que daqui a alguns meses, vamos olhar orgulhosos o que construímos juntos. Eu não tenho a fórmula mágica, não sei tudo, mas podem ter certeza de que se tiverem alguma dúvida e eu não souber responder, vou procurar a melhor resposta para vocês. Aos que sempre falam "isso aqui sempre foi assim", peço que reflitam que estamos diante de uma grande oportunidade de mudança, de fazer o certo e fazer com que esse novo sistema seja um aliado e não mais um problema futuro. É tempo de renovar e vamos construir a sinergia necessária para fazer isso acontecer. — Disse para todos com o mais sincero sentimento. Não foi um discurso programado, ensaiado.

Não mencionei o prazo sugerido pela Sondhas para conclusão do projeto, que era de doze meses. Disse que o prazo do projeto era de sete meses. Se alcançássemos essa marca, terminaríamos em dezembro daquele ano e teríamos apenas um fechamento sistêmico no ano. Ou seja, estaríamos encerrando as atividades no sistema de gestão antigo e iniciando o ano seguinte de sistema novo, sem complicações. Caso o prazo não fosse alcançado, teríamos que fazer o fechamento em dois sistemas de ERP no ano seguinte.

Outro dado importante: se concluíssemos o projeto em sete meses, economizaríamos algo em torno de 2 milhões, considerando os custos operacionais e consultoria. Somando com os 2,2 milhões que eu havia economizado ainda no processo de negociação, seria uma economia total de 4,2 milhões, o que para mim é bastante coisa.

Agendamos recorrência semanal e quinzenal para as reuniões do projeto até a data estimada para o fim dele. Nas reuniões semanais, o quórum era dois gerentes de projeto, eu e Luigi, mais os *key users* e os consultores da Sondhas. Nas reuniões quinzenais acrescentávamos a participação da Martha, a presidente e principal patrocinadora do projeto, e os demais membros do *board* que se reportavam diretamente a ela, não necessariamente os gestores diretos dos *key users*.

A dinâmica era a seguinte: nas semanais eu fazia de tudo para garantir que os *key users* e consultores tivessem todos os recursos como tempo e informação para concluírem suas tarefas. Se fosse o caso, eu alinhava e negociava com os gestores diretos de todos para agilizar alguma coisa, facilitar o acesso a informações e decisões. Luigi, como gerente de projetos pela consultoria, repassava o estado de atividades atrasadas ou falta de interação de *key users*. Ele negociava com o fabricante do sistema as questões técnicas e era o responsável pelos relatórios de andamento do projeto.

Ambos faziam de tudo para resolver problemas de andamento do projeto na reunião semanal e as questões ou decisões mais complexas eram resolvidas na reunião quinzenal.

Confesso que muitas vezes fui duro demais nessas reuniões semanais e exigia que eles recuperassem o tempo perdido nas suas atividades, quando atrasadas. Sabia que se eles chegassem à reunião quinzenal com algum problema de atraso, a conversa com Martha seria muito mais dura que a minha.

Martha participava pontualmente das reuniões quinzenais. Ela fazia questão de interagir com todos e deixava claro a importância da conclusão do projeto dentro do prazo. A participação dela nas reuniões foi extremamente útil, porque não havia assunto que seria postergado. O que tinha que ser decidido, ela dizia: "temos todos os principais executivos aqui e todos estão comprometidos com o futuro do projeto. Se temos que decidir, decidimos agora".

De fato, todos os problemas eram resolvidos rapidamente. Se alguém reclamava de tempo, Martha chamava a atenção do diretor daquela área e pedia que ele conversasse com o gestor direto do *key user* envolvido. Se era uma questão de decisão, o diretor poderia se ausentar ou convidar outros membros do time para resolver a questão durante a reunião. Nenhum assunto ficava sem solução ou encaminhamento.

Logo na primeira reunião quinzenal, Odílio, o *key user* responsável pelo módulo Fiscal e Contábil apresentou uma performance bem abaixo do esperado, com diversas atividades atrasadas e malfeitas. O gerente de projetos por parte da consultoria apresentou um gráfico explicando as atividades atrasadas e alguns questionamentos sobre as decisões de Odílio que poderiam trazer algum risco para a empresa.

Não teve conversa. Martha chegou a alterar o tom de voz e pediu que Vítor encontrasse uma forma de ajudar o Odílio a cumprir ambas as atividades, as do dia a dia e as do projeto, conforme havia explicado no início do projeto. Esse episódio serviu de exemplo para os demais diretores e *key users*. Martha não estava para brincadeira, tampouco aceitaria qualquer desculpa para que as atividades do projeto ficassem atrasadas.

Todos entenderam o recado e evitavam chegar na próxima reunião quinzenal com algum atraso em suas atividades. Isso foi extremamente importante, porque ditou a regra daquele dia em diante.

Os *key users* passaram a entender melhor minha ajuda para evitar atrasos e o projeto seguiu com alguns atrasos que eram recuperados ainda durante a semana.

Alguns *key users* como Odílio e Álvaro seguiram por todo o projeto reclamando muito pelo acúmulo de atividades do dia a dia e do projeto, mas não desistiram, de olho no bônus que receberiam pela entrega do projeto.

Álvaro era o *key user* mais problemático. Ele vivia atrasado em suas atividades. Seu diretor, Edgar, entrava em cena para defendê-lo o tempo todo, e como Martha não baixava a guarda, se Edgar defendesse, que ele então providenciasse a atividade no lugar de Álvaro, e isso ocorreu muitas vezes.

Luigi, o gerente de projetos por parte da Sondhas, também sofria na mão da Martha. Ela era muito acelerada e simplesmente não tinha a menor paciência para longas explicações. Quando ela perguntava se era sim ou não, ela esperava como resposta "sim" ou "não", mas Luigi começava com o seu longo e pausado discurso que irritava até mesmo os monges tibetanos.

— Luigi! Quero apenas saber se podemos seguir assim ou não, se é possível ou não mudar esse parâmetro. Se sim diga sim, se não, apenas diga não. Não temos tempo para longos discursos! — Dizia Martha.

Por parte da empresa havia total comprometimento e todos os recursos necessários para o projeto, e não necessariamente para o TI, estavam disponíveis. O time envolvido no projeto tinha uma área bem-estruturada para abrigá-los e mantê-los longe de seus departamentos de origem. Essa sala chamamos de *"war room"*, que seria traduzido diretamente como "sala de guerra". Na prática, um local exclusivo para membros do projeto. Todos os *key users* tinham uma programação diária, na parte da manhã eles ficavam em suas áreas fazendo as tarefas normais do dia a dia e na parte da tarde todos eles iam para a *war room*, sentavam-se ao lado dos consultores e iniciavam as atividades de implantação do sistema.

Foram meses focados e cansativos, mas o resultado veio melhor até do que eu havia previsto. Conseguimos concluir as fases de configuração e testes em seis meses ao invés de sete. Ou seja, seis meses antes do previsto pela consultoria! Como ainda era novembro, decidimos junto ao *board*, realizar mais um mês inteiro de testes integrados para garantir a qualidade e entendimento do novo sistema.

Foi um sucesso. Esse mês serviu para que todos trabalhassem no novo sistema, encontrassem o melhor caminho para a empresa, com processos muito mais produtivos. De olho no segundo bônus, que estava relacionado com a qualidade do projeto, todos os *key users* resolveram problemas encontrados durante os testes e, com a ajuda da consultoria Sondhas, resolveram pendências, deixando tudo pronto para o início do sistema em produção.

Assim como os *key users*, eu também tinha que conciliar as atividades do TI com as atividades do projeto e entendi que era o momento oportuno para colocar em prática as alterações que eu havia pensado ainda durante a feira.

Depois que Ítalo e Ricardo Nonatto fizeram reclamações ao RH sobre o volume de trabalho e meu nível de rigidez na cobrança por resultados, Zurman pegou o "caso" como algo prioritário e resolveu — segundo ele — recuperar a capacidade de entrega deles, fazendo um trabalho para elevar a autoestima de ambos.

Em algumas ocasiões eu disse a Zurman que a rigidez se dava pelo fato de que eles não realizavam trabalho com qualidade. Eles destoavam de Ferdinando e Gustavo, que realmente trabalhavam duro para compensar a falta de gente. Por que Ferdinando e Gustavo não reclamavam do excesso de trabalho? Porque eles viam o quanto eu estava trabalhando com eles. Porque o tempo que eles poderiam reclamar, eles estavam trabalhando arduamente para garantir as entregas. Talvez se eu cruzasse os braços e só ficasse cobrando, provavelmente eles teriam da mesma forma que os demais, motivos suficientes para reclamar.

Para evitar novas reclamações, eu resolvi alinhar com o Zurman sobre as mudanças que eu sugeriria. Apesar de duvidar que ele conseguiria mudar a atitude negativa enraizada de Ítalo e Ricardo Nonatto, eu sempre torci a favor.

A mudança visava aproveitar ainda mais as atividades que estavam sob responsabilidade de Gustavo e Ferdinando, porque aproveitando melhor os dois, eu teria menos coisas para me preocupar, já que eles davam conta.

Zurman e Vítor concordaram com as mudanças, então resolvi compartilhar com o time:

Responsável	Atividades
Ítalo	• Configuração, segurança e atualização de servidores. • Firewall (solução de proteção da rede e internet). • Equipamentos de rede. • Servidor de Arquivos. • Sistemas da Engenharia (A Engenharia contava com soluções próprias e específicas as quais demandavam configurações e auxílio do TI para manutenção junto aos fornecedores).
Ricardo Nonatto	• Servidor do novo ERP. • ERP *Basis* (administração de usuários e acessos). • Servidor de Backup (armazenamento de cópia de segurança dos dados da empresa). Rotina de troca de fitas e envio para armazenagem externa na empresa contratada para salvaguarda das fitas.
Ferdinando	• Servidor de e-mail. • Equipamentos do auditório para eventos (áudio, iluminação e projeção). • Telefonia. • Inventário de equipamentos de TI. • Servidor de Câmeras. • Servidor de Antivírus. • Servidor de ERP antigo (Neste momento estávamos implementando o novo sistema, mas tínhamos que manter o antigo funcionando para consultas por pelo menos mais 1 ano).
Gustavo	• Impressoras. (Contato com o fornecedor por meio de chamados). • Atendimento ao usuário (*help-desk*). • Links de internet.
Jonas	• Gerenciamento do Projeto ERP. • Gerenciamento do Projeto CRM. • Gerenciamento do Projeto 5 anos (secreto). • Gestão de Contratos e Orçamentos. • Gerenciamento de Projetos Hamicy ("braço" da companhia para financiamento de tratamentos odontológicos para clientes). • Domínios de internet. (Registro e manutenção dos domínios registrados pela companhia). • Licenças de software. • Gestão do Orçamento da Área (*Budget*).

Essas eram as principais atividades do time.

Ítalo, Ferdinando, Ricardo Nonatto e Gustavo foram informados na presença de Fábio Zurman e Vítor para que não restassem dúvidas. Se caso não estivessem de acordo ou não se sentissem à vontade de assumir alguma responsabilidade, esse seria o momento de fazer os ajustes.

Tomamos o cuidado de deixar o mínimo de atividades sob a responsabilidade do Gustavo, porque ele era estagiário e trabalhava até seis horas por dia, respeitando a legislação vigente em nosso país. Na prática, apesar de ser um excelente funcionário, como estagiário não poderia de fato ser responsável por qualquer atividade, mas ele aceitou com alegria.

No dia seguinte todos assumiram seus lugares de responsáveis por suas atividades e eu checava o status de vez em quando para me manter informado da mesma forma que estava ciente dos projetos que eu estava conduzindo.

A Sondhas também ganhou o processo de cotação para os equipamentos de infraestrutura que abrigaria os novos sistemas. Com servidores modernos e um sistema de backup de grande capacidade, estaríamos longe daqueles problemas encontrados até então.

O equipamento escolhido foi um poderoso chassi que possuía 10 lâminas. Cada lâmina era um servidor de grande capacidade. Fizemos um projeto muito interessante para que todos os antigos servidores fossem substituídos. Além de ganhar em capacidade de processamento, economizaríamos muito espaço na sala de servidores já que todos os novos equipamentos ficariam em um único rack.

Outra solução muito desejada adquirida durante o projeto foi o equipamento de backup para gravação dos dados em fitas de grande capacidade. Esse equipamento era robotizado e assim que programado, tudo que precisaríamos fazer era deixá-lo carregado com essas fitas e acompanhar diariamente. Agora nossos dados, que antes eram gravados em diversas fitas, seriam gravados em uma única fita diária. Isso simplificaria todo o processo de movimentação dos dados de segurança e envio das fitas para a empresa que armazenava a cópia de segurança, externamente. Claro que novamente o orçamento falou mais alto e pudemos adquirir somente 30 dessas fitas junto com o equipamento. Já era um avanço diante das quatro fitas atuais, mas aquém do que eu havia solicitado.

Pelas nossas contas, poderíamos manter as fitas da semana dentro do robô e enviar para armazenar externamente o restante delas. Era o nosso sonho de consumo concretizado e grande parte da minha preocupação sendo resolvida.

Ricardo Nonatto agora estava responsável pelo manuseio das fitas e conferência diária do software para saber se os dados estavam copiados corretamente.

Ítalo e Ricardo Nonatto acompanhariam Celso — o especialista da Sondhas para instalação e configuração dos novos equipamentos — em todos os passos, servindo de curso prático para que eles pudessem auxiliar na manutenção da configuração no futuro.

Em poucos dias, Celso concluiu as suas tarefas e assim que todos os servidores foram migrados para a nova estrutura, rodamos nosso primeiro backup ao lado de Celso e fiquei muito contente com a facilidade do sistema. Fiquei aliviado.

No dia seguinte, até mesmo o novo sistema de ERP já estava em seu servidor (lâmina) definitiva.

Enfim, dezembro terminou e com ele o tão esperado lançamento do projeto de ERP.

Tivemos uma recepção com espumante e discursos de Vítor, Martha, Mariano, Fábio Zurman e Luigi. Claro que quando chegou a hora do Luigi discursar em nome da Sondhas, Martha olhou-o firmemente e ele foi o mais rápido de todos. Todos enalteceram os esforços da equipe, inclusive da consultoria contratada para nos ajudar.

Nos dias seguintes foram feitas as reuniões separadamente com cada um dos participantes do projeto para comunicação do valor do bônus, segundo a regra estipulada pelo Vítor ainda no início do projeto. Todos ficaram felizes, menos Álvaro. Ele reclamou, pois receberia 78% do valor do seu salário como bônus, porque além dos constantes atrasos e falta de participação no projeto, gerou retrabalho para todo o time por falta de definições claras.

Desde o início, aceitei a regra definida pelo Vítor para que o meu bônus fosse baseado na média da porcentagem dos bônus de todos os *key users*. Baseado na regra, meu bônus foi de 92% e aceitei com alegria. O mais importante eu tinha conseguido. Fiz parte de um projeto dessa magnitude e entregamos antes do prazo proposto. Para quem nunca tinha gerenciado um projeto desse nível antes, foi uma experiência muito mais valiosa que o meu bônus.

Era o último dia do ano, todos já tinham ido para suas casas para confraternizarem com suas famílias e eu fiquei um pouco mais. Deixei que todos fossem embora e fiquei ali na sala dos servidores por alguns instantes.

Fiquei quase uma hora admirando aquelas máquinas novas, acho que foi um momento nerd. Eu estava extremamente agradecido por tudo que tinha passado aquele ano, por tantas batalhas para alcançar o resultado.

Os consultores envolvidos me ensinaram muito, foram muitas dicas importantes para um projeto de sucesso, a começar pela estrutura do banco de dados e do diretório de arquivos. Como o espaço em disco era algo muito valioso, tivemos que estudar bastante para termos a porcentagem correta de espaço para cada pasta do sistema.

Ficou tudo tão perfeito que eu queria tirar uma "foto" do trabalho realizado e fiz isso por meio de uma cópia de segurança do diretório em um pen drive do departamento. Como tínhamos planos em expandir e provavelmente teríamos mais projetos como aquele no futuro, a disposição das pastas do diretório e como ele foi dividido seria algo que nos ajudaria no futuro.

Cópia feita, fiquei ali por mais um momento, vendo todos os *leds* acesos, todos os equipamentos funcionando e prontos para o próximo ano.

Sentimento pleno de gratidão por todo o trabalho feito.

3.4 Projeto 5 anos

Assim que retornamos do pequeno recesso de fim de ano, iniciamos as atividades de acompanhamento do projeto Sinergia, aquele famoso ERP recém-implantado e funcionando intensamente! Até então, zero surpresas, até porque tínhamos passado o mês de dezembro inteiro testando todas as rotinas. Era mais uma questão de adaptação dos demais usuários e verificar se as conexões entre o ERP e sistemas de fornecedores estavam funcionando bem.

Na agenda, reuniões durante toda a semana, mas a primeira delas, fora da empresa, tinha o curioso título: *Projeto 5 anos*.

— Já pensaram como seria bom sabermos sobre o nosso futuro daqui a cinco anos? — Disse Martha durante a primeira reunião do Conselho no ano.

— Eu aluguei esta sala fora da empresa para que todos vocês pudessem entender a grandiosidade do que vamos apresentar agora. — Completou Martha.

Eu lembrei que ela havia comentado sobre o tal Projeto 5 anos na última reunião mensal com a Presidente, inclusive que eu seria o gerente de projetos para esse projeto também, mas não adiantou qual seria o objetivo dele.

O que todos estavam se perguntando era por que tanto suspense. Por que uma reunião fora da empresa?

— Pessoal, gostaria de apresentar a vocês o time que vai nos ajudar na estratégia e posicionamento da empresa para os próximos cinco anos. Então com vocês, o time do Projeto 5 anos! — Palmas, música e uma entrada de três consultores que se apresentaram como se fossem estrelas internacionais do *show business*.

Começaram a apresentação comentando que já tinham implantado o mesmo projeto em outras empresas com grande resultado financeiro. Colocaram na tela o que seria o nosso futuro para os próximos anos em termos de posicionamento no mercado nacional e internacional. De repente, comentaram sobre as alterações que teríamos em departamentos, marca e objetivos.

Também foram apresentados estudos que comprovariam que o nosso crescimento chegaria a ser quatro vezes maior que o faturamento atual, nos primeiros três anos do projeto.

Tão logo comentaram sobre o crescimento, foram apresentados os próximos investimentos e subprojetos para diversas áreas da empresa.

Estava tudo muito bonito, com direito à pausa para almoço, mas fiquei aguardando até o final da apresentação do projeto e não ouvi qualquer planejamento para a área de TI.

Quando chegou a sessão de perguntas e respostas, eu levantei a mão e perguntei o que eles estudaram e viram para o futuro do nosso TI. Parece que eu havia feito uma pergunta pela qual não estavam preparados para responder. Os consultores entreolharam-se até que um deles se levantou com um sorriso e disse:

— Todos esses projetos andam lado a lado com TI e vocês são peça fundamental para nos ajudar com esses projetos. Apesar de não termos definido algo diretamente para o TI, o investimento em cada área fará o TI crescer da mesma forma. Eu queria aproveitar o ensejo e oficializar o Jonas como membro do nosso projeto para nos apoiar em todos os assuntos relacionados com a área dele. — Respondeu o consultor.

Olhei para o Vítor e ele fez uma cara de quem não sabia de nada e de fato ele não sabia, ninguém sabia.

O Projeto 5 anos virou a "desculpa" para tudo de bom e ruim daquele dia em diante. Se você falava que estava fazendo algo para o Projeto 5 anos, era como se apresentasse a superlicença para fazer o que quisesse.

Os consultores do Projeto 5 anos tinham uma sala na empresa, onde os gestores iam o tempo todo procurá-los para pedirem orçamento extra para novos projetos.

"Nós do Marketing desejamos mudar o logo e todo o material de promocional!".

"Autorizado, está dentro do Projeto 5 anos!".

"Posso comprar máquinas novas para a sala limpa, sala onde são embalados os produtos?".

"Hum, deixa eu ver. Sim, está no Projeto 5 anos, pode comprar!".

"Queremos mudar o site da empresa. Posso solicitar um orçamento?".

"Pode sim!".

"Quero trocar todas as câmeras de segurança da empresa. Posso?".

"Pode sim, o Projeto 5 anos contempla uma verba para que vocês usem para a segurança".

Vendo aquele orçamento paralelo generoso com os demais colegas, logo me apressei para pedir minha parte.

— Pessoal, bom dia. Preciso comentar com vocês sobre alguns itens pendentes que são extremamente importantes para a empresa. — Perguntei para um dos consultores presentes.

— Ah, que pena, Jonas. Vou ficar te devendo, mas o projeto não contempla investimentos para TI por enquanto.

Como eu estava proibido de falar sobre a necessidade de contratação de pessoal especializado, resolvi levar aos consultores do Projeto 5 anos, três dos oito itens pendentes que ainda me incomodavam. Ainda expliquei que eles estavam pensando em várias melhorias que não dariam certo sem que estivessem alinhadas com as necessidades de TI. Resolvi apresentar os três itens com uma breve descrição sobre o que se tratava:

    a. **Instalação de condicionador de ar na sala dos servidores**, porque ainda tínhamos a situação ridícula dos servidores se desligarem por superaquecimento. A questão é que os servidores estavam instalados na empresa, se fossem externos, por exemplo, instalados em um data center, eu não estaria preocupado. Sabe o que fizeram? Deram-me ventiladores grandes para instalar na sala dos servidores. Agora eu tinha uma sala com ar quente circulando e mais barulho.

b. **Gerador e banco de baterias para a sala dos servidores**: a empresa ficava numa região que — segundo a própria companhia de energia — era final da linha de transmissão e ponto com maior reincidência de falhas no fornecimento de energia elétrica. Eles teriam prometido a instalação de novos equipamentos, mas não sabiam quando o problema seria resolvido. Pelo menos uma vez por mês ocorria uma falha de energia elétrica na empresa. Se tivéssemos algum *nobreak*, os servidores não seriam prejudicados pelo desligamento abrupto.

c. **Substituição do provedor de serviço de e-mails.** Ao assumir o departamento jurídico, "Doc" conseguiu pôr fim no contrato que Nádia havia firmado com um provedor "caseiro" de e-mails. A empresa nem endereço comercial possuía, tinha como contato um e-mail e um site e não respondiam mensagens. Quando esse serviço falhava, o retorno dava-se lentamente, chegando ao ponto de aguardar três dias para ter os e-mails funcionando novamente. Com a chegada de novos contratados, o problema agravou-se e o número de chamados técnicos aumentou consideravelmente.

Para todos os projetos criados sob o título "Projeto 5 anos", nós fizemos a nossa parte apoiando tecnicamente, participando e gerenciando, mas a recíproca não era verdadeira.

E assim seguiram projetos e mais projetos, investimentos em coisas que não tinham necessidade alguma ou não tinham prioridade, mas todos queriam fazer algo, aproveitar a verba que estava liberada. Então eu enchia a paciência do meu gestor, o Vítor, e acho que aquilo começou a incomodá-lo a ponto de me deixar falando sozinho muitas vezes. Também, quem é que tem paciência para ficar ouvindo alguém reclamar, não é mesmo? Ainda mais quando o assunto já foi mais que discutido. A verdade é que eu estava vendo o dinheiro ser usado para projetos que deveriam existir somente após concluirmos projetos básicos antes. Era o mesmo que um construtor pedir dinheiro para o telhado, mas sequer havia o alicerce da casa pronto.

Fazia sentido eu colocar mais cinco lâminas de servidores no chassi do servidor principal se os que já existiam estavam superaquecendo? Não seria mais lógico instalarmos um ar-condicionado antes? Qual era o investimento para isso? Com certeza menor que o projeto de revitalização do estacionamento que já tinha boa sinalização.

Com certeza me incomodava saber que a troca dos carros da frota de dois anos era prioridade e que 10% do valor de um dos carros, pagaria o bendito *nobreak*.

Nessas horas, lembrava com tristeza quando a Martha decidiu lá atrás colocar nosso departamento sob responsabilidade do Financeiro. Se o entendimento era de que só diretores deveriam se reportar a ela diretamente, estava vendo na prática que foi a pior decisão. Eu não me importaria de me reportar a ela ou a qualquer outro departamento, independentemente do meu cargo, desde que o TI fosse algo levado a sério. Vítor, assim como os demais diretores, estava sob forte pressão por resultados, com uma área cheia de gente que trazia o legado deixado por Nádia e Lurdes; times divididos que brigavam entre si. Eu sabia que ele estava com muitos problemas, mas a falta de atenção para me ajudar impactava diretamente o TI da empresa e nos colocava em risco. A nossa TI barata, com orçamento baixo, contrastava com a ideia de crescimento da empresa. Era estranho ouvir nas reuniões do *board* que nossa empresa cresceria quatro vezes em três anos e eu não tinha dinheiro no orçamento sequer para manter a infraestrutura ou contratar bons profissionais. Por incrível que pareça, nas reuniões do *board* o Vítor defendia a área principal dele, o Financeiro. Eu tinha bom relacionamento com todos os membros do *board*, tanto é que, como gerente do TI, participava em reuniões decisivas que só tinham diretores. O problema é que na hora que eu comentava sobre as necessidades da minha área, sempre tinha um diretor com um problema maior ou com mais urgência, então sem o apoio do Vítor, que seria meu diretor, o meu pedido perdia força. Era mais uma questão política. Tinha diretor que ameaça ir embora por falta de investimento em algum projeto específico e então conseguia o dinheiro.

Era nítido que não faltava dinheiro, faltava bom senso e boa vontade em liberar pequenas somas de dinheiro que me ajudariam a resolver parte dos problemas. O restante, como era de costume, nós atuávamos muito bem com o que tínhamos e eu seguia atuando em diversos projetos estratégicos.

Um dos projetos da empresa, que estava ligado à área financeira, era da criação de uma empresa no grupo que visava gerar uma linha de crédito para que os dentistas pudessem oferecer aos seus clientes, pacotes de financiamento para os tratamentos mais caros. O projeto estava atrasado com a Patrícia e Martha solicitou minha ajuda para acelerar algumas atividades que estavam muito atrasadas, como a contratação do link de internet. Consegui fazer os contatos certos e em poucos dias o link de internet foi instalado com sucesso. Foi necessário mais um mês para a Patrícia concluir o projeto, totalizando oito meses de atraso. Martha e Patrícia tiveram um desgaste durante esse projeto e assim que Patrícia entregou o trabalho que deveria fazer, foi desligada da empresa sem ao menos ter a chance de vê-lo funcionando.

Outro projeto interessante foi o da instalação de uma ferramenta própria para *call center* que era integrado ao sistema de CRM e por sua vez, ao ERP. Agora o atendente teria muito mais agilidade em atender o cliente, consultar os pedidos e até vender por telefone.

Também gerenciei a substituição do site da empresa que também foi integrado à ferramenta CRM, evitando que o cliente tivesse que repetir informações em ferramentas distintas.

O Marketing fez toda a alteração da logomarca e material promocional, mas este projeto não contou com minha ajuda.

A fábrica recebeu as máquinas de usinagem mais modernas do mundo para acelerar o processo de fabricação de nossos produtos. Esse projeto eu achei realmente útil naquele momento.

Também gerenciei o projeto para substituição de todas as câmeras de segurança da companhia, esse projeto também fazia sentido, porque segurança é algo com o qual não se brinca e algumas câmeras estavam instaladas incorretamente ou com baixíssima qualidade. Alguns pequenos furtos e acidentes sem explicação ainda ocorriam, gerando prejuízos para a empresa.

Na grande maioria dos projetos relacionados ao Projeto 5 anos, tivemos a participação do TI no gerenciamento e em diversas atividades técnicas.

Agora era acompanhar os resultados do Projeto 5 anos para os próximos quatro anos.

Sobre o faturamento nesse ano, ele manteve-se quase igual ao do ano anterior. Bom, mas para quem vinha crescendo dois dígitos percentuais ao ano, foi visto inicialmente como um retrocesso, explicável pelo fato de que a empresa precisou fazer vários investimentos, como o Projeto 5 anos. Ironicamente, no início do Projeto 5 anos, os especialistas previam um crescimento no primeiro ano que não se concretizou.

4

PROMESSAS NÃO CUMPRIDAS

4.1 Engenharia perde os dados

Existia um departamento chamado Engenharia, que era responsável pelo desenho e especificação técnica dos produtos.

Por uma determinação que precedia minha chegada na empresa, essa área possuía servidores próprios que ficavam instalados dentro da sala deles. A manutenção, segurança da informação e cópia de segurança dos dados eram feitas por eles próprios. TI não tinha qualquer intervenção, tampouco tínhamos acesso aos equipamentos.

Apesar da minha insistência, antes e depois da compra da empresa pela Moneycross, fui informado que esse processo se manteria inalterado até que a própria Engenharia solicitasse o contrário.

Eis que um certo dia Vítor veio a minha sala e começou a dizer que precisávamos ajudar o departamento de Engenharia, porque eles teriam perdido todo o conteúdo do disco rígido do servidor que continha todos os desenhos industriais. Eles teriam procurado em todos os lugares em busca dos arquivos, mas descobriram que não estavam fazendo o backup e os dados só estavam mesmo no servidor local, ou seja, no servidor que ficava na sala deles.

Inicialmente pensei em sugerir para o Vítor conversar com o responsável pela Engenharia e recomendar um especialista em recuperação de dados. Agora com tudo perdido, eu não teria muito o que fazer. Mas quando fui falar, Vítor disse-se que o Ricardo Nonatto havia atendido um chamado especial de um dos engenheiros do time para que verificasse o equipamento. Ao fazê-lo, ele piorou a situação, porque o Ricardo retirou uma peça controladora dos discos do tal servidor e o sincronismo entre os discos rígidos — onde ficavam as informações — se perdeu.

Vítor ficou com muita raiva quando soube que o Ricardo Nonatto estava envolvido no problema e a gravidade do assunto piorado por ele. Ficou ainda mais nervoso quando soube que ele fizera sem me consultar, já que ele não tinha qualquer conhecimento técnico para tal procedimento. Ou seja, tudo errado. Essa era mais uma constatação da minha falta de crença nas sessões de *coaching* realizadas pelo Fábio Zurman com Nonatto e Ítalo. A competência poderíamos trabalhar juntos para resolver com treinamentos e instruções. Gustavo, por exemplo, era estagiário, ganhava menos que os demais, mas tinha bom caráter, não se envolvia em problemas e nos ajudava demais. Já Nonatto e Ítalo tinham salários baixos, mas acima do salário de Gustavo e viviam arrumando confusão, sabotando o próprio time. A questão era competência ou caráter? Acho que o Fábio Zurman se sentia culpado pelo fato de ter oferecido um salário de valor tão baixo para a contratação de novos funcionários e quando eu disse que não estava funcionando, ele resolveu fazer um trabalho de *coaching* na tentativa de torná-los melhores, deixá-los prontos para a função em um futuro breve. Quando se tem tempo e a compreensão de toda a companhia para situações como essas de tentar recuperar profissionais, tudo bem, acho lindo, mas a realidade em que eu vivia era de muita pressão por resultados, a falta de investimentos, falta de tempo e um time dividido. Era a metade mais um carregando o piano e a outra metade em sessões de *coaching* para ver se um dia poderiam nos ajudar, ou seja, metade do time carregava o piano e a outra metade sentava em cima dele para a gente carregar.

— Custava o Nonatto ter me perguntado antes de pôr as mãos no servidor da Engenharia? — Perguntei enquanto falava com o Zurman sobre o ocorrido.

— Nonatto e Ítalo são meninos, jovens são assim, Jonas. Antes de desligarmos eles, preciso concluir minha mentoria. — Dizia Zurman.

Vítor, o Diretor Financeiro, tomou para si a responsabilidade do incidente, mas pediu que eu fizesse de tudo para recuperar os dados da Engenharia. Procurei imediatamente uma empresa especializada em recuperação de dados e eles agilizaram ao máximo esse trabalho. Em três dias recuperaram todos os dados sigilosos da Engenharia e foi um alívio imenso.

Martha obviamente ficou sabendo do ocorrido e deu um "puxão" de orelha em todo mundo. Pediu que a Engenharia seguisse meu conselho e colocasse o conteúdo do servidor deles dentro da infraestrutura que o TI havia montado para os novos projetos. Pediu também que os dados fossem mantidos em sigilo, mas que eles utilizassem nossa estrutura de backup com envio de parte das fitas para aquela empresa contratada para armazenar nossas fitas em cofres, fora da companhia.

Ela ficou impressionada com a fragilidade em que a Engenharia mantinha os dados. Se algo mais grave acontecesse com aquele servidor, teríamos um prejuízo ainda maior. O prejuízo, além do valor pago para a recuperação dos dados, foi a parada da fábrica durante quatro dias, sendo três dias para a recuperação dos dados e mais um dia para configurarmos o servidor. Isso aconteceu, porque as máquinas ultramodernas da fábrica precisavam das coordenadas dos produtos para produzirem as peças e estes vinham do servidor da Engenharia.

Foi dado o alerta. Tínhamos que analisar novamente todas as nossas rotinas e processos para verificar se não estávamos correndo o mesmo risco que a Engenharia.

Novamente surgiu o assunto de mandar embora o Ricardo Nonatto, mas novamente Zurman veio com aquela conversa fiada de que ele estava fazendo um trabalho com os meninos e que precisava de tempo e confiança de todos. Vítor refutou então em continuar com o processo, mas deixou claro que estava muito nervoso com mais uma trapalhada do Nonatto.

Martha relembrou o assunto da auditoria para o TI. Pediu para que o Vítor providenciasse imediatamente a contratação dessa auditoria. A empresa escolhida foi a BWDE e o David foi o profissional enviado para representar a empresa nesse primeiro contato. Com ele, vieram dois consultores que passaram uma semana fazendo perguntas e consultando a documentação do TI. Houve uma reunião em que David identificou os pontos falhos, os mesmos que eu vinha falando durante um ano: a falta de ar-condicionado e banco de baterias na sala dos servidores, a substituição do provedor de e-mails que vivia apresentando problemas, a compra de mais fitas de backup, inexperiência por parte do time para condução de atividades relacionadas aos novos equipamentos e aplicações. Eles também sugeriram outras melhorias, como contratar uma empresa como a deles para realizar uma auditoria anual e tê-los como suporte adicional em casos em que a equipe não tinha conhecimento específico do assunto.

Pelo jeito o relatório emergencial da BWDE trouxe tranquilidade tanto para Vítor quanto Martha, porque eles decidiram não fazer novos investimentos para corrigirmos os itens apontados como negativos no relatório, mas prometeram que isso aconteceria no próximo orçamento anual do departamento de TI. Entenderam que os controles que eu e Vítor tínhamos definido eram suficientes para suportar até o fim daquele ano.

Mesmo assim reforcei com o time a importância do respeito aos procedimentos que havíamos construído. Eu não tinha a equipe desejada em número e experiência, mas não podia centralizar todos os assuntos de TI em mim. Estávamos implantando diversos projetos ao mesmo tempo e eu não conseguiria dar vazão às atividades se tivesse que conferir diariamente cada uma das tarefas delegadas ao time. Também havia a questão do RH cobrando que eu desse mais poderes principalmente para Ricardo Nonatto e Ítalo e que eles tivessem autonomia para exercer suas atividades. Mas essa "mancada" do Ricardo Nonatto no servidor da Engenharia foi uma prova de que eu não tinha como confiar plenamente na atividade deles e era necessário ter um controle ainda mais firme de tudo que eles faziam. Frequentemente solicitava ao Vítor que segurasse o RH no sentido de evitar tal ingerência. Tínhamos que ter autonomia para decidir os assuntos nos quais éramos os responsáveis, como decidir quem faria o que dentro do time do TI.

Tive uma conversa com todo o time e uma conversa ainda mais séria com o Ricardo Nonatto. Ele assumiu que errou ao tomar uma decisão sem me consultar, ainda mais retirar uma placa de um servidor assim, sem entender primeiro o que estava acontecendo. Outra coisa estranha é que o servidor de Engenharia era atividade relacionada com o Ítalo e não entendi por que ele se meteu em uma demanda que, por padrão, seria de outra pessoa. Ele não soube responder, disse apenas que tinha a intenção de ajudar.

— Eu espero que tenha refletido com clareza sobre o que foi feito e o quanto saímos prejudicados, correndo esse risco com o servidor da Engenharia. Apesar de termos recuperado os dados, fomos os responsáveis por complicar algo que poderia ter sido resolvido de forma simples. Foi gerado um custo desnecessário, um dinheiro que poderia nos ajudar em muitas coisas pendentes, como comprar mais fitas de backup. — Disse olhando para o Ricardo Nonatto, que permaneceu em silêncio.

— Eu errei feio, né? Mancada mesmo, mas olha, eu já aprendi, não faço mais qualquer coisa sem te consultar primeiro. — Disse Ricardo Nonatto levantando a cabeça e olhando para o nada. Ele não olhava nos olhos em conversa alguma. Parecia, às vezes, que ele estava olhando meu colarinho ou botões da camisa.

— Você tem autonomia para tratar as atividades sob sua responsabilidade. Claro que havendo alguma decisão mais complexa, você precisa trazer ao time e vamos decidir juntos.

Vítor perguntou como foi a conversa com o Ricardo Nonatto e pediu que eu ficasse de olho nele, como se eu já não estivesse esse tempo todo.

Eu particularmente não sou o sujeito mais intuitivo do mundo, mas algo me dizia que as trapalhadas não parariam ali e aquela conversa não tinha sido a última relacionada a problemas desse tipo. Também não sei, pode ser algo particular, mas eu não confio em gente que conversa olhando para o nada.

Dados da Engenharia recuperados, procedimentos alinhados com o TI, auditoria e *board* cientes das pendências.

4.2 Falha de segurança

Poucos meses se passaram depois da perda de informações por parte da Engenharia, quando recebi uma ligação do Fábio Zurman pedindo a minha presença em uma conversa com o Vítor.

Ele avisou que estava demitindo uma de suas funcionárias, porque ela teria visto coisas demais.

— Como assim viu demais, Fábio? Não entendi. — Perguntei a ele.

— Ela andou vendo um conteúdo confidencial do RH, um material que eu havia montado com o Eliseu, referente ao salário dos funcionários. Eu chamei vocês aqui porque o TI continua falhando na questão da segurança da informação. — Disse ele.

— Você está dizendo que minha equipe tem algo a ver com isso? — Perguntei novamente.

— Sim, essa pasta foi compartilhada por mim para que somente eu e Eliseu tivéssemos acesso. Depois de um trabalho feito por vocês, a pasta foi compartilhada também com essa moça. Ela leu o conteúdo, não gostou do que viu e saiu comentando com outros funcionários do departamento, até que o assunto chegou ao meu conhecimento. — Disse Fábio Zurman.

Prometi ao Vítor e ao Fábio Zurman que eu analisaria o assunto para entender o que houve, que tipo de trabalho meu time havia feito para gerar esse problema.

Pedi ao Ítalo que fizesse uma pesquisa nos *logs* (histórico de atividades do sistema operacional) em busca do histórico do que poderia ter ocorrido e *voilà*, vimos que Ricardo Nonatto havia alterado a permissão da pasta para que a funcionária apontada por Zurman pudesse acessar.

— Só pode ser brincadeira isso! — Saí nervoso em busca de Ricardo Nonatto.

Chamei novamente Ricardo Nonatto para uma conversa, ainda mais séria que a primeira.

Queria entender o que estava acontecendo com ele. Novamente aprontando e expondo o TI ao ridículo?

Rapidamente dei um retorno para Zurman e Vítor. Dessa vez não escondi nomes de culpados como sempre fazia. Informei que sim, houve uma falha de segurança causada pelo TI, mais precisamente durante procedimento do Ricardo Nonatto. Queria ver o que Zurman diria agora.

Ele fez uma cara de quem estava engolindo um sapo e pela primeira vez parece que havia entendido que o "menino", como ele chamava, não estava progredindo nas sessões de *coaching*. Não me questionou mais nada e encerrou a conversa dizendo que depois procuraria o Vítor para alinhar alguma coisa.

Não falei nada até porque já tinha dito muitas vezes o que pensava a respeito desse assunto. Os processos do TI eram bem claros, não os seguir era uma questão de caráter e quanto a isso minha decisão já tinha sido tomada um ano antes: desligar Ricardo Nonatto.

— Eu sinceramente não entendo por que o Zurman insiste tanto nesse garoto. Eu já estou de saco cheio desse assunto e vou sugerir esta conversa com a Martha. Deixa comigo, que isso eu resolvo. Não entre mais em atrito com o Zurman sobre Nonatto. Okay? — Disse Vítor.

— Okay, tenho evitado atritos com ele faz tempo, mas você está vendo como a nossa vida fica ainda mais difícil?

— Sim, é verdade. Eu acho que Zurman levou a sério esse lance de ajudar o Nonatto, é algo muito importante para ele, mas temos que resolver.

Ricardo Nonatto procurou Fábio Zurman para pedir ajuda, separadamente. Não sei qual foi a conversa entre eles, apenas imagino.

Vítor disse-me, dias depois, que o filho da mãe do Nonatto teria dito que nossa pressão sobre ele o deixava nervoso e que isso era o real motivo para que ele errasse tanto, justificando o injustificável. Mas aquilo era tudo que Zurman queria ouvir, porque no fundo era o que ele queria aceitar. Como ele, com mais de 30 anos de experiência em RH, poderia aceitar que um caso diretamente atendido por ele, poderia ter dado errado? Como ele aceitaria que o seu escolhido para receber sessões de *coaching* durante um ano, não tivesse progredido e se transformado em quem ele desejava?

A meu ver, Zurman deixou de ser solução e passou a ser um problema quando criou obsessão por ajudar quem não aproveitaria a ajuda. Pessoas com problemas sérios de caráter e capacidade técnica, que não tinham espaço em nossa área do TI. Zurman criou um ambiente hostil, causando ingerência em outras áreas, mesmo diante de evidências.

Na maioria das vezes, as pessoas relacionam problemas de segurança com falhas sistêmicas, mas existe muitos casos que são ocasionados por pessoas que possuem acesso a dados, aplicativos, redes ou dispositivos de computador. O resultado é que as informações são acessadas de alguma forma sem autorização. Intrusos desconhecidos podem ser capazes de burlar os mecanismos de segurança, mas quando falamos de pessoas internas com autorização de acesso, não há qualquer bloqueio que proteja a empresa.

Ao permitir que eles continuassem na empresa, mesmo contrariando o gestor da área, Zurman estava assumindo para si a responsabilidade que não lhe cabia e os resultados poderiam ser desastrosos.

4.3 Serviço de e-mail para de funcionar

A empresa continuava em processo de contratação de pessoal, mas alguns serviços continuavam os mesmos, com capacidade limitada para atender tamanha demanda.

Um exemplo disso era o nosso provedor de e-mails. Era terrível!

Enquanto o Google já oferecia e-mails gratuitos com dezenas de gigabytes, o nosso provedor oferecia somente 100 Mbytes por conta de e-mail. Isso não era nada. Além disso, com grande frequência o usuário tinha que fazer uma cópia das mensagens localmente para evitar de encher a caixa postal, fazendo com que os e-mails voltassem. Para piorar, existia um contrato assinado pela Nádia que garantia uma SLA[11] de três dias para resolver um chamado técnico, sendo que no primeiro contato ele podia nos responder em até oito horas úteis e ele não tinha a menor pressa em nos atender.

No chamado técnico mais recente, todas as contas de e-mail pararam de funcionar. Quando abri o chamado, ainda ouvi que eles não estavam preparados para atender à crescente demanda. Passaram dois dias até que eles resolvessem o caso. Dois dias sem e-mail. Inacreditável!

---

[11] Um acordo de Nível de Serviço (ANS) ou Contrato de Nível de Serviço ou ainda, SLA, do inglês *Service Level Agreement*, é um acordo firmado geralmente entre a área de TI e seu cliente interno, que descreve o serviço de TI, suas metas de nível de serviço, além dos papéis e responsabilidades das partes envolvidas no acordo.

Eu sempre fui muito preocupado em atender o mais rápido possível tudo quanto era assunto sob minha responsabilidade, mas em casos assim, quando dependemos de terceiros, tudo se complica. Os usuários não querem saber de quem é a culpa, eles só querem o serviço funcionando, com razão. Eu estava de mãos atadas, sem poder trocar o serviço ridículo, porque tinha um contrato que a multa era o valor de 10 anos do serviço e eu não tinha autorização para cancelar.

Desde que comecei minhas atividades na empresa, já havia posicionado a companhia sobre os problemas encontrados nesse tipo de serviço. Cientes disso, Martha e Vítor não me cobravam respostas por esse problema e auxiliaram em tudo que era possível para que pudéssemos rescindir o contrato com o provedor do serviço e contratarmos outro.

Rafael "Doc", o advogado da empresa, ficou responsável por me ajudar com a dissolução do contrato com esse fornecedor de e-mails.

Enquanto isso, para cada falha no serviço, uma fila de usuários se aglomerava em busca de informações na sala dos servidores. Não tínhamos como informar a todos justamente porque não tínhamos e-mail.

Sugeri à Martha que enquanto o Rafael negociava o cancelamento com esse provedor, contratássemos um outro fornecedor para o serviço de e-mail e que este, além de ter uma qualidade mundialmente reconhecida, ofereceria contas com capacidade milhares de vezes maior. Para isso era necessário que ela concordasse, porque passaríamos a usar o novo fornecedor e resolver o problema, mas continuaríamos pagando ambos os serviços até que o contrato com o antigo fornecedor fosse cancelado de vez.

Martha e Vítor aceitaram a ideia na hora e autorizaram que eu fizesse a contratação do novo fornecedor.

Já cansado de tanta cobrança dos usuários e ciente dos problemas que a falta de e-mail gerava, assim que contratei o novo serviço, resolvi fazer uma loucura: passar a noite configurando as 450 contas de e-mail para que no dia seguinte eu já tivesse todas elas funcionando no novo provedor.

Era arriscado, mas o pior eu já tinha: o serviço inoperante e os usuários sem conseguir enviar ou receber mensagens. Eu nem teria a preocupação com mensagens novas que porventura chegassem enquanto eu transferia as mensagens das caixas postais entre provedores.

Gustavo ofereceu-se em ajudar na empreitada, mas como ela era estagiário, não poderia ficar além do horário definido por lei. Coube a mim e Ferdinando fazer o trabalho de migrar uma a uma, todas as caixas de mensagens (entrada, saída, rascunho, apagadas etc.) dos 450 usuários.

No dia seguinte eu cochilei mais ou menos uma hora no carro e seguimos direto para mais um dia de trabalho.

Quando todos chegaram e abriram suas contas de e-mail, viram a mensagem que eu enviei para todos durante a madrugada, avisando que agora o serviço havia mudado para melhor, e que com a mudança, eles teriam 500 vezes mais capacidade que o serviço anterior.

Mariano compareceu em nossa sala para agradecer aos esforços. A equipe de vendas era enorme e esse serviço era primordial para a equipe dele.

Poucos meses depois, "Doc" conseguiu rescindir o contrato com o antigo fornecedor.

Que bom que nesse caso aceitaram minha sugestão e mesmo com esse custo adicional, digo que valeu cada centavo. Qualquer coisa era melhor que aquele serviço tosco.

4.4 Caso complicado

Comecei a temer as ligações de Fábio Zurman por um motivo óbvio: toda vez que ele me ligava era porque algo ruim tinha acontecido.

Um certo dia, logo cedo, recebi uma de suas ligações e no caminho para a sua sala fiquei pensando: "o que estava acontecendo agora?", "quem teria aprontado mais uma?".

— Jonas, te chamei aqui para tratar de um assunto muito delicado. Fiquei sabendo que uma das minhas funcionárias teve acesso a informações confidenciais. — Começou Zurman.

— Ah, não! De novo? Não vai me dizer que novamente o Nonatto alterou a permissão de suas pastas?

— Não, o assunto é realmente mais delicado. Soube por intermédio de terceiros que ela tem um caso extraconjugal com o Ítalo e provavelmente ele facilitou que ela tivesse tal acesso em pastas que são confidenciais, mesmo dentro do meu departamento.

— Fábio, gostaria de dizer que estou surpreso, mas não estou. Sei que falamos isso várias vezes, mas não é chegada a hora de despedirmos Ítalo e Nonatto? Até onde eu pude, eu fiz por eles, mas concorda comigo que já alcançaram o limite? O que estamos esperando?

Para minha surpresa, Fábio Zurman mostrou-se frustrado com minha resposta.

— Jonas, eu assumi um compromisso com Ricardo Nonatto e Ítalo desde o dia que eles me pediram ajuda. Tendo em vista minha enorme bagagem em RH, sei que posso transformar a vida desses dois jovens inexperientes e fazê-los grandes profissionais para essa companhia no futuro.
— Disse Fábio enquanto olhava para a janela. Parecia que estava vendo algo voando. Fábio Zurman também fazia parte do time que não conseguia olhar nos olhos.

— Fábio, eu entendo seu ponto de vista, mas não acha que corremos riscos demais? Você tem grande experiência e sabe melhor que eu, mas de verdade, não se trata mais de falta de vontade em mantê-los, agora estamos falando de problemas graves o tempo todo. Menos de duas semanas atrás tivemos o problema com o servidor da Engenharia. Ricardo Nonatto mexeu nas placas do servidor sem nos informar. Depois você desligou uma funcionária, porque o Ricardo Nonatto liberou o acesso errado para ela. Tenho te poupado de detalhes técnicos e muitas vezes assumo a responsabilidade pelos erros deles, mas isso também tem limites. Quase todos os dias recebo reclamações de ambos, e acredite, eu filtro grande parte dos problemas, porque nem você nem Vítor teriam paciência para tanta reclamação sobre esses caras. Você não fica preocupado com isso?

— Claro que me preocupo, Jonas, mas isso faz parte da dor que temos que sentir para construir algo maior. Esse trabalho que estou fazendo com eles vai surtir um efeito muito positivo. — Concluiu ele.

— Fábio, com todo o respeito, até agora realmente só vejo a parte que disse sobre a dor. Também acho que são uma péssima influência para muita gente aqui. No meu caso em específico, são 50% do time trabalhando muito mal. Eu estou fazendo aquilo que me pediu, já dei diversas chances e conversei muitas vezes com eles. Ferdinando e Gustavo trabalham muito, se dedicam de verdade, mas não conseguem fazer tudo sozinhos. Tenho acompanhado, na medida do possível, as atividades e controles que colocamos para eles. No final do expediente, quando todos vão embora, fico tentando descobrir o que eles fizeram o dia todo, só vejo as atividades do Ferdinando e Gustavo concluídas com sucesso e olha que Gustavo é um estagiário, hein!

— O que eles precisam, eu sei, Jonas, por isso eu peço que tenha mais paciência, porque o aumento de salário solicitado ainda está fora de cogitação. Mas fique tranquilo que isso eu já alinhei com eles em seu nome.

— Fábio, o Vítor sabe disso? Ele sabe que eles querem um aumento de salário?

— Eu não disse, porque como eu já avisei a eles, primeiro eles precisam me provar que podem contribuir mais pela companhia e então eu os ajudarei, mesmo que não seja aqui o lugar deles.

— De toda forma, acho importante alinharmos com o Vítor. Essa história do caso do Ítalo com essa moça, de verdade não me interessa. Isso é assunto para eles se resolverem com seus respectivos conjugues. O que me interessa agora é consertar esse monte de coisa pendente e, se possível, um dia, contratar mais gente para ajudar, porque realmente não estamos dando conta dos projetos e atividades.

— Entendo sua frustração, Jonas. Acredite, eu vou fazer o possível para te entregar dois profissionais praticamente novos. É isso. Pense que Ítalo e Ricardo Nonatto serão como novos funcionários. Tente "zerar" em sua mente tudo de mal que eles fizeram. Aproveite o período de Avaliação de Desempenho para conversar novamente com cada um. Mas vá de coração aberto e tente extrair o que eles têm de melhor. Não desista deles ainda, por mais que eles tenham aprontado, okay? — Concluiu Fábio Zurman.

Resolvi ficar em silêncio. Nada do que eu dissesse para ele seria compreendido mesmo.

Outra vez um dos dois aprontou, Zurman passaria a mão na cabeça de mais um deles e nem sei por que ele me chamou se o resultado era sempre o mesmo. Me pedir mais paciência e avisar que ele preferia demitir suas funcionárias a demitir Ítalo ou Nonatto.

Na verdade, não se tratava de desistir deles. Quando um profissional deixa de exercer as atividades as quais ele foi contratado para fazer, a empresa pode optar por orientá-lo, ou seja, dar uma chance, ou desligá-lo imediatamente. No caso de ambos, a orientação era quase diária.

Eu sabia que a avaliação de desempenho anual aconteceria em poucos dias e teria um tempo para uma nova conversa com todo o time. Este sim, era um caso complicado!

4.5 Avaliação de desempenho

Por fim chegou o momento de avaliar o desempenho de todos os profissionais da empresa. O processo consistia em preencher um formulário que continha 10 blocos de quatro perguntas cada. O funcionário respondia às questões no site enviado pelo RH e encaminhava para o gestor, que fazia suas considerações. Então tínhamos a visão do funcionário e do gestor para as mesmas perguntas.

Era agendada uma reunião individual para discutirem funcionário e gestor sobre o entendimento desses pontos de vista. Cada pergunta seguia o critério de valor que variava entre 1 (péssimo) a 10 (excelente). O funcionário colocava a nota para sua atuação de acordo com o seu entendimento sobre sua performance, e da mesma forma, o gestor tinha que pontuar seu subordinado levando em consideração o que ele achava da performance do outro.

Sinceramente era a primeira vez que eu tive que pensar muito antes de falar com cada um deles para não ser uma avaliação extremamente "pesada", principalmente com Ítalo e Ricardo Nonatto. Os dois tinham se autoavaliado como "10 (excelente)" em 9 dos 10 blocos e ainda tinham respondido exatamente igual, até mesmo no texto em que explicavam por que se consideram "excelentes" funcionários.

Falar com o Ferdinando e Gustavo foi muito tranquilo e prazeroso. Se pudesse, eu teria feito com os dois juntos, porque eu só tinha elogios para eles por todo o trabalho duro e com qualidade que eles fizeram no último ano, período considerado para a avaliação.

Se a avaliação de desempenho fosse uma corrida de carros, Ferdinando representaria aquele piloto que saiu da última posição e chegou em segundo lugar. Inicialmente desacreditado e sem esperança, ele fez o que alinhamos sem grandes dificuldades, até porque quando tinha dificuldade, perguntava-me como poderia fazer melhor. Ele corrigia seu "traçado" o tempo todo e é como se em cada corrida estivesse ajustando à sua maneira de pilotar em busca de um tempo melhor.

Ferdinando não tinha vergonha de perguntar, não se achava menos importante por fazê-lo. Muitas vezes, o simples fato de tirar sua dúvida, fez uma enorme diferença. E não digo isso porque acho que sou o cara mais inteligente do mundo. Eu digo isso porque tenho experiência e, ao me procurar, ele aprendeu algo novo, ensinou-me algo novo e permitiu que o time tivesse sucesso naquelas atividades.

Lembrei que ele foi muito parceiro em diversos momentos como no evento da equipe Comercial e naquela oportunidade onde trabalhamos à noite inteira para montar todas as 450 caixas de e-mail em um novo servidor. Nesse episódio, aliás, ele prontificou-se em ajudar, eu não exigi que alguém ficasse do meu lado trabalhando à noite toda. Eu teria feito com ou sem ele, mas confesso que com a ajuda dele, pude pelo menos dormir uma hora no carro aquele dia. Fiz questão de dizer também que ele tinha deixado de ser o "distraído" e o "atrapalhado" para ser um profissional bem melhor, focado e eficiente.

Tudo que falei foi sincero e verdadeiro. Pedi que ele continuasse evoluindo e fazendo o trabalho com seriedade como vinha fazendo nos últimos meses. Aproveitei para fazer algo não programado para o processo de avaliação e falei com ele o seguinte:

— Ferdinando, será que você poderia me fazer um favor?

— Sim, claro. O que é?

— Consegue me dizer o que você acredita que eu preciso fazer para melhorar como profissional ou melhorar o dia a dia do nosso departamento?

— Ferdinando ficou incrédulo com a minha posição.

— É... Nem estava preparado para isso. Quero dizer que estou muito feliz, você criou um bom ambiente e hoje eu consigo trabalhar muito melhor, porque você sempre ajuda a gente. Não me deixa sozinho e tem paciência. Acho que é só manter essa confiança, acho que é isso.

Enquanto ele falava, eu anotava cada sugestão para me lembrar do que ele falou naquela avaliação. Na minha avaliação.

Com Gustavo — o estagiário mais proativo que eu já conheci — foi também uma conversa muito tranquila.

— Gustavo, gostaria de agradecê-lo pelo excelente trabalho, pela atitude sempre positiva e, principalmente, pela atuação à frente das suas atividades. Só tenho elogios ao seu trabalho e todo feedback que recebo sobre você, é sempre muito positivo. Você é um orgulho para o nosso departamento e faço votos para que você continue conosco.

— Nossa, Jonas, que legal ouvir isso. Acredita que estava com medo dessa avaliação?

— Não entendo qual seria o seu medo, de toda forma, peço que siga firme nesse propósito de manter a qualidade no atendimento ao usuário e no controle das atividades que estão sob sua responsabilidade. Agora gostaria de te pedir um enorme favor.

— Diga. No que posso ajudar?

— Poderia me dizer o que você acredita que eu preciso fazer para melhorar como profissional ou melhorar o dia a dia do nosso departamento?

— É sério? Eu nem sei o que dizer, é a primeira vez que eu dou minha opinião sobre meu chefe — disse rindo.

— Não se sinta pressionado, sou apenas seu colega de trabalho e, por trabalharmos juntos, gostaria de saber de você o que acha que eu posso melhorar.

— Caramba, só posso dizer que você é muito *brother* da gente!

Assim que encerramos a avaliação, solicitei que ele chamasse o Ítalo para a sala.

Ítalo entrou na sala com um ar desconfiado, muito diferente de Ferdinando e Gustavo. Era como se ele estivesse procurando por uma câmera, olhando para os cantos da sala. Mal deu tempo de explicar como funcionava a avaliação e ele disparou a falar como se estivesse no momento de defesa, antecipando-se a algo.

— Olha, Jonas, sei que tem várias falhas da minha parte e que as coisas não estão boas pro meu lado, mas eu estou mudando e o mais importante é que vou conseguir. — Disparou Ítalo.

— Ítalo, acho importante você ter esse pensamento positivo, olhando para o futuro, querendo e prometendo mudar algo que você mesmo diz estar ruim. No entanto, para a avaliação ser completa, gostaria de compartilhar com você minha percepção e justificar porque as minhas notas são diferentes das suas. Isso é comum, a percepção que temos sobre o nosso trabalho pode ser diferente da visão dos colegas de equipe. O mais importante é que saiamos daqui conscientes dos próximos passos e no que devemos evoluir.

Na sequência conferi com ele item por item de sua avaliação e onde as notas eram diferentes das minhas, eu fiz questão de pontuar o porquê, apresentando fatos que facilitaram seu entendimento.

Em sua avaliação pessoal de desempenho, não lembrou sobre as diversas reclamações que recebi dos departamentos sobre seus atendimentos aos usuários. Assim como não lembrou do problema com aquela moça que fez com que o Fábio Zurman me procurasse. Também não lembrou sobre minha — constante e quase diária — necessidade de ficar lembrando de suas responsabilidades. Ele não fazia ideia de quantas vezes eu tive que assumir a responsabilidade como principal gestor do TI por coisas que ele havia feito de errado ou quantas vezes eu levei a culpa em seu lugar por ser a pessoa de frente do departamento.

Ficou claro ao final da conversa que ele tinha muito que evoluir e não adiantava pedir ajuda para o Fábio Zurman quando o assunto era técnico, porque Fábio Zurman não o ajudaria nisso. Ele poderia até contribuir com a ascensão dele na vida profissional de modo geral, mas para o nosso departamento, tudo que ele precisaria fazer era contribuir assumindo e cumprindo as atividades do dia a dia.

E nossa conversa demorou um pouco mais, porque queria que todos os itens ficassem esclarecidos.

Ele chegou a fazer menção em comentar negativamente sobre os colegas de trabalho, incluindo Ricardo Nonatto, seu parceiro. Eu fiquei olhando para aquele sujeito e pensando no tipo de gente que eu tinha ao meu lado. Se ele falava mal do seu próprio amigo daquele jeito, pensando que com isso conseguiria minha aprovação, imagine o que ele falava sobre mim quando eu estava ausente?

Imediatamente pedi que ele se concentrasse em sua avaliação, até porque aquelas pessoas não estavam presentes para se defender. Estranho que durante todo aquele tempo antes da avaliação, ele jamais tivesse me procurado para falar algo sobre seus colegas, mesmo quando eu perguntava se ele precisava de algo. Como disse, a conversa com ele era sempre "pesada" e negativa.

Quando percebi que estávamos alinhados sobre a verdadeira nota de sua avaliação, encerramos a nossa conversa e pedi que ele desse o seu parecer sobre o meu trabalho e após isso, pedi que chamasse o Ricardo Nonatto.

Ricardo Nonatto passou rapidamente seus pontos de vista, ele mesmo lembrou das falhas, mas insistentemente se colocava como vítima, como alguém perseguido por toda a empresa.

Ricardo Nonatto também iniciou uma tentativa de comentar negativamente sobre diversas pessoas da empresa. E da mesma forma que fiz com o Ítalo, pedi que ele comentasse apenas sobre situações que justificassem itens da avaliação.

Quando chegou ao fim da conversa com o Ricardo Nonatto, eu juro que nem queria que ele me desse seu parecer sobre minha gestão, mas não podia deixar que aquela avaliação alterasse a forma como eu penso e assim como os demais, pedi que ele avaliasse meu desempenho como gestor do time.

Assim como Ítalo, ele deu-me como retorno sobre minha gestão, que eu deveria ser mais calmo quando eles errassem e que eu tivesse mais paciência em casos de esquecimentos ou atividades incompletas. Tem vezes que é melhor só ouvir mesmo. Não respondi o que eu queria, mas agradeci por seu feedback, e anotei, assim como fiz com os outros. Pensei que como eu só recebia coisas ruins dele, chegar para falar sobre coisas que ele fazia, era mesmo sempre algo estressante e cansativo, algo que não me trazia alegria e, evidentemente, como ele sempre me trazia problemas, eu quase sempre estava irritado.

Concluímos a conversa, enviei o resultado para o Vítor e para a equipe do RH.

Foi a avaliação de desempenho de equipe mais triste que eu fiz até aquele dia. E eram apenas quatro pessoas, ou seja, 50% do meu time tinha uma nota excelente e a outra metade, notas medíocres.

Eu realmente fiquei decepcionado com a falta de caráter tanto de Ítalo quanto Ricardo Nonatto. Para justificar seus próprios erros, colocavam a culpa em terceiros. Fiquei enojado de ter gente assim trabalhando em meu time, sob a proteção de um figurão do RH.

Fiz a minha avaliação com o Vítor e as notas estavam muito alinhadas com o pensamento dele. Eu concluí minha avaliação com exemplos nos comentários que justificaram as notas que eu havia dado a mim mesmo e acho que isso facilitou a vida dele nesse processo.

A lembrança muito recente sobre os diversos projetos entregues com qualidade e dentro do prazo chamou a atenção do Vítor e ele comentou inclusive que não sabia como tínhamos conseguido entregar tudo aquilo com os problemas que tínhamos internamente.

Vítor era ciente da dificuldade que eu passava em relação à equipe, mas mantinha a promessa de resolver isso no próximo ano. Nós teríamos um orçamento para contratarmos novos funcionários e mesmo antes da avaliação, estava claro para ele que teríamos que substituir Ricardo Nonatto e Ítalo.

4.6 Falta de energia elétrica

A Implantsim estava localizada em uma região com grande instabilidade no serviço de energia elétrica. Eu não sei muito bem o que significava "estar localizado no fim da nossa rede", mas era o que geralmente eu ouvia dos engenheiros como explicação pela falta constante do serviço. Outra explicação era o fato de a Implantsim ter crescido sem que fossem feitos os ajustes necessários na cabine primária, que é uma espécie de dispositivo que transforma a energia elétrica de alta voltagem que vem da concessionária (da rua), para uma voltagem que possa ser utilizada pelos equipamentos da empresa. Independentemente se era causada pela fornecedora de energia elétrica ou por nossa falha nos ajustes, o fato é que era comum ficarmos sem energia elétrica pelo menos uma vez por mês e isso causava grandes transtornos.

Chegamos a ter falta de energia elétrica três vezes na mesma semana e isso era terrível. Tudo parava, máquinas da fábrica, sistemas, iluminação, equipamentos de tecnologia e ventilação. Quando isso acontecia por mais de duas horas, todos os funcionários eram dispensados, porque era questão de segurança já que toda a empresa ficava na escuridão e a parte da fábrica sem ventilação era insuportável. Também não havia qualquer iluminação de emergência disponível. Nós do TI não seguíamos para casa, porque eu ficava preocupado se algum equipamento tinha sido danificado durante a queda brusca de energia. O robô de backup que gravava os dados nas fitas, por exemplo, teve a fonte queimada algumas vezes. Quando isso acontecia, tínhamos que providenciar a manutenção imediatamente.

Era sempre uma situação tensa e podia acontecer a qualquer momento.

Para muitos já era uma situação comum, era o momento do intervalo e a turma aproveitava para descontrair, conversar um pouco. Havia pessoas que torciam para demorar para voltar a energia elétrica para que pudessem voltar mais cedo para casa.

Como não havia orçamento disponível para a compra de *nobreaks* de grande capacidade para a sala dos servidores, eu tentava continuar com o uso dos disponíveis, bem simples, desses que usamos em casa e que conseguem, no máximo, suportar alguns minutos para um notebook ou desktop. O problema era que um *nobreak* mais simples conseguia até manter o equipamento ligado por alguns minutos para que pudéssemos iniciar o procedimento de desligamento, desde que a energia fosse interrompida de uma vez. No nosso caso isso não acontecia assim. A energia elétrica oscilava bruscamente antes de cair de vez e isso deixava os *nobreaks* malucos. Logicamente, à frente do departamento de tecnologia da empresa, essa situação não me agradava, mas não adiantaram os diversos pedidos feitos nas reuniões do Conselho para que resolvessem a questão. Sempre eu recebia a mesma resposta, que deveria aguardar o próximo ano para que incluíssem um orçamento para resolver essa questão. Eles simplesmente não conseguiam entender a importância disso.

A falta de energia elétrica era intermitente, mas a falta de boa vontade do Conselho era constante.

Como eu tinha uma pequena verba do departamento, que não dependia de autorização, eu substituía os *nobreaks* toda vez que um deles queimava pela oscilação da energia. Era uma medida reativa que não resolvia o problema, apenas postergava o problema maior que era a queima de um desses caríssimos servidores.

Mas, é claro, tudo isso seria resolvido no próximo orçamento. Enquanto isso, continuávamos atuando na entrega dos projetos priorizados pela empresa.

4.7 Projeto de sucesso 2.0

Estávamos conduzindo o projeto de CRM paralelamente ao de ERP e isso consumia muito tempo e recursos importantes. Assim que entregamos o projeto de ERP para a gestão de todos os processos da companhia, pudemos nos dedicar integralmente ao segundo projeto mais importante daquele ano, o projeto de implantação do CRM, a ferramenta que ajudaria a equipe de vendas a ter um controle melhor sobre o relacionamento com os clientes.

O projeto estava próximo de seu fim e faltava um mês para concluirmos.

Como os *key users* ainda estavam cansados do primeiro projeto, o recesso de fim de ano foi primordial para dar um pouco de descanso para esses profissionais.

Esse também foi um projeto especial e muito interessante. Com esta ferramenta — que era integrada ao ERP — todos os dados dos clientes relevantes à área de vendas, eram acessíveis aos vendedores por meio de seus novíssimos smartphones entregues naquele mesmo período. Eles poderiam saber, por exemplo, quais clientes iriam visitar no dia e como também tinha recursos de geolocalização, o aplicativo calculava a melhor sequência de visitas para economizar tempo e combustível. Os vendedores também podiam consultar as últimas vendas feitas para esses clientes e até descobrir se os clientes haviam reclamado de algum pedido anterior. Segundo o Monteiro, isso era importante para evitar que o vendedor voltasse a um cliente para vender algo que este não havia gostado e se preparar para dar um retorno sobre alguma solicitação feita por esse cliente.

É claro que o projeto tinha muito mais a oferecer. Com a integração com o ERP, o cliente poderia ser cadastrado em ambos os sistemas, porque os dados seriam sincronizados em base única, evitando duplicidade de informações e cadastros desatualizados. Outra vantagem é que ele também estava integrado ao sistema de atendimento ao cliente e as informações atualizadas durante atendimento, eram refletidas imediatamente tanto no CRM quanto no ERP.

Quando o projeto foi entregue, colocamos o sistema no servidor preparado para ele, configuramos o aplicativo de todos os smartphones e vimos todos os vendedores trabalhando contentes, para a alegria de Mariano, que fez questão de agradecer mais uma vez pela entrega da solução.

Recebi tantos e-mails de agradecimento da equipe de vendas que nem acreditei. Por anos eu entreguei tantos projetos bons e nunca tinha recebido um obrigado por isso, mesmo que fossem entregues dentro do prazo, com qualidade e não ultrapassando o custo.

No dia seguinte à entrega do projeto, Martha, que não pôde participar do brinde de entrega do projeto, fez questão de passar em minha baia para comentar que estava muito feliz com o meu trabalho, que via grandes possibilidades de crescimento em meu futuro na empresa.

Rodrigo, o presidente da Moneycross, chegou de viagem aos Estados Unidos e veio me cumprimentar por mais essa entrega importante. Disse que eu seria peça fundamental para a entrega dos projetos similares nas empresas que eles estavam negociando para comprar, assim como fizeram com a Implantsim. Eu seria uma espécie de consultor internacional do fundo de investimentos para grandes projetos como esses.

É sempre bom receber elogio sincero, ainda mais quando vêm de alguém ilustre e com grande experiência como eram os casos de Martha e Rodrigo.

Mais um projeto entregue com sucesso e pauta da próxima reunião mensal com a Presidente.

Durante a apresentação na reunião mensal no auditório, Martha fez questão de comentar a todos sobre as recentes entregas realizadas para a companhia, eram muitos projetos autorizados e em andamento. Dois dos mais importantes, o de ERP e CRM, foram entregues e geraram muitas melhorias. Nessa apresentação eu não participei falando no palco, mas os projetos foram comemorados. Recebi muitos tapinhas nas costas e vi alguns colegas apontando o dedo como quem diz: "você é o cara!".

Gostaria de estar num momento diferente para comemorar com alegria, mas sinceramente, enquanto eles falavam dos projetos de sucessos que estávamos entregando, eu estava tenso em imaginar que a infraestrutura não suportaria tanta coisa nova. Eu tinha certeza de que em muitas empresas que tinham condições financeiras de implantar projetos como nós estávamos implantando, essas preocupações não existiam. Não existiam porque o motivo da minha preocupação era a base, o alicerce necessário e fundamental para projetos dessa magnitude. Estávamos construindo carros esportivos sem freios!

Para alguns colegas, eu deveria ter pedido minhas contas e me recusado a continuar à frente de projetos onde a empresa sequer possuía infraestrutura para tal. É fácil falar quando se está fora, mas a minha esperança de que tudo seria corrigido em breve era maior que a frustração de não ter os itens pendentes atendidos pelo Conselho. Eu ainda acreditava que as promessas seriam cumpridas. Era uma questão de confiança. A retribuição da confiança que eles tinham em mim.

— Na reunião mensal de hoje eu gostaria de fazer um agradecimento especial a todos que participaram dos projetos de ERP e CRM! Parabéns a todos vocês que se dedicaram e fizeram um excelente trabalho. Também quero fazer um agradecimento especial ao Jonas, que soube usar os poucos recursos disponíveis, muitas vezes, compartilhados entre projetos e as tarefas do dia a dia. Somos muito gratos por isso! — Disse Martha com grande entusiasmo enquanto encerrava a reunião mensal com a presidente daquele mês.

RESULTADOS CAROS

5.1 Os ratos são os primeiros a abandonar o navio

Ricardo Nonatto comunicou que estava saindo da empresa. Fábio Zurman, que mantinha o compromisso de treinar Ricardo Nonatto e Ítalo como quem preparava filhos para o futuro, sentiu-se traído.

Fiquei sabendo pelo Vítor que Ricardo Nonatto teria encontrado uma nova oportunidade e que estava de saída da empresa. Disse também que ele fez sérias reclamações sobre a empresa e sobre a minha gestão.

Vítor brincou com a situação e disse que era para eu me preparar, porque certamente Fábio Zurman ficaria muito triste e descontaria sua raiva em mim.

Sinceramente, o pedido de saída do Ricardo Nonatto não foi uma surpresa e foi recebido pela grande maioria como um grande alívio. Os usuários não gostavam dele, porque ele sempre atendia de má vontade, fazia as coisas pela metade e era arrogante toda vez que era questionado.

Mas assim como adiantado pelo Vítor, para o Fábio Zurman, perder Ricardo Nonatto para o mercado era péssimo e não era porque Ricardo Nonatto era um excelente profissional, era porque isso significava que Fábio Zurman não tinha conseguido "consertar" um profissional que ele escolheu para orientar.

E não demorou para que ele me procurasse:

— Jonas, provavelmente o Vítor te adiantou que eu queria falar com você, porque Ricardo Nonatto fez duras críticas à sua gestão e acho que algumas coisas realmente são características fortes suas.

— Quais características? — Perguntei ao Fábio Zurman.

— Segundo eles, você joga muito duro, coloca sobre eles a responsabilidade que deveria ser para profissionais mais experientes. Não entendo por que tem que ser assim em sua área.

— Fábio, a escolha desse profissional foi sua, lembra? Eu solicitei profissionais experientes, porque temos um ambiente de trabalho com equipamentos e soluções valiosas. O dia a dia é complicado, como eu disse, temos muitos sistemas e projetos andando ao mesmo tempo e não consigo dar conta de tudo sozinho, é preciso um time. Gustavo, por exemplo, é um estagiário e não me dá dor de cabeça. Ricardo Nonatto ganhava o dobro dele e fazia menos da metade do que Gustavo faz. Ferdinando era a ovelha negra quando eu cheguei aqui e olha como ele tem sido produtivo. Eu prefiro ouvir você dizer que sou rígido com meu time do que ter que vir aqui me explicar por algo que fizemos errado, ou não fizemos.

— Eu conversei com Martha e Vítor e vamos tentar resolver a questão da contratação. É ruim ouvir que não contratamos os profissionais solicitados, havia entendido que Ítalo e Ricardo Nonatto tinham o conhecimento necessário para tocar as atividades do departamento. — Disse Fábio.

— Infelizmente, para ser bem sincero, todo mundo pode aprender e se tornar um profissional melhor, mas em ambos eu não vi empenho, não vi boa vontade. Lamento dizer, mas já esperava que Ricardo Nonatto fosse embora, porque ele trabalha para si, não trabalha para o time. Não sei como vai ser com o Ítalo de agora em diante, espero que com a saída do Ricardo Nonatto, ele mude sua atitude para melhor. — Expliquei meu ponto de vista.

— Eu já falei com o Ítalo e ele também não tem interesse em continuar conosco. Ele me pediu um aumento e já adiantei a ele que estamos com dificuldades em contratar gente, imagine dobrar salários. Não temos verba para isso. — Explicou Fábio Zurman.

— Fábio, percebe como eles são amadores? Mal saiu um colega e ele já foi te pedir um aumento? Cadê o compromisso? Ele só pensa nele. Pedir para dobrar o salário? Nada do que está dizendo parece novidade. Eu trabalho com eles o dia todo, eu tenho certeza de que eles são diferentes quando falam com você. Eu vejo a maldade diária deles em nossas reuniões de time. Não houve uma só reunião até hoje em que eles não demonstrassem total desarmonia com os demais, atacando e brigando entre eles. Olha, será melhor assim, tenho certeza de que eles vão aprender lá fora. — Encerrei a conversa.

Terminamos a nossa conversa com a promessa de que o RH faria o possível para discutir o orçamento para o próximo ano com a diretoria e garantir a contratação de profissionais mais experientes.

Ítalo já havia solicitado que dobrassem seu salário, certamente porque também havia encontrado uma outra oportunidade. E foi exatamente isso. Em poucos meses Ítalo também saiu da empresa.

Vítor aceitou o estranho argumento de Fábio Zurman e congelou as novas contratações alegando que precisavam entender melhor qual seria a necessidade da equipe de TI, agora que a maioria dos grandes projetos já estava entregue.

Vítor tentava não discutir com os demais diretores e, algumas vezes, coisas assim aconteciam, acho que por ele não entender exatamente o que estávamos fazendo e tomou a decisão incorreta, outra vez.

Eu assumi as atividades de Ricardo Nonatto, o que tornou minha vida ainda mais complicada na empresa. Com a saída do Ítalo, as coisas pioraram e tivemos que remanejar novamente todas as atividades, então montei uma tabela com a atualização das atividades e responsáveis.

Responsável	Atividades
Ferdinando	• Servidor de e-mail. • Equipamentos do auditório para eventos (áudio, iluminação e projeção). • Telefonia. • Inventário de equipamentos de TI. • Servidor de Câmeras. • Servidor de Antivírus. • Servidor de ERP antigo (Precisamos manter o antigo para questões de consulta a operações de até cinco anos). • Servidor de Backup (armazenamento de cópia de segurança dos dados da empresa). Rotina de troca de fitas e envio para armazenagem externa na empresa contratada para salvaguarda das fitas.
Gustavo	• Impressoras. (Contato com o fornecedor por meio de chamados). • Atendimento ao usuário (*help-desk*). • Links de internet. • Licenças de software.
Jonas	• Gestão de Contratos e Orçamentos. • Gerenciamento de Projetos Hamicy ("braço" da companhia para financiamento de tratamentos odontológicos para clientes). • Domínios de internet. (Registro e manutenção dos domínios registrados pela companhia). • Website institucional. • Website de treinamentos.

Responsável	Atividades
Jonas	• Configuração, segurança e atualização de servidores. • Firewall (solução de proteção da rede e internet). • Equipamentos de rede. • Servidor de Arquivos. • Sistemas da Engenharia (A Engenharia contava com soluções próprias e específicas as quais demandavam configurações e auxílio do TI para manutenção junto aos fornecedores). • Servidor ERP. • Servidor CRM. • ERP Basis (administração de usuários e acessos).

Eu apresentei a lista de atividades à Martha e pedi que ela nos ajudasse, porque eu temia um colapso no departamento de TI. Sabia que o grande acúmulo de atividades era uma bomba-relógio prestes a explodir.

Martha viu que o assunto era muito sério e entendeu que eram muitas atividades para apenas três funcionários, sendo um deles, um estagiário que trabalhava somente seis horas por dia.

Ela conversou com Vítor e Fábio Zurman e resolveu a questão sugerindo que parte do orçamento fosse destinado para a contratação de terceiros. Dessa forma ela manteria o compromisso com o Conselho em não aumentar o orçamento para contratação de pessoal, também resolveria a questão relacionada à falta de profissionais no TI, principalmente de mão de obra experiente.

Em poucos dias, as consultorias que nos ajudaram na implantação dos projetos de ERP e CRM foram contratadas para dar suporte em atividades relacionadas aos projetos. A Sondhas seria responsável pelo suporte ao sistema ERP e o robô de backup disponibilizado por eles. A ZoopBusters, empresa liderada pelo Gilmar, seria a responsável pelo suporte ao hardware em geral, sistemas operacionais e segurança da informação.

Novamente tivemos uma queda brusca de energia elétrica, danificando consideravelmente nosso robô de backup. Dessa vez os frágeis *nobreaks* não serviram nem como fusíveis e a oscilação brusca de energia foi até esse equipamento de backup. Sondhas precisou retirar o equipamento, e quando o devolveram, percebemos que o software apresentava erro de licença, mas apresentava o histórico de gravação concluída com sucesso.

Na dúvida, abrimos novos chamados e começamos a cobrar da Sondhas uma postura profissional para solucionar essa questão, já que inclusive as licenças do robô foram adquiridas com eles durante assinatura do contrato para o projeto de ERP. Tivemos que escalar o assunto para que fossem envolvidos os diretores da Sondhas. Eles diziam que o equipamento estava bom, mas, na prática, tínhamos nossas dúvidas, porque depois de feita a gravação diária dos dados nas fitas, fazíamos testes e eventualmente surgiam problemas, nem sempre os dados completos estavam lá.

— Ferdinando, preciso encontrar uma forma de manter o backup. Vou conversar com o Vítor para ver o que ele acha. Enquanto não temos o equipamento íntegro e sem falhas, acho que poderia comprar alguns discos rígidos e fazer um backup adicional, só por garantia.

— Eu acho bom, porque eu também não estou confiando no robô. Cada hora aparece um erro novo e o suporte fala que está tudo bem.

Assim que conversei com o Vítor, recebi autorização para comprar cinco discos rígidos externos e portáteis. Eles tinham capacidade de sobra para fazer uma cópia de segurança de todos os servidores. Então solicitei ao Ferdinando que fizesse diariamente um reforço na cópia de segurança dos dados utilizando os discos rígidos externos novos, ou seja, criar redundância no backup atual com o uso dos discos rígidos externos. Não era a melhor solução do mundo, mas era a mais acessível enquanto as empresas discutiam contrato e responsabilidades.

— E como prefere organizar o envio dos discos? — Perguntou Ferdinando.

— Simples, se eles vêm às terças e às quintas-feiras, envie, por gentileza, junto com as fitas de terça-feira, os discos rígidos com nome "quinta", "sexta" e "segunda". Às quintas-feiras, envie os discos nomeados por "terça" e "quarta".

— Entendi, farei assim então.

— O documento de controle da rotina de backup eu já alterei e preciso que agora esteja atento que não terá somente as fitas que o robozinho ejeta todos os dias, terá também os discos portáteis que precisa controlar e garantir que tenhamos, no mínimo, dois deles armazenados fora da empresa por uma questão de segurança. — Este era um formulário de preenchimento diário para saber se o Ferdinando havia verificado se o backup com todas as informações da empresa tinha sido feito com sucesso e tinha sido enviado para a empresa externa que armazenava essas fitas.

— Okay, pode deixar.

Eu sabia que estava sobrecarregando todos, então pelo menos diariamente eu analisava os documentos e o controle do backup. Todos os dias o Ferdinando anotava a hora que havia sido ejetada a fita de backup pelo robô e a hora que ele tinha copiado também para os discos rígidos. Nesse controle também tinham as informações de quantas fitas e discos estavam armazenados fora, seus códigos, conteúdos copiados e datas. Nas fitas eu não confiava mais, porque para ler os dados gravados, tínhamos que utilizar o robô que tinha a suspeita de problemas. Ora apareciam os dados com alertas, ora nem apareciam nas fitas gravadas. Já os discos rígidos externos, eram muito fáceis de validar, mas só podiam ser usados com poucos usuários conectados, já que esta cópia simples não permite copiar para o disco arquivos em uso. Obviamente esse não era o melhor cenário, então seguíamos exigindo solução à Sondhas, que parecia não entender a gravidade do assunto.

De fato, apesar do ambiente ter melhorado muito com a saída de Ricardo Nonatto e Ítalo, ficamos com muito mais atividades do que já tínhamos no início. Agora eu tinha que analisar muito mais informações e ainda conferir o trabalho deles no final do dia.

Existe um provérbio português que fala que "Os ratos são os primeiros a abandonar o navio" e os "ratos" foram embora, abandonando um monte de "sobras", que foi o trabalho realizado por eles até então.

As empresas terceirizadas que prestavam suporte detectaram várias falhas cometidas por eles e passamos um tempo corrigindo-as.

Eu não tinha um dia de paz no trabalho e ia embora para casa com a cabeça "martelando" sobre os riscos que corríamos.

O fato é que ambos se desligaram quase que na mesma semana e algo estava muito estranho.

Os "ratos" resolveram abandonar o navio quase que na mesma hora.

Seria a água invadindo os porões?

5.2 Acidente de jogo

Provavelmente faltou energia elétrica mais uma vez durante a noite e os equipamentos foram desligados daquele jeito (sem chance de os sistemas operacionais fecharem os arquivos normalmente!).

Três equipamentos não voltaram a funcionar após a nova falha de energia elétrica: o robô de backup, o servidor de Arquivos e o servidor do ERP.

Imediatamente enviei um e-mail para Martha e Vítor, comunicando o ocorrido e avisei que estávamos atuando na solução dos problemas. Em paralelo, enviei um e-mail para os usuários e diretores, comunicando que os servidores de Arquivos e ERP continuavam com problemas.

Mesmo assim recebemos muitos e-mails e ligações telefônicas dos funcionários desesperados, porque esses serviços estavam fora do ar.

Pedi ao Gustavo que ficasse na porta da sala dos servidores e evitasse que o pessoal entrasse. Éramos só nós três agora e eu tinha que focar na solução rapidamente. Cada um que entrava para conversar gerava mais atraso na solução. Parece que não entendem que quanto mais tempo levávamos conversando para explicar, mais demorava para encontrar uma solução.

— Ferdinando, faz um favor.

— Sim, Jonas.

— Ligue para o Gilmar da ZoopBusters e peça para ele te ajudar a resolver o problema no servidor de Arquivos, eu farei o mesmo com a Sondhas para resolver o problema do servidor de ERP e do equipamento de backup.

A Sondhas não conseguiu resolver o problema no servidor de ERP, alegando que se tratava de um problema com o sistema operacional, solicitou que eu ligasse para o fornecedor. Enquanto resolvia esse assunto no telefone com um atendente na Índia, a ZoopBusters, que atendia ao problema com o servidor de Arquivos, solucionou o problema, mas solicitou que Ferdinando providenciasse uma atualização de segurança. Ítalo teria configurado incorretamente o serviço de atualização dos sistemas operacionais das estações de trabalho e teríamos que refazer manualmente a configuração em cada um dos computadores da empresa. A partir da próxima atualização, todos os computadores seriam atualizados remotamente pelo servidor e as atualizações seriam mais fáceis e rápidas, dispensando nossa intervenção manual. Combinamos então que a ZoopBusters nos ajudaria disponibilizando dois profissionais para atuarem nessa configuração e optamos em fazê-la no fim de semana para não atrapalhar a vida dos usuários.

Depois de quatro horas falando com o suporte, eu consegui colocar o servidor do ERP no ar novamente, mas isso gerou uma fila enorme de pedidos que deveriam ser carregados no sistema, além das transações normais que seriam processadas. Mariano, ciente da gravidade do problema, não fez qualquer reclamação, nem permitiu que seus funcionários fizessem, apenas combinou que assim que possível, faria uma força-tarefa para colocar os pedidos em dia.

Ficou pendente a questão do equipamento de backup e o valioso equipamento importado voltou a funcionar após a troca de mais uma fonte de energia, mas começou a apresentar um erro no arquivo de registro a cada operação. Essa já era a terceira peça trocada após meses com esses problemas por falta de energia elétrica e desligamentos abruptos.

A Sondhas trocou as peças, que estavam na garantia, mas alertou que assim que o fabricante identificasse que o problema era gerado pelas constantes quedas de energia elétrica, talvez essa troca começasse a ser cobrada e isso nos custaria muito caro.

Preocupado com esse equipamento e sua eficácia, solicitei à Sondhas que fizesse uma análise completa, a começar com um teste de gravação e análise do erro apresentado diariamente no arquivo de registro. Não queria passar novamente pela mesma situação que a Engenharia passou. Perder dados importantes da companhia não era uma opção.

A Sondhas retornou um parecer positivo após novos testes, afirmando que o equipamento estava de acordo com as normas do fabricante, estava gravando e lendo os dados gravados nas fitas normalmente e que o erro era apenas um lembrete da necessidade de atualização do software embarcado do equipamento, o que chamamos de *firmware*.

De fato, o erro que era apresentado no arquivo de registro das operações diárias deixou de existir, mas não eliminou minha desconfiança pelo equipamento.

Continuei analisando os discos externos que Ferdinando estava usando para fazer um backup paralelo e os dois que estavam prontos para serem despachados continham todos os dados da empresa. Fiz um teste simples de recuperação de uma pasta do sistema de Arquivos, sem problemas.

Estava mais calmo, porque, além das fitas, tínhamos os discos externos. Se algo acontecesse com o robô de backup, pelo menos eu teria os últimos cinco dias de informação gravada em discos externos e esses dados eu tinha certeza de que estavam copiados. É claro que como só tínhamos 30 fitas, se alguém precisasse recuperar alguma informação, ela não poderia ser mais antiga que 30 dias. Por isso insistia tanto em termos mais fitas ou com maior capacidade para não ter que sobrescrever todos os dados cada vez que utilizássemos as fitas. Lembrando que no Brasil, o conceito de armazenamento na nuvem naquela época ainda engatinhava e o custo para armazenar dados a distância era proibitivo, ainda mais para orçamentos escassos como era o nosso.

No dia seguinte, sábado bem cedo, teríamos uma atividade recreativa promovida pela empresa, o primeiro campeonato de futebol!

Ferdinando, "Doc" e eu, entre outros, estaríamos representando o time administrativo e apesar do trabalho duro que teríamos à tarde para configurar todos os computadores, não podíamos deixar de prestigiar o evento que ocorreria na parte da manhã, e jogar. Com a saída do Ítalo, perdemos o goleiro e Ferdinando assumiu essa posição no lugar dele. Não era um time bom, mas o mais importante era participar dessa iniciativa liderada pelo RH.

Havíamos combinado com a ZoopBusters em fazer aquele trabalho no fim de semana, que consistia em passar em cada um dos computadores da empresa e fazer uma configuração manualmente para garantir que no futuro todos eles não dependessem mais de intervenção humana para se atualizarem corretamente. Esse trabalho seria realizado até domingo à tarde e consistia em fazer uma cópia de segurança dos dados em um disco rígido externo, instalar o novo sistema operacional, configurar, atualizar e depois recuperar os dados do disco externo de volta para a máquina.

Como tínhamos cinco discos rígidos externos e teríamos quatro pessoas trabalhando (eu, Ferdinando, Gilmar e um funcionário do Gilmar), combinamos de usar um disco por pessoa para agilizar o trabalho e manter um disco guardado no cofre, porque apesar de termos as fitas, seria prudente sempre manter uma cópia sobressalente de todos os dados da empresa, armazenada em segurança no cofre. Passado esse fim de semana, os discos voltariam ao uso normal, mantendo sempre no mínimo dois desses discos armazenados externamente juntamente com as fitas de backup.

Tudo certo para nossa manhã de sábado de futebol e tudo programado para o período da tarde de trabalho. O dia estava sensacional para uma partida de futebol, até que em um dos lances, eu parti em defesa do nosso time e acabei trombando com dois jogadores, o atacante do time adversário e o nosso inexperiente goleiro, o Ferdinando. Ferdinando saltou com o cotovelo à frente e eu levei a pior. Os três caíram, eu desmaiei.

Acordei com o "Doc" falando para eu me acalmar e que não colocasse a mão na boca. Eu cheguei a pensar que tinha perdido os dentes. Ele disse que enquanto eu delirei, repeti várias vezes que eu tinha que voltar ao trabalho. A boca sangrou muito, coloquei gelo após o jogo e até tentei voltar ao escritório depois do banho, mas não deu. Fui parar no hospital para ver se tinha acontecido algo mais grave e descobri que deveria fazer uma microcirurgia para corrigir o corte profundo interno, próximo ao nervo que controla parte dos movimentos do lábio superior. Eu já estava com dificuldades para falar e, ao saber que deveria operar naquele instante, preocupado com as atividades na empresa, tive pouco tempo para enviar uma mensagem para Vítor avisando do ocorrido e que Ferdinando deveria assumir a responsabilidade dos trabalhos no final de semana, acompanhando o pessoal da ZoopBusters.

Ferdinando respondeu dizendo que já tinha alinhado com o Gilmar da ZoopBusters e ele teria disponibilizado mais um recurso para me substituir. Gustavo também se prontificou em ajudar, então teriam cinco pessoas no total para trabalhar naquele fim de semana e concluir todas as instalações necessárias nos computadores da empresa.

Concluíram a atividade e os mais de 350 computadores da empresa tiveram seus sistemas operacionais atualizados e foram configurados adequadamente para que o servidor pudesse disparar atualizações remotamente no futuro, sem mais problemas.

Ocorreu tudo bem com minha cirurgia e pude ir para casa no mesmo dia.

Eu recebi recomendações médicas para ficar em casa alguns dias, mas isso era impossível. Eu não tinha como ficar em casa me recuperando, ciente que Gustavo e Ferdinando estariam passando por dificuldades. Já era muita coisa para os três, imagine para os dois?

Só de pensar quantas vezes eu pedi para o Conselho não permitir que chegássemos a esse nível...

Então resolvi ir trabalhar dois dias depois, ainda com o rosto muito inchado e com vários pontos. Não podia comer algo sólido e nem podia falar. Comprei algumas máscaras para cobrir o curativo da boca e para evitar que eu falasse, usei um aplicativo em meu smartphone que se tornou minha voz por aqueles dias.

Claro que inicialmente fui motivo de muitas risadas e chacotas, mas em poucos dias todos entenderam meus esforços para manter as coisas funcionando. "A maioria ficaria em casa, você é louco!", ouvi muito isso.

Martha ria toda vez que falava comigo. Ela falava:

— Ai, que bárbaro você com essa máscara trabalhando e usando o celular para falar com todos — disse rindo. — Foi muito criativo. Ainda acho que deveria ficar em casa se recuperando, mas entendo que deve estar preocupado com tudo. Estava falando com o Vítor e com Edgar que devemos montar um plano de contingência para este problema da falta de energia. Edgar disse que seria interessante termos um gerador que pudesse manter os equipamentos ligados por mais tempo.

— Martha, seria ótimo. *Sim, continuo tenso e preocupado com tudo que vem acontecendo. Se continuarmos com esse tipo de problema, como a queda constante de energia elétrica, pode ser que seja mais caro do que comprarmos ou alugarmos logo um gerador ou os* nobreaks *solicitados.* — Disse a voz do Google, que eu usava para me expressar naquela fase complicada.

A empresa gastou muito dinheiro para agradar vários departamentos com o Projeto 5 anos. Muitos projetos ridículos como a mudança da decoração do restaurante enquanto nós passávamos por sustos semanais por falta de *nobreak*. Não fazia o menor sentido. Se não fosse possível comprar, que fosse alugado, os valores não eram proibitivos para a empresa e apesar de não entender muito bem a questão político/financeira, eu levaria para o Conselho que aquilo era um investimento urgente/emergencial e que não havia outra escolha. Acontece que toda vez que eu levantava a questão nas reuniões do Conselho, todos me olhavam como se eu estivesse mandando a empresa gastar um dinheiro desnecessariamente. Quantas vezes fui advertido? Várias vezes.

Era mais fácil trombar várias vezes com o cotovelo de Ferdinando que conseguir alguma coisa nas reuniões do Conselho Administrativo.

5.3 Onde foi parar o nosso backup?

Recebi a notícia que Mariano foi desligado da empresa e tive que preparar toda a parte de segurança, porque enquanto o RH notificava seu desligamento, seus acessos aos sistemas e ao e-mail seriam desativados. Vítor não gostava de Mariano, eles discutiram várias vezes em reuniões do Conselho por suas divergências de ideias, mas obviamente não desejava sua saída, era um sinal de que algo não estava bem na empresa.

Eu tinha uma breve noção dos números e imaginava que estava tudo bem com as vendas, mas durante a conversa com o Vítor, fui informado que as vendas iam mal, ao contrário do que haviam compartilhado nas projeções feitas em estudos do famoso Projeto 5 anos. Ou seja, o Projeto 5 anos havia previsto vendas muito maiores do que de fato aconteceu.

A responsabilidade pela queda nas vendas foi repassada ao Mariano, e time que perde campeonato é assim: ou troca o time ou troca o técnico. Neste caso o técnico "caiu" e Mariano estava fora.

Monteiro era muito próximo de Mariano e o assunto no próximo almoço foi exatamente esse.

— *Cara, eu não sabia que as vendas tinham caído tanto a ponto de dispensarem o diretor comercial.* — Perguntei ao Monteiro, usando novamente o aplicativo.

— Jonas, a questão é que estamos vendendo bem, mas muito aquém da expectativa criada pela porcaria do Projeto 5 anos. Eles nem conhecem nosso mercado, são oportunistas. Nosso mercado cresce em torno de 10% ao ano e não teria como quintuplicar nosso faturamento anual com esse crescimento em cinco anos.

— *Nossa, isso é grave! Você acha que o Conselho errou nesse caso?*

— Sim, muito grave! Foi o Conselho que contratou essa consultoria e eles aceitaram os números. Imaginei que o Conselho também tivesse seus próprios números de mercado para comparar. Como se faz para explicar aos acionistas quando o Conselho erra? Melhor dizer que o Mariano não teve desempenho, não cumpriu metas e ano que vem é outra história. De repente, surge outro estudo dizendo que o mercado complicou e que o crescimento esperado para aquele ano mudou. — Disse Monteiro revoltado com a demissão do Mariano, seu ex-diretor.

Se isso foi verdade, explicaria muita coisa que estava acontecendo na empresa.

Naquele ano, com um pouco de boa vontade, eu negociei com fornecedores em contratos novos e já existentes. Somente em serviços, licenças e implantação de projetos de ERP, CRM e SAC, eu consegui economizar mais de 4 milhões para os cofres da empresa.

Muitos desses orçamentos já haviam sido aceitos pelo Conselho por valores muito maiores, mas eu negociei cada um deles. Claro que eu não queria trabalhar com fornecedor que fechasse negócio mais barato só para ganhar um novo cliente e depois ficasse nos cobrando por cada ajuste simples. Da mesma forma não achava justo que a empresa pagasse o dobro do valor praticado no mercado por uma solução só porque tínhamos pressa e não tínhamos tempo para negociar.

Durante a defesa do meu orçamento para o próximo ano, levei minha planilha com todos os itens essenciais para o TI continuar a prover as soluções já contratadas, com qualidade. Eu chamo de defesa de orçamento, porque novamente tive que explicar item por item e ainda rebater várias vozes do Conselho que nem faziam ideia do que eu estava falando. Normal não terem conhecimentos técnicos sobre o que eu defendia, mas totalmente anormal eram os argumentos utilizados para dizer que não deveríamos ter por exemplo: ar-condicionado para a sala de servidores, porque aquilo seria um luxo. Ouvia coisas como: "Que absurdo! Colocar aparelho de ar-condicionado para um computador e a maioria dos diretores nem tem isso em suas salas!". Isso era seguido de risadas escrachadas dos ignorantes que ainda achavam graça nesse tipo de comentário.

— É porque a sala esquenta muito e quando os equipamentos superaquecem, eles desligam para evitar que queimem. — Eu ainda tentava manter a calma para repetir a explicação do ano anterior.

— Baterias auxiliares ou banco de baterias são como *nobreaks* desses que usamos em casa, mas com capacidade maior para suportar todos os equipamentos por tempo hábil para que um profissional do TI possa desligar os equipamentos a tempo de não os danificar. O ideal era termos também um gerador, porque quando há queda de energia, às vezes, levam horas para restabelecer o serviço. — Eu explicava para outro.

— Eu não recomendaria utilizar um software pirata. Porque é ilegal, não teremos suporte e não podemos garantir que são confiáveis. — Até isso eu tinha que explicar.

— Essas fitas com maior capacidade ajudarão para que tenhamos backup por um período maior. Hoje conseguimos recuperar informações de até 30 dias atrás. Outra opção é fazer o backup externamente, na nuvem. Apesar de ser um pouco mais caro, vale a pena pela redundância e proteção profissional. — Explicava sobre o pedido de mais fitas enquanto alguns também criticavam com frases ridículas como: "Uau! Agora sim, vamos contratar a NASA e colocar nossos dados na nuvem!".

Para cada item aprovado, Adalberto — o *controller* da empresa — anotava na planilha de controle em quais meses do próximo ano estariam disponíveis os valores para aquisição ou renovação de produtos e serviços. Eu tinha urgência e, se fosse possível, eu teria colocado tudo para ser adquirido em janeiro, mas tinha que dividir e priorizar os investimentos ao longo do ano.

Infelizmente, alguns itens importantes para a sala dos servidores permaneceram sem autorização de compra, mesmo para o próximo ano:

- Aparelho de ar-condicionado;
- Banco de baterias para manter os servidores ligados até desligarmos corretamente em momentos de queda de energia elétrica;

- Fechadura codificada para limitar o acesso à sala de servidores.

Ainda estava me recuperando da cirurgia na boca, mas trabalhei todos os dias normalmente.

Uma nova queda de energia elétrica ocorreu naquela tarde. Corri para a sala dos servidores como era de costume e encontrei, como também era de costume, os equipamentos desligados. Assim que completaram duas horas sem energia elétrica, os funcionários foram dispensados e dispensei o Gustavo para que ele não perdesse a aula, ficando Ferdinando e eu para esperar a volta da energia elétrica.

Camilo, o gerente comercial que estava à frente do departamento até a chegada do substituto do Mariano, solicitou uma previsão de quando teríamos o problema solucionado para que sua equipe pudesse continuar com a entrada dos pedidos no sistema. A minha vontade era falar para ele perguntar para a concessionária da rede elétrica ou perguntar ao Conselho, mas mantive a calma e disse que eu não tinha como dar uma previsão, porque aquilo estava fora do nosso controle, era um serviço externo. Ele então avisou que iria dispensar seu time para que voltassem mais cedo no dia seguinte para continuarem com a entrada dos pedidos no sistema de ERP. Como as vendas estavam baixas, eles tinham urgência para garantir todas as vendas possíveis, antes do fechamento do mês.

Era pouco mais de 8h da noite quando a energia foi reestabelecida e iniciamos nosso trabalho de passar em todos os equipamentos ligando um por um, observando as mensagens de erro e, quando necessário, corrigindo os problemas durante a inicialização de seus respectivos sistemas operacionais.

Alguns eram mais complexos, exigiam tarefas de análise antes de iniciarem, mas em sua maioria, o tempo não era maior que 10 minutos para fazê-los funcionar novamente.

Assim como da última vez, o servidor do ERP não ligou, mas agora estava apresentando um erro diferente que dizia que não estava encontrando o disco rígido, a mídia onde ele deveria estar instalado.

Não perdi tempo e liguei novamente para o fornecedor Sondhas, responsável pela solução e o atendimento solicitou que eu entrasse em contato com o fornecedor do sistema operacional da máquina.

Depois de algumas horas falando com um atendente nos EUA, fui encaminhado para o segundo nível de atendimento na Índia, até que veio o resultado dos testes:

— Sr. Jonas, pedimos ao senhor que retorne ao fornecedor do hardware, porque o erro não está relacionado ao sistema operacional e sim ao volume criado em seu *Storage*[12].

Ele estava se referindo ao volume de dados que funcionava como um enorme disco virtual, formado pela soma dos nossos oito discos rígidos de alta capacidade instalados nesse equipamento. Usar esse tipo de solução trazia vantagens importantes como alterar o espaço em disco para cada servidor, sem a necessidade de desligá-lo. Outras vantagens interessantes no uso do *Storage* é que se um disco precisasse ser substituído, era só trocar o disco com o equipamento ligado, sem o risco de perder dados durante esse procedimento.

Voltei a procurar o atendimento da Sondhas, que dessa vez solicitou que eu entrasse em contato direto com o fabricante do equipamento, alegando que o suporte deles para o segundo nível não atenderia esse tipo de questão.

— Que porcaria de suporte é esse? Na hora que mais precisamos, vocês pedem que eu fique ligando para o fabricante? Não foram vocês que nos venderam o equipamento? Será que eu terei que ler o contrato novamente para ter um atendimento decente? — Esbravejei com o atendente.

— Sr. Jonas, no momento o nosso atendimento de segundo nível não está disponível. O senhor pode entrar em contato novamente amanhã no primeiro horário.

Lamentei cada segundo por permitir que escolhessem a mesma consultoria que nos ajudou com a implantação do ERP para nos atender também com o equipamento.

Eu não tinha tempo a perder e rapidamente liguei para o fabricante. Fui instruído a procurar um parceiro para esse primeiro atendimento. Por sorte, entre a lista de parceiros estava a ZoopBusters, a mesma empresa que contratamos para prestar o suporte de hardware e rede. Era madrugada, mas ciente da urgência, liguei para o Gilmar, que estava dormindo.

— Gilmar, tudo bem? Preciso de sua ajuda. O *Storage* está apresentando problemas, o volume sumiu e o nosso principal servidor está parado.

— Oi, Jonas, quais foram as mensagens de erro?

---

[12] É um dispositivo projetado especificamente para armazenamento de dados, no qual, por meio de uma conexão via rede, você pode conectar seus servidores, facilitando assim a expansão da capacidade de armazenamento sem impacto na produção, garantindo maior flexibilidade e confiabilidade no armazenamento. Esse dispositivo permite que se trabalhe com diversos discos em conjunto, de forma independente e redundante.

Depois de passar o cenário completo e as mensagens de erro apresentadas, Gilmar confirmou que o assunto era grave e que em duas horas estaria na empresa para nos ajudar.

— Ferdinando, se quiser ir embora, pode ir. Não quero que passe mais uma noite aqui. Falei com o Gilmar e ele virá assim que possível.

— Jonas, eu quero ficar. Se eu for embora, vou ficar preocupado e não vou conseguir dormir.

— Okay, por mim tudo bem. Vou precisar de ajuda. O mais importante é resolvermos isso antes do pessoal do Comercial chegar pela manhã. Desde ontem eles estão sem o ERP e temos muitos pedidos pendentes de entrada.

Eu estava tão cansado, com fome e sono, mas aquela adrenalina me despertou! Sabia que aquela noite não seria fácil, sabia que o estrago havia sido grande dessa vez! Maldita queda de energia, maldita falta de infraestrutura!

Ferdinando estava visivelmente mais preocupado do que eu, e ficava andando de um lado para outro, inquieto.

Enquanto aguardávamos a chegada do Gilmar, iniciei o que eu chamava de processo de contingência. No documento, primeira parte era a comunicação, então comuniquei os principais gestores sobre o incidente e iniciei outras tratativas. Solicitei ao Ferdinando todas as fitas mais recentes para que pudéssemos adiantar o processo, caso Gilmar confirmasse que o equipamento tivesse algum problema. Quando adquiri os servidores, além dos discos do *Storage*, eu havia solicitado que cada lâmina de servidor viesse com um disco local embutido que serviria para início rápido do sistema operacional, mas que tivesse tamanho suficiente para rodar as principais aplicações, como o ERP e o CRM. Era recuperar a informação das fitas e inserir temporariamente no disco local, substituindo o *Storage* temporariamente. Procedimento demorado por causa do tempo de cópia dos dados, mas tecnicamente simples.

— Jonas, as últimas fitas com o backup mais atual já foram para a empresa de armazenamento ontem.

— Verdade, então faz um favor. Eles possuem um serviço 24 horas e pagaremos somente uma taxa para solicitar emergencialmente as fitas. Peçam que tragam todas as fitas então.

Madrugada sem trânsito e em poucos minutos um técnico da empresa estava conosco e trouxe a maleta prateada com nossas fitas de backup. Foram mais rápidos que o Gilmar, que estava vindo de uma cidade vizinha.

Enquanto ele não chegava, peguei as fitas de backup do dia anterior, inseri no robô e tentei recuperar os dados que estavam nela. Comecei a analisar os dados mais importantes e percebi que a fita não continha o diretório principal do servidor de ERP e o banco de dados de produção, justamente o conteúdo que mais me importava, porque lá estavam as transações mais importantes da empresa dos últimos meses. O restante do conteúdo dos demais servidores estava lá, devidamente salvo e pronto para recuperação.

Senti um frio na espinha, um suor gelado na testa, calafrios.

Tentei com a fita do dia anterior e nada. Então passei a pegar todas as fitas para ver se encontrava o diretório, ou seja, a pasta de arquivos do servidor de ERP, e assim fui procurando em todas as fitas que tínhamos. Encontrei todos os conteúdos dos demais servidores, mas o mais importante eu não encontrei em nenhuma delas: o conteúdo do servidor de ERP.

— Ferdinando, você tem certeza de que estava conferindo o histórico de gravação diariamente? Não tem conteúdo do servidor de ERP nas fitas!

Ferdinando trouxe o documento de controle que eu havia criado para que ele anotasse que havia feito o processo de gravação dos dados da empresa e envio das fitas para a empresa de salvaguarda das fitas. As últimas 83 linhas continham seus vistos, mas isso não queria dizer que ele havia observado os detalhes do sistema, não certificava que ele havia conferido o conteúdo gravado na fita, apenas que o processo foi feito, que ele não teria esquecido.

Gilmar chegou acompanhado de um funcionário da ZoopBusters, ambos especializados nesse tipo de equipamento de *Storage*.

Já era manhã bem cedo do dia seguinte e alguns funcionários do Comercial, a pedido do Camilo, haviam chegado para iniciar suas atividades e adiantarem a digitação de pedidos atrasados desde o dia que houve o problema no servidor. Mesmo com o comunicado enviado ao Camilo, ele não tinha noção da gravidade, então achou melhor manter o convite para o time trabalhar naquele sábado pela manhã para colocar em dia os pedidos pendentes no sistema.

O pessoal da ZoopBusters fez os testes necessários e verificou que o *Storage* estava funcionando normalmente, mas o volume criado com todas as pastas de arquivos dos servidores tinha sumido!

Eu quase caí quando ele falou aquilo. Era o pior pesadelo que eu estava vivendo.

— Gilmar, para piorar, eu olhei em todas as fitas de backup e não foram feitas as cópias de segurança da pasta de aplicação do ERP, apesar dos *logs*, ou seja, os históricos do sistema do robô dizendo que o backup havia sido feito com sucesso. Deve haver um meio de recuperar esses dados do *Storage* ou estaremos perdidos!

— Olha, Jonas, os discos parecem funcionar perfeitamente, mas os dados não estão aqui. Pode ser que com estas constantes quedas de energia, tenham danificado a unidade. Eu nunca vi isso antes, mas eu não consigo encontrar outra explicação neste momento. Preciso levar os discos para o laboratório.

Eu mal conseguia pensar em outra solução, na verdade, eu mal conseguia pensar! Eu estava tão cansado e fraco que não conseguia acreditar que tudo aquilo estava acontecendo. Tinha que tomar uma decisão, então autorizei o Gilmar a levar os discos e a unidade de *Storage* para o laboratório do fabricante. Ele teve todo o cuidado de numerar com um adesivo a sequência correta dos discos para que pudesse montar da mesma forma no fabricante. Um disco fora de lugar e ele nem teria o volume montado de novo.

Enquanto o pessoal da ZoopBusters ia para o laboratório, avisei que ia tentar deixar o maior número de equipamentos funcionando e que logo em seguida iria também para o laboratório para acompanhar os trabalhos.

Com os dados devidamente copiados em segurança nas fitas, consegui recuperar as pastas dos outros servidores, copiei localmente nos discos rígidos de cada um deles, substituindo provisoriamente o equipamento chamado *Storage*. Em menos de uma hora eu consegui colocar todos eles para funcionar, liberando o acesso dos funcionários às informações, com exceção do mais importante deles, o ERP.

Foi aí que eu lembrei dos discos externos que eu havia comprado como forma de nos proteger de problemas graves como esse. Neles eu já tinha conferido que os dados estavam sendo copiados diariamente com sucesso.

— Ferdinando, por favor, me traga os discos rígidos portáteis que compramos para fazer cópia das informações enquanto o robô de backup estava em conserto. Eu lembro que você usou quatro dos cinco discos, então me traga, por favor, o disco que você deixou no cofre. Pelo menos nele eu tenho certeza de que temos o que precisamos para colocar os servidores no ar assim que o *Storage* voltar do laboratório. Certamente não é o mais recente, mas é uma cópia de alguns dias atrás. Conseguiremos sobreviver com isso enquanto eles verificam o que houve com o nosso *Storage*.

Neste momento Ferdinando saiu correndo e se trancou em uma sala de reuniões.

Achei aquilo muito estranho e corri atrás dele.

— Ferdinando, abre a porta! Ficou louco? O que aconteceu?

Depois de muita insistência, Ferdinando abriu a porta e ele estava desesperado.

— Jonas, eu sei que você vai me matar. — Gritava Ferdinando enquanto chorava.

— Cara, fala logo, porque deve ter percebido que este não está sendo um dia fácil.

— Eu usei o disco que pediu para eu guardar no cofre, eu usei todos os discos, porque queria acelerar aquela atividade de fim de semana nos computadores da empresa, e como a ZoopBusters trouxe mais um técnico naquele dia, dei um disco para cada um utilizando inclusive aquele que havia pedido para guardar no cofre. Meu Deus, eu jamais imaginaria que pudéssemos perder o *Storage* ou que as fitas teriam problemas! — Disse Ferdinando enquanto chorava.

Por um momento fiquei com um misto de raiva e pena de Ferdinando. Ele ainda estava em início de carreira, era seu primeiro emprego com tecnologia e já estava passando por um momento tão duro. Fiquei mal por vê-lo daquele jeito, apesar de ter desobedecido minha ordem.

— Levante-se e encare a situação como um homem! Não é hora para isso. Temos que pensar e agir o mais rápido possível! — Queria que Ferdinando despertasse e não tínhamos mesmo tempo para ficar chorando.

— Ferdinando, temos todos os demais servidores funcionando, mas preciso correr até o fabricante e acompanhar a ZoopBusters para ver o que houve com o *Storage*, vou aproveitar e levar também o robô de backup para analisar se temos algum problema com esta unidade. Pegue um desses discos externos e faça um backup emergencial de todos os dados agora e outro na parte da tarde. Peça para que a companhia de armazenamento das fitas venha pegar estes dois discos rígidos externos que você utilizar, ainda hoje. Por favor, verifique se os dados estão nos discos antes de enviá-los. Os demais discos vou levar comigo para ver se conseguimos recuperar os dados, assim como fizemos com os discos da Engenharia.

— Pode deixar, eu farei isso imediatamente e faço outra cópia de segurança mais tarde.

— Okay, me mantenha informado. Assim que tiver uma resposta, eu te ligo para avisar. Não sei quanto tempo levarei lá.

Tentei ligar para a Martha e Vítor, mas ainda era muito cedo, então enviei uma mensagem avisando o que havia acontecido e corri para o escritório do fabricante. Chegando lá, fui avisado que eles concluíram a análise do equipamento com sucesso. O equipamento estava funcionando normalmente, mas parecia que o volume criado para ser um grande disco virtual teria sido apagado. Pelo histórico armazenado pelo software do equipamento, essa era a mais correta afirmação.

Mas quem faria isso? E por quê? Somente eu, Ferdinando e a equipe de suporte da Sondhas tínhamos o acesso que antes era do Ricardo Nonatto. Não fazia sentido.

— Pode ser causado por um problema com a energia elétrica, como constantes quedas de energia seguidas por desligamento abrupto? — Perguntei.

— Olha, eu nunca vi, mas tudo é possível. — Respondeu o técnico do fabricante.

Martha e Vítor retornaram minhas ligações e disseram que eu tinha autorização para seguir com qualquer procedimento para a recuperação dos dados. Então iniciei a tratativa para envio do equipamento para uma divisão do fabricante especializada em recuperação de dados.

Martha chegou na parte da tarde para acompanhar o processo e fomos informados que isso levaria tempo já que a empresa especializada ficava na Holanda.

— Vocês não tinham backup dos dados? Todas as fitas apresentaram problemas? — Perguntou o técnico.

— Eu testei todas as fitas e infelizmente não encontrei os dados do servidor de ERP. O servidor mais importante.

Eu estava há mais de 36 horas acordado, sem comida, água ou banho. Não estava mais pensando do mesmo jeito.

Ferdinando ligou-me avisando que havia feito o backup e enviado as fitas conforme combinado.

Pedi para que ele fosse embora, porque eu precisaria que ele estivesse em condições no próximo dia. E ele foi descansar.

Vítor ligou para tentar entender o que estava acontecendo, só pude falar superficialmente, porque estava respondendo às questões levantadas pelos técnicos.

— Jonas, diga a ele que já estou indo e explico pessoalmente. Foque no que está fazendo agora que é mais importante. — Pediu Martha.

Martha foi embora, reforçando que eu tinha autorização para qualquer procedimento que fosse recuperar os dados.

Rodrigo, o presidente da Moneycross, ligou-me desejando sorte e reiterou a confiança que tinha em mim para conduzir qualquer procedimento que fosse resolver tal situação crítica.

Eu ainda tinha muito para fazer e fui até a empresa indicada pelo fabricante para encaminhar os discos para recuperação dos dados na Holanda. Gilmar foi nomeado o interlocutor entre a Implantsim a essa empresa especializada em recuperação de dados, porque a ZoopBusters era o parceiro da fabricante que atendeu ao chamado.

Ferdinando usou inclusive o disco portátil que eu havia solicitado para deixar guardado em segurança durante o procedimento no fim de semana com a ZoopBusters. Pensei que pudesse ser uma alternativa, enviar os discos portáteis que estavam conosco para aquela empresa que fez a recuperação dos dados da Engenharia, então liguei para o Ferdinando e pedi que ele enviasse pelo motorista os discos portáteis, para que eles analisassem o conteúdo.

Como tudo isso foi acontecer e aonde foi parar o nosso backup?

5.4 Do alto do 9º andar

Liguei novamente para Martha e Vítor, explicando que já estava no escritório da empresa indicada pelo fabricante para recuperação de dados.

Eles precisaram montar o equipamento com a ajuda do Gilmar para se certificarem que o equipamento estava funcionando bem, antes de enviar no dia seguinte para a recuperação dos dados, na Holanda.

Gilmar fez todo o procedimento rapidamente e confirmou que tudo estava de acordo.

Então os técnicos iniciaram o empacotamento dos equipamentos em caixas super reforçadas para garantir que o equipamento suportasse a viagem.

Enquanto isso eu preenchia os formulários autorizando o serviço em nome da empresa.

Tentei conversar com o técnico da empresa, mas a resposta foi fria.

— Você já viu isso acontecer antes? Alguma empresa já conseguiu ter seus dados recuperados? Quanto tempo isso leva mais ou menos? — Perguntei curioso.

— Eu nunca vi o pessoal recuperar todos os dados de um equipamento como estes, porque ele ainda é novidade. Mas se existe possibilidade, somente eles conseguirão. — Respondeu o técnico, para o meu desespero!

Do alto daquele 9º andar, eu olhava para o chão, desesperado. E se eu me jogasse agora? Será que resolveria alguma coisa? Agora entendo por que algumas pessoas desesperadas tomam atitudes assim. Eu estava com sono, fome e desespero. Também estava morrendo de vergonha por passar por algo tão ruim. É tão simples ter uma cópia de segurança dos dados. Por que isso estava acontecendo comigo? Eu simplesmente não conseguia entender, ou melhor, aceitar.

Vendo que eu estava entrando em colapso, Gilmar convidou-me para ficar por alguns minutos em seu escritório, já que eu não queria ir para casa descansar.

— Jonas, o que tínhamos que fazer aqui, já fizemos, agora é esperar e torcer!

Resolvi aceitar o convite do Gilmar e tomar um café enquanto colocava a mente para funcionar e imaginar o que poderia fazer assim que retornasse ao escritório da Implantsim.

Acabei dormindo por uma hora apoiado numa poltrona. Acordei assustado e sem saber onde estava. Levei um tempo para lembrar tudo de novo. O pesadelo era real e a cabeça começou a doer muito. Logo Gilmar apareceu:

— Cara, estou preocupado com você. Vou pedir mais uma vez que você descanse em sua casa. Neste estado você não vai conseguir ajudar a Implantsim. Precisa descansar, se recuperar do susto.

Vítor chegou no escritório da Implantsim e encontrou Ferdinando chorando num canto da sala dos servidores. Ele contou ao Vítor que havia desobedecido minha ordem para manter um dos discos guardados no cofre. Ele pensou que seria melhor aproveitar que a ZoopBusters havia enviado mais um profissional e preferiu deixar um disco para cada um para acelerar o processo de configuração de todos os microcomputadores, mas se esqueceu de realizar um backup no final do processo para garantir a cópia. Se ele tivesse me obedecido, o maior problema que teríamos seria a configuração dos dados no disco local do servidor do ERP e em poucas horas todos teriam acesso às informações, assim como fiz com os demais servidores.

Vítor ligou-me, disse que era para eu ir para casa dormir e no dia seguinte conversaríamos para alinhar os próximos passos.

Simplesmente não me recordo como fui parar em casa naquele dia.

5.5 O ex-herói

No dia seguinte, cheguei cedo ao escritório da Implantsim.

Antes da conversa que teria com o Vítor e Martha para alinhar os próximos passos e explicar mais detalhadamente o que estava acontecendo, liguei para a empresa que havia recuperado os dados da Engenharia, para a qual o Ferdinando enviou um dos discos portáteis para análise.

Eles explicaram que não tinham encontrado os dados de backup dos servidores, porque provavelmente o pessoal teria sobreposto as informações diversas vezes no disco. Eles disseram que há chances de encontrar dados quando os dados são sobrepostos uma vez ou até uma formatação simples no disco. Enviei os demais discos portáteis para que eles fizessem nova análise, na esperança de encontrar pelo menos uma parte do conteúdo do novo servidor de ERP. Quem sabe tivesse mais sorte com outros discos? De fato, durante o procedimento no fim de semana, cada um dos discos com os técnicos foi utilizado várias vezes, afinal, eram cinco pessoas para configurarem e copiarem dados de 350 equipamentos.

Em seguida fui conversar com Vítor e Martha para alinhar os próximos passos e explicar mais detalhadamente o que estava acontecendo.

Foi difícil explicar para eles o que havia acontecido, nem eu conseguia acreditar no que estava acontecendo. Foram meses de problemas acumulados e assim como em desastres, não foi causado por um único motivo.

— Jonas, como que esse problema no *Storage*... Esse é o nome? — Perguntou Martha.

— Sim, *Storage* é o nome do equipamento que continha os discos rígidos que formavam o disco virtual utilizado pelos servidores.

— Então, esse equipamento aí foi danificado por quê?

— Logo após a última queda de energia elétrica, ficamos de prontidão aguardando que ela fosse restabelecida. Assim que voltou, percebemos que o equipamento apresentou essa falha. Ainda não temos a resposta definitiva, estão analisando o que houve, no entanto o técnico já adiantou que o equipamento estava funcionando normalmente quando foi enviado para a Holanda, que havia perdido o volume virtual como se fosse apagado normalmente. Perguntei a ele se as constantes quedas de energia elétrica poderiam causar esse tipo de problema e ele não soube me responder com exatidão.

— Mas como isso é possível? — Insistiu Martha.

— É isso que estamos analisando. Ainda não sabemos o que houve com o equipamento para que fossem perdidos os dados.

— Esse problema da queda de energia elétrica é complicado, tivemos isso várias vezes esse ano. Mas, Jonas, vocês não tinham um backup? — Vítor perguntou.

— Sim, nós tínhamos dois tipos de backup. Um deles, o principal em fitas estava prejudicado desde a penúltima queda de energia elétrica. A Sondhas substituiu algumas peças, fez a atualização do *firmware*, o software que fica embutido no equipamento, mas ele sempre apresentou novas falhas. É o que estamos discutindo com a Sondhas até agora. — Lembrei-os sobre os fatos recentes em relação ao robô de fitas de backup.

— Eu lembro disso, você até pediu que eu falasse com o Diretor de Serviços da Sondhas para que eles agilizassem o atendimento. — Disse Vítor.

— Exatamente, mas eles devolveram o equipamento com várias falhas, por isso eu continuei reclamando. Mas isso também é estranho, porque apesar das falhas, tínhamos parte da informação gravada nas fitas e, com isso, eu consegui recuperar os dados e configurar os demais servidores e serviços em discos locais para que pudessem voltar a funcionar. Em paralelo, comprei aqueles discos rígidos externos portáteis para fazer o backup adicional enquanto resolvíamos esses problemas com a Sondhas. Neste caso, em nenhum disco externo foi encontrado o conteúdo do servidor de ERP.

— Mas por que então você não consegue recuperar os dados do servidor de ERP com esses discos portáteis? — Perguntou Martha.

Vítor tomou a frente e respondeu à Martha em meu lugar.

— Martha, essa é a história que eu comentei com você ontem. Tivemos aquela intervenção no fim de semana para atualizar os computadores. Ferdinando usou, conforme combinado, os discos portáteis para essa operação, mas ele deveria deixar um deles no cofre como solicitado pelo Jonas. O Ferdinando confidenciou ontem que ele desobedeceu a essa ordem, usou, inclusive, esse disco e esqueceu de fazer um novo backup ao final do serviço. — Disse Vítor.

— Eu enviei os discos externos para aquela empresa que havia recuperado os dados da Engenharia, mas eles me retornaram explicando que não foi possível encontrar os dados que precisamos, porque eles foram sobrescritos várias vezes. Imagine, foram cinco discos, um para cada profissional. Eles passaram em mais de 300 equipamentos fazendo a cópia dos dados de cada máquina, instalando o novo sistema operacional e depois recuperando os dados. Mesmo assim enviei os demais discos para a empresa analisar ainda hoje. — Complementei.

— Meus Deus! Eu custo a acreditar que isso esteja acontecendo sob a minha gestão! — Disse Martha, transtornada.

— Jonas, qual a sua sugestão para continuarmos vendendo? — Perguntou Vítor.

— Como o processo para a recuperação dos dados é lenta, eu sugiro reativarmos o sistema de ERP antigo para que possamos faturar enquanto trabalhamos na solução do novo servidor.

— Aceito, faça isso imediatamente. Vou ligar para o Rodrigo para pedir um aconselhamento, porque eu não consigo imaginar outra alternativa agora. — Disse Martha enquanto abandonava a sala.

Fiquei responsável por alinhar a parte Fiscal com o pessoal da Nalle Sistemas, que era a solução anterior de ERP. Como o sistema já estava parametrizado e ainda continuava ligado para consultas, pudemos em poucos dias resolver essa questão e manter a empresa vendendo e faturando, diminuindo o impacto negativo.

Tivemos várias reuniões com os diretores da empresa e logo percebi que eu tinha me tornado o ex-herói. A pessoa que seria culpada por tudo daquele dia em diante.

Rodrigo tinha solicitado uma reunião comigo, mas assim que o Vítor falou com ele, Rodrigo cancelou a reunião e não falou mais.

Nesse momento comecei a conhecer as pessoas de verdade, porque para cada crítica feita pela Martha durante as reuniões, era fácil ver as pessoas balançando a cabeça positivamente concordando com tudo que ela falava contra o TI ou contra mim. Ela logo encontrou o tom do discurso dos fracos que apontam o dedo para alguém para justificar qualquer coisa.

Se eu estava treinando minha atitude positiva no melhor estilo "vamos resolver tudo isso", Martha era o oposto e as frases mais comuns nas reuniões começavam com "Depois que o Jonas perdeu nosso backup..." e "Se o Jonas não tivesse perdido nosso backup...". Era um martírio. Eu já estava me punindo diariamente por permitir que isso chegasse a esse ponto e de nada adiantaria agora eu ficar respondendo as provocações dizendo que eles não me ouviram quando eu havia alertado sobre os riscos e perigos que estávamos correndo desde a contratação de gente sem qualquer preparo por ser mão de obra barata, até a falta de equipamentos essenciais para manter as atividades cotidianas do TI, que iam da falta de licença de software à falta de *nobreaks* decentes, passando por ingerências e falta de boa vontade.

Agora era tarde. Tivesse eu ouvido o colega que disse que eu deveria ter saído da empresa, abandonado o navio, porque os riscos eram grandes demais. Eu confiei nas promessas do Conselho Administrativo e da Martha. Esperei, esperei e os recursos não vieram.

Agora era levantar a cabeça e fazer meu trabalho. Eu não iria desistir e isso incomodou muito mais do que a perda do backup.

As notícias não eram animadoras, o retorno da empresa especializada na recuperação de dados em mídias — aquela que havia recuperado os dados da Engenharia — foi negativo. Eles analisaram os discos portáteis e como os dados foram gravados várias vezes em todos os setores, não havia possibilidade de recuperação das informações que nos importavam, as informações dos antigos backups.

De repente, todos se esqueceram das minhas incansáveis tentativas para arrumar a casa. Fui desconvidado das reuniões do Conselho Administrativo, agora não era mais membro do Conselho. Algumas pessoas simplesmente não me cumprimentavam mais, os tapinhas nas costas, os dedos apontados como quem diz: "você é o cara!" também deixaram de existir. Tinham encontrado o culpado, era mais simples para justificarem uma infinidade de coisas.

A cada reunião sobre os próximos passos eu ouvia absurdos como:

"Ontem eu perdi a planilha com estes cálculos, não sei se tem a ver com o fato da perda dos dados da TI".

— O servidor de arquivos não foi prejudicado nesse processo, apenas o servidor de ERP. — Respondia.

— Ah, mas eu não tinha colocado na rede ainda, estava somente no meu pc.

— Então de fato não tem nada a ver com esse episódio. Por favor, abra um chamado para o TI para que analisem esse caso em especial. Mas não se esqueça de fazer uma cópia dos arquivos de trabalho na rede para que possamos copiar nas fitas. — Tentava explicar.

— Esse é justamente meu medo! — Respondia outro rindo, claramente em tom provocador para lembrar o problema recente com a perda dos dados de backup.

— O meu medo é a ignorância. — Eu dizia.

E os problemas não pararam por aí. Enquanto Jacinto resolvia o problema ocorrido com a central telefônica, aparelho que controlava as atividades de toda a nossa telefonia, surgiram Martha e Vítor na sala de servidores.

— Posso entender o que vocês estão fazendo aqui? — Perguntou Martha.

— Estamos resolvendo o problema que ocorreu após a última queda de energia elétrica. — Expliquei.

— Vamos deixar o profissional explicar, por favor. — Disse Martha, deixando bem claro que agora minha explicação sobre qualquer coisa não era mais válida para ela.

Jacinto, quando ficava nervoso, gaguejava e sua explicação ficou mais lenta do que quando Luigi da Sondhas dava o status das atividades durante o projeto do ERP.

— Eu "tô" tro-tro-cando a "praca" da central, porque ela queimou nesse liga-desliga da energia elétrica aqui no prédio e... — Jacinto foi interrompido por Martha.

— Olha, eu não tenho paciência. — Disse ela olhando para o Vítor enquanto virava as costas para Jacinto.

De repente ela se interessou por assuntos técnicos e quis entender os problemas que passávamos durante o dia, mas continuava sem paciência para ouvir, só não queria que fizéssemos nosso trabalho como antes porque ela deixou de confiar em nós.

No mesmo momento eu atendi um telefonema da portaria. Tinham dois policiais que queriam falar com o responsável pelas câmeras. Uma pessoa teria sido vítima de bandidos e provavelmente a câmera externa da empresa teria registrado sua ação.

Martha quis saber o que era antes de eu terminar de ouvir quem estava ao telefone e sem que eu concluísse, disse:

— Isso é assunto para o advogado da empresa. Você tem assuntos mais urgentes como resolver a questão do servidor, pare de se envolver em assuntos que não são seus. — Disse Martha alterada.

— Eu não me envolvi, estou tentando ouvir o que eles querem, então direciono para a pessoa certa. Se a senhora deixar eu terminar de ouvi-lo, com certeza darei a sequência correta. — Respondi.

Vítor era incapaz de controlar o mau humor de Martha. Ela deixou de ser a tranquila e equilibrada e se tornou uma profissional que só gerava mal-estar. O máximo que Vítor fazia era acompanhá-la quando ela queria falar comigo. Não sei se era para testemunhar ou apoiar, ou talvez porque temesse que eu começasse a falar sobre as inúmeras vezes que relatei os problemas a ele. O fato era que ele não abria a boca durante essas conversas.

Os dias que se seguiram foram de reuniões de definição para decidir como faríamos para recuperar o servidor de ERP. A complexidade era tão grande que tivemos que recontratar a Sondhas para refazer o projeto, porque não havia visão sobre o tempo que levaria para recuperarem as informações da aplicação e banco de dados do ERP. As análises no equipamento enviado para a Holanda estavam andando lentamente e não havia nem a previsão de quando devolveriam o equipamento, muito menos se conseguiriam recuperar alguma coisa. A cada consulta, uma notícia mais preocupante. Os status eram passados de dois em dois dias, numa das poucas reuniões que eu ainda participava.

Por vezes Martha se estressou quando a notícia sobre o equipamento não era boa. Chegou ao ponto de ela gritar com Gilmar, o interlocutor.

Como o equipamento *Storage* estava na Holanda, alugamos dois servidores para que os consultores pudessem recriar o ambiente de produção, baseando-se nos ambientes de testes do ERP. Um seria utilizado para eles configurarem e testarem as soluções e o outro ficaria de prontidão para colocar o sistema em produção, caso o *Storage* demorasse para voltar.

Enquanto Martha e o *board* se "afastavam" de mim, tudo se tornava um prato cheio para as consultorias que só aguardavam a oportunidade.

Martha contratou a consultoria BWDE, que fez a análise do TI e seria contratada futuramente para auditar o departamento. David ganhou uma sala para que ele e seu time tivessem a liberdade de trabalhar, com livre acesso a toda a companhia. Rapidamente Martha passou a ouvir somente David para assuntos de TI. Se eu quisesse ser ouvido, deveria falar com o David primeiro. Se ele concordasse, ele falava para ela. Foram vários momentos constrangedores, nos quais eu dava a ideia na reunião e todos aguardavam David falar. Se ele concordasse, era como se a ideia fosse dele. Ele simplesmente repetia o que eu falava e a Martha aplaudia: "Excelente ideia, Sr. David!".

Ainda seria muito assediado, testado e isso era apenas o começo. Era triste lembrar que há poucos meses eu participava das reuniões mensais com a presidente para falar de novos projetos e agora estava lutando para continuar firme no propósito de recuperar o projeto que fiz com tanto carinho. Eu sabia, e eles também sabiam que eu poderia ajudar, porque tinha o conhecimento de todas as frentes de trabalho e detalhes das atividades para levantar o projeto novamente. Não estou dizendo que eu era insubstituível, mas qualquer pessoa que fosse conduzir o projeto teria um tempo para entender as características ímpares da empresa que levavam aquele projeto a ser um projeto único, personalizado.

Martha, Vítor e Rodrigo sabiam que eu não desistiria, que era questão de honra liderar aquele projeto novamente, mesmo que fosse meu último projeto lá. Eu mesmo já tinha conversado seriamente com eles em uma das reuniões de definição dos projetos enquanto eles estavam na dúvida se David seria o novo gerente de projetos:

— Então, pessoal, eu voto em colocar dessa vez o David para ser o gerente de projetos desse novo projeto. — Iniciou Martha.

— Jonas conversou comigo e disse que pretende nos apoiar e liderar esse novo projeto. E se ele já fez uma vez, acredito que ele vá conseguir novamente. Eu vou discordar de você, Martha, porque entendo que o Jonas tem mais condições de conduzir esse projeto por entender as particularidades da empresa. — Disse Vítor em um dos seus poucos sinais de apoio.

De fato, eu havia conversado seriamente com ele e disse que eu tinha todo o interesse em ajudar, já que minha área tinha sido a responsável pelos problemas. Disse também que sentia muito por tudo que estava acontecendo, que havia me tornado o único responsável pelo problema. O próprio Conselho havia me abandonado e os mesmos que hoje apontavam o dedo em minha direção, haviam esquecido quantas vezes eu reclamei para ter as coisas básicas que precisávamos. Mas que apesar de tudo isso, a única coisa que eu não abriria mão era participar liderando o projeto. Eu não podia cobrar a responsabilidade dos outros, mas eu ia fazer a minha parte.

Rafael, Adalberto, Edgar, Rodrigo e Fábio Zurman também votaram para que eu fosse novamente o gerente de projetos, porque entenderam que David levaria um pouco mais de tempo para se adaptar aos detalhes da empresa. Naquele momento, apostar não era opção e Martha ficou sozinha nesse voto.

Em resposta ao levante de Vítor, Martha nomeou David da consultoria BWDE para ser meu superior até a conclusão de todo o projeto e recuperação dos dados do ERP. De agora em diante, Vítor só seria informado sobre as minhas atividades.

Caso a empresa especializada recuperasse os dados completos do projeto, a nova implantação seria cancelada. Se não recuperassem, estaríamos preparados para uma implantação do zero. O diferencial é que os pedidos de melhorias previstos para a segunda fase do projeto ERP já seriam contemplados agora.

O time de David começou a trabalhar nas atividades do dia a dia do nosso TI, auxiliando Gustavo e Ferdinando para que eu pudesse me dedicar totalmente ao novo projeto que nomearam de *"Disaster Recovery"*.

Eu passei mais de dois anos solicitando recursos para reforçar o TI e agora eles teriam seis profissionais experientes e dedicados para fazer o trabalho que fazíamos com três. Diante do momento crítico, David explicou para Martha que somente quatro consultores não dariam conta de todo o trabalho do departamento. Incrível constatação!

David estava fazendo seu trabalho de consultor e, como tal, experiente em auditar departamentos de TI, confirmou que todos os meus controles e atividades do departamento estavam de acordo com as melhores práticas.

— Tem horas que eu não acredito que isso está acontecendo comigo. Meses atrás a Martha pediu que vocês fizessem um trabalho para saber como estavam nossas instalações e atividades e tudo estava de acordo. — Eu disse a David.

— Jonas, é verdade. Nosso levantamento inicial confirmou que você já fazia uso das melhores práticas e eu insisti para que continuássemos nosso trabalho, que fosse feita uma auditoria completa. Com certeza teríamos pegado essa situação do hardware, o robô das fitas que estava com problemas graves. Teríamos reforçado e documentado junto ao Conselho que você estava brigando sozinho com o fornecedor para corrigir. Tenho certeza de que se o assunto fosse escalado para o Rodrigo, seria mais fácil ele comprar outro robô do que permitir que você comprasse discos portáteis para fazer cópias de segurança. Mas dizer isso agora é fácil. Nós entendemos as dificuldades que muitos departamentos de TI vivem e imagino como está sendo difícil para você. Já me surpreende você ter continuado aqui mesmo sem apoio dos seus superiores. Tem que ter muita coragem e resiliência para isso! — Disse David me consolando.

— Só quero resolver esse assunto para me sentir um pouco melhor. Hoje me sinto um péssimo profissional. Agora não posso ir embora sem terminar esse trabalho. Um dia vão lembrar de mim como quem teve um sério problema e resolveu. Se eu saísse agora, seria lembrado apenas como um profissional covarde que desistiu e deixou a empresa na mão.

— Eu entendo, sua história me faz lembrar a de um outro profissional corajoso que teve exatamente o mesmo problema, mas no final, saiu fortalecido e ainda foi promovido. Vou fazer uma conferência com ele para te dar mais força ainda para continuar seu trabalho.

E de fato, David fez o prometido e me deu um grande presente promovendo uma conferência com Lúcio, o gerente de tecnologia de uma importante multinacional que passou pela mesma situação que a minha.

— Lúcio, como comentei, estou com o Conselho da Implantsim reunido aqui na sala.

— Olá, David. Olá, pessoal!

— Pode me falar um pouco sobre o processo de *Disaster Recovery* resultante da perda do backup? — Perguntou David.

— Claro que sim, mas primeiro quero falar algo para o Jonas. É Jonas o nome do rapaz que comentou, né, David?

— Isso mesmo, Jonas. — Respondeu David.

— Força aí, meu amigo! Deve ser o momento mais difícil em sua experiência profissional, mas acredite, você sairá muito mais forte disso tudo! Eu me preocupo com você, porque eu sei bem o que eu vivi aqui. — Disse Lúcio.

— Obrigado, Lúcio. Sim, é o período mais difícil da minha vida, mas estou confiante que vamos resolver. Me conta um pouco sobre sua experiência no *Disaster Recovery* e quais são suas sugestões para termos sucesso nesse processo. — Perguntei ao Lúcio.

E foram mais de 50 minutos com o Lúcio explicando os principais passos que eles fizeram para recuperar o ambiente de trabalho. Ele não poupou em dizer que a empresa havia negligenciado vários pedidos e o caso dele foi ainda mais crítico que o meu, porque eles perderam todos os dados e não somente de um dos servidores. No final do processo, a empresa, que é uma gigante fabricante de papel, promoveu Lúcio. Disseram que eles tinham investido muito nele para deixá-lo ir embora. Anotei todos os excelentes conselhos que ele me deu.

Foi sem dúvida um presente que eu ganhei aquele dia.

6

LIÇÕES APRENDIDAS

6.1 Projeto de sucesso 3.0 - Novo Servidor ERP

Foram formadas duas equipes de consultores da Sondhas, uma equipe trabalhava das 9h às 18h e outra das 22h às 6h.

Luigi estava alocado em outro projeto, então a Sondhas nomeou Baldini como o gerente de projetos por parte da consultoria. Baldini, assim como eu, não tinha horário para trabalhar e, às vezes, passávamos dias trabalhando e, de vez em quando, lembrávamos de voltar para casa, tomar banho, comer, essas coisas normais...

Baldini foi um dos poucos que quiseram me ouvir e entender o que havia acontecido. Meu nome tinha sido escalado na Sondhas várias vezes por ser o gerente de projetos do cliente que conseguiu reduzir o tempo de implantação em mais de cinco meses, com sucesso!

Quando soube o que houve, soltou uma gargalhada.

— Cacete, que história louca da porra! Você pelo menos bateu nesse moleque? Além de acertar a sua boca, o filho da mãe ainda usou o único disco que te salvaria? — Disse ele, referindo-se ao Ferdinando.

De cara já gostei do Baldini. Só sendo louco e com humor sarcástico para aguentar o que vinha pela frente.

— Ah, manda a Martha e o Conselho para aquele lugar! Eles não manjam nada. — Ele dizia quando o Conselho ou a Martha tentavam interferir em assuntos que eles não conheciam.

Eu dava muita risada com o Baldini. Eu estava "ferrado" e, como gerente de projetos da Implantsim, eu tinha que falar com ele o tempo todo. Imagine se ele também ficasse me olhando com cara de pena? Já que vamos para a guerra, vamos com espírito de vencedor e sem essa de ficar chorando. Aqueles olhares de pena e conversas sobre o que Martha estava fazendo, maltratando-me, deixavam-me pior, então por que eu facilitaria o serviço dela?

Na grande maioria das vezes, eu e Baldini confundíamos os horários de trabalho, atravessando dia e noite para ter contato com todas as três turmas do projeto de implantação do ERP, formadas pelos usuários da Implantsim. Uma turma trabalhava das 6h da manhã até 14h. A segunda turma iniciava às 14h até 22h e a terceira trabalhava das 22h até 6h do dia seguinte.

Muitas vezes na madrugada, eu esquecia de comer e era o Baldini que lembrava:

— Cara, vamos comer alguma coisa lá no posto de combustível? — A loja de conveniência do posto de combustível ao lado era o único lugar aberto 24 horas.

Sair um pouco da Implantsim era a única forma de esquecer, por alguns minutos, a triste realidade que estava vivendo. A gente se sentava numa pedra do lado de fora da loja com alguns consultores para tomar um café ou fazer um lanche e conversávamos muito. Acho que Baldini sabia que eu não estava bem, então ficava "puxando" assunto de várias coisas. Nessas horas você acredita que Deus existe, porque se fosse o Luigi eu teria entrado em colapso. Luigi não era engraçado, pelo contrário, era meio dramático e certamente nos sentaríamos na pedra para comentar sobre o projeto e chorar.

Passados dois meses nessa rotina pesada, eu estava tendo problemas de memória. Eu comecei a reparar que eu não lembrava de algumas coisas simples, como qual o caminho que eu havia feito para chegar em casa no dia anterior? Era muito louco, parecia que eu estava só no automático. Às vezes, acordava e ficava olhando onde eu estava, não sabia se era dia ou se era noite. Se estava em casa, tomava um banho, trocava-me e voltava para o escritório, não importava a hora. Algumas vezes eu cochilava na sala dos servidores, o único lugar que eu poderia trancar e onde poderia me esconder por alguns minutos.

Recebi muitas multas por excesso de velocidade ou por passar em semáforo com o sinal vermelho e depois nem lembrava como havia feito isso e por que havia passado por aqueles lugares que não eram o meu caminho habitual.

Em paralelo, Martha não perdia a oportunidade de me atacar nas reuniões. Ela não tinha a menor noção que quanto mais ela me atacava na frente dos prestadores de serviços, mais caro o projeto ficava para ela. Isso acontecia, porque eu cobrava o serviço deles e exigia status atualizado todos os dias. Conforme ela tirava minha autoridade, mais lento eles ficavam e mais caro o trabalho se tornava.

Houve uma reunião a portas fechadas com os membros do Conselho, David e Rodrigo. Eu cheguei cedo, percebi uma movimentação meio estranha. Ao cruzar com o Rodrigo, ele cumprimentou-me friamente, mas comentou que eu estava fazendo um excelente trabalho, que pelos status que ele vinha recebendo, eu estava perto de entregar em menos de dois anos, dois projetos de ERP com sucesso. Não sei se ele estava brincando, porque ele era muito sério, também fiquei na dúvida se era uma simples ironia, mas de fato eu estava muito perto de entregar pela segunda vez, o projeto de implantação do ERP com as melhorias que seriam feitas na segunda fase.

Percebi ao fundo uma movimentação na sala de reuniões, todos aguardavam Rodrigo para começar. Ele entrou e fechou as portas. Mais uma reunião da qual eu não participaria, mas saberia dos detalhes por meio do Adalberto e do Rafael.

— Você está gerando muitos custos, hein, Jonas! — Disse Adalberto quando passou por mim após a reunião com o Rodrigo.

— Eu? Engraçado, nunca aprovaram nada, agora tudo é por minha conta? — Respondi ao *controller*.

— Sim, você. Os gastos do seu projeto *Disaster Recovery* estão previstos em torno de 2 milhões! — Disse novamente enquanto olhava para um pedaço de papel.

— Você é foda, não consegue ficar com a boca calada. Já foi falar pra ele, né? — Disse Rafael reprovando a atitude do Adalberto.

— Não esquenta, sou um homem caro. Quando economizo ou gasto, movimento milhões! Eu economizei em torno de 4 milhões, se eu gastei 2, ainda estou no lucro! — Respondi a brincadeira do Adalberto.

— É, o Rodrigo saiu em sua defesa na reunião. Disse algo parecido. Ele não está gostando da forma como o Conselho está conduzindo as coisas e responsabilizando somente o TI. Ele lembrou a todos que tem ciência dos seus pedidos por recursos e investimentos, citou a economia que você tinha gerado, antes mesmo da entrada da Martha, Vítor e companhia. Que tinha prometido a você que assim que a Moneycross assumisse, você teria os recursos básicos solicitados desde sua primeira apresentação para ele. Mas que assim que todos assumiram seus postos, se esqueceram de olhar para esses pedidos e que a empresa teria falhado com o TI, principalmente na falta de apoio e retorno. — Disse Rafael.

— É, cara, a coisa tá feia e ele deixou bem claro que a maior dor de cabeça dele é explicar tudo isso aos acionistas, já que eles almejam os ganhos e não querem saber de explicações técnicas que podem custar milhões. Para complicar, como os números de vendas caíram consideravelmente, os acionistas estão muito nervosos. — Completou Adalberto.

— Eu já imagino o que vai acontecer. As vendas caíram e Mariano foi mandado embora para que eles tivessem uma resposta aos acionistas. Agora houve um problema grave com TI e sou mais uma desculpa para os problemas da empresa. A empresa ficou sem faturar somente dois dias, religamos os servidores e ERP antigo e garantimos o faturamento. Ou seja, em dois dias todos estavam trabalhando novamente, mas quem se importa? — Resumi.

— Eu não acredito nisso. O pessoal gosta de você e do seu trabalho. Você implantou um monte de projetos com um quarteto de aprendizes, com quase nenhum recurso ou investimento. Eu sei quanto cada departamento custa para a empresa, porque analiso os centros de custos de cada um deles e posso te garantir que o seu é um dos departamentos mais baratos da empresa. — Completou Adalberto.

— Eu sempre reclamei disso, Adalberto. Nosso departamento era barato demais, a começar pela mão de obra. Agora a Martha e o Conselho falam como se eu não tivesse alertado. Mas eu pelo menos assumo a responsabilidade e se soubesse que algo assim poderia acontecer, eu teria feito um terceiro backup. — Desabafei.

— Mas a reunião não foi só para falar sobre isso. Rodrigo explicou os motivos do desligamento do Mariano e tranquilizou os demais diretores, mas não poupou que os números estavam muito baixos e que o Projeto 5 anos da Martha foi um fiasco! — Disse Rafael.

Como encontrar energia para envolver toda a equipe já cansada após tantos projetos? Como convencê-los que deveriam dar tudo de si e buscar forças para fazer quase tudo novamente? Complicado, mas o exemplo começou por mim e logo começou a surtir efeito.

Ouvi de Ferdinando que todo mundo estava comentando que eu estaria trabalhando dia e noite no projeto do *Disaster Recovery*. Aos poucos fui ganhando mais apoio, não sabia mais o que era comentado nas reuniões do Conselho, mas os profissionais que eu havia convidado para a primeira fase do projeto — os mesmos para os quais que eu havia sugerido uma bonificação pela participação no projeto — procuraram-me, oferecendo ajuda, sempre muito bem-vinda. Eles não tinham mais obrigações, tampouco ganhariam bônus novamente. Vítor disse-me que o responsável por essa mudança foi o Rafael.

— Rafael comentou na última reunião do Conselho que um dia ele estava voltando de uma festa durante a madrugada e viu que seu carro estava estacionado aqui na empresa. Ele passou a perceber, segundo informações da segurança, que você não tinha mais horário para chegar ou sair e, às vezes, ficava aqui mais de um dia. Isso é verdade? — Perguntou Vítor.

— Eu não conto as horas que fico aqui trabalhando, mas isso é verdade sim.

— Então. Ele comentou isso e, na posição de advogado da empresa, alertou a todos sobre os perigos que você e a empresa corriam. Se o seu risco é ficar doente ou sofrer um acidente de carro, a empresa corre um risco enorme, porque legalmente a responsabilidade é da empresa. Não era para eu falar isso para você, mas sei que gostaria de saber que não está totalmente sozinho e gostei do que ele falou. Ele também disse para a Martha "pegar mais leve" com determinadas acusações e maneiras de te tratar, principalmente durante as reuniões, porque o tom agressivo dela te dá direitos até de processá-la por assédio moral. Ele solicitou ao Fábio Zurman que procurasse apoiá-lo praticando as normas do RH e se você está fazendo horário prolongado de até 38 horas de trabalho sem descanso, uma hora isso também poderia "sobrar" para ele. — Concluiu Vítor.

Não me esqueço de uma daquelas madrugadas. Estava com fome e não teria tempo para sair para comer fora, então pensei em dar uma olhada para ver se achava algo para comer no refeitório. Chegando lá, encontrei o segurança da noite, o Sr. Antônio. Ele viu que eu estava com fome e procurando comida, então disse:

— Meu rapaz, se eu soubesse que estava com fome, eu teria feito o pedido dobrado ontem à noite. Também não sei se você aceitaria, é só uma marmita simples, nada sofisticada.

— Seu Antônio, não se preocupe com isso e não existe marmita simples na hora da fome. — Respondi enquanto procurava a máquina de café.

Antes mesmo que eu percebesse, e antes que eu fosse embora, ele pegou sua marmita e dividiu a comida em dois pratos, pegou os talheres e me serviu. Eu juro que aquele dia, por algum motivo em especial, esse homem me fez chorar muito. Obviamente não deixei que ele me visse chorar, mas a simplicidade e bondade dele, que mal me conhecia, fez-me pensar que ainda existiam pessoas boas no mundo. Nesse mesmo mundo em que eu vivia, cheio de intrigas e trapaças, de jogos corporativos sujos e de gente baixa, existia gente simples e de coração bom. Por alguns minutos parei para lembrar dos meus pais que não via há meses. Não lembrava quanto tempo fazia que eu não comia algo diferente de lanche, da comida da minha mãe, e quando foi a última vez que tinha feito uma refeição com mais de 15 minutos de duração. Foi foda aquele dia.

De vez em quando, Rafael ligava de sua casa para saber se eu estava bem. Ele pedia que eu fosse para casa descansar e algumas vezes me convidou para jantar em sua residência, porque sabia que eu não iria para a minha casa. Mas eu simplesmente não podia, cada hora era uma chance nova de encontrar uma pepita de ouro e resolver tudo, a todo instante eu estava buscando meios de solucionar problemas de ambos os projetos, o *Disaster Recovery* e a nova implantação do ERP.

De fato, em poucos dias, os próprios diretores, membros do Conselho, liberaram seus funcionários para ajudar novamente no projeto de implantação do ERP e junto com os consultores da Sondhas, foram liberando configurações importantes para o projeto.

Depois de dois meses, a empresa holandesa enviou o nosso *Storage* de volta com um disco sobressalente contendo todos os dados encontrados durante a análise. Gilmar explicou que as boas notícias eram:

1. Ele poderia montar novamente o *Storage*, configurar o enorme volume virtual para ser usado como disco por todos os servidores e liberar os discos locais de cada um deles. Ou seja, voltar a performance que era bem melhor com o uso do *Storage*.

2. O equipamento estava em perfeitas condições de uso, o que reforçaria a explicação que a perda de dados, se causada por queda brusca de energia elétrica, não teria danificado o equipamento.

3. As informações referentes ao banco de dados e à aplicação do servidor de ERP também haviam sido encontradas! A melhor notícia de todas!

4. O servidor de backup, ou como chamávamos, o robô, foi substituído e reinstalado com sucesso.

A má notícia era que os dados do servidor de ERP estavam misturados como um quebra-cabeça de bilhões de peças sem cores. Teríamos que encontrar uma forma de recuperar os dados numa ordem correta para que o sistema fosse recuperado. E isso era uma tremenda má notícia. De acordo com o fornecedor da solução de ERP, o sistema tinha milhões de arquivos divididos em milhares de pastas com milhares de subpastas, ou seja, teríamos muito trabalho para identificar a sequência e locais exatos dos arquivos para recuperar o que queríamos.

— Mas não é possível! — Esbravejou Martha mais uma vez quando soube da má notícia.

Pela segunda vez, concluímos com sucesso a implantação do ERP. Foram longos três meses em três turnos de trabalho para fazer o que inicialmente tinha sido feito em sete meses.

Com a nova implantação do ERP, aproveitamos para inserir novas necessidades que seriam para uma segunda fase, poderíamos parar de usar a antiga solução e devolver os equipamentos alugados. Então qual era o problema? O problema era que não tínhamos certeza se as configurações tinham sido feitas com todos os detalhes testados exaustivamente na primeira vez e não teríamos o histórico de todos os meses trabalhados, o que seria um grave problema fiscal e contábil para a empresa.

Mesmo assim era uma excelente notícia em meio a tantas notícias ruins.

6.2 Encontrando a mina de ouro

O novo projeto de implantação do ERP, contemplando os itens solicitados para a segunda fase, foi entregue com sucesso. Confesso que ainda melhor que a primeira implantação, porque com inteligência e um pouquinho de código a mais, algumas atividades manuais e repetitivas foram substituídas por atividades automatizadas que geraram economia de tempo.

A primeira vez que concluímos a implantação do novo ERP, montamos arquivos para importar todas as informações do antigo sistema Nalle. Como eu mantive tudo documentado na primeira fase, rapidamente utilizei os mesmos procedimentos e importamos as informações geradas nesses últimos três meses enquanto utilizamos o sistema Nalle.

A Sondhas, desta vez alertada juridicamente, enviou um equipamento de backup praticamente novo, resolveu as questões das licenças e a Implantsim adquiriu todas as fitas que eu havia solicitado desde o primeiro dia.

As coisas iam bem, com exceção das informações perdidas da primeira fase do projeto do ERP. Isso era um grande risco, porque envolvia questões fiscais importantes e não poderíamos ficar sem isso.

A cada nova reunião do projeto *Disaster Recovery*, Martha estressava cada vez mais os fornecedores. Agora ela tinha entendido que ao tirar minha autonomia no trato diário com eles, ela tinha assumido a defesa do ponto de vista técnico da qual ela obviamente não tinha a menor noção.

Quando um fornecedor explicava algo, ela simplesmente dizia que não tinha paciência para isso ou aquilo e suas perguntas eram somente para saber quando teríamos tudo de volta.

— Gilmar, só quero saber quando. Quando teremos tudo isso resolvido? — Perguntava Martha.

— Martha, não sei, talvez levemos meses, anos. Nós temos que alinhar com o pessoal da Sondhas, porque não dominamos o software ERP para dizer onde que este ou aquele arquivo deve ser colocado. — Respondeu Gilmar.

— Gilmar, depende da forma como foi feita a instalação, versões do sistema operacional, banco de dados e aplicação para saber como é a estrutura do diretório, mas com certeza podemos ajudar te passando a estrutura do diretório de pelo menos 80% do projeto. — Respondeu Baldini.

— Isso ajuda em alguma coisa? — Perguntou David.

— Ajuda muito, claro.

— Então esse tempo reduzirá consideravelmente, certo? — Perguntou Martha.

— Sim, no entanto devo lembrá-la que é um processo manual. Ou seja, analisamos a estrutura do diretório, então pegamos os arquivos e reconstruímos na mesma sequência. Se tudo estiver correto, vai funcionar do jeito que estava antes. — Explicou Gilmar.

Eu lembrei que logo que terminamos a primeira fase, eu havia copiado em um pen drive justamente a estrutura dos diretórios do servidor de ERP e do banco de dados, ainda sem informação, para que eu anotasse futuramente como eles foram divididos. Isso incluía a proporção em porcentagem que cada diretório ocupava no sistema operacional e em qual parte do *Storage* ele ficaria. Obviamente não comentei na reunião, porque eu não lembrava onde estava o antigo pen drive, muito menos se eu já havia excluído tal informação depois que eu anotei os pontos principais. De fato, encontrei as anotações em um papel sobre a proporção dos diretórios principais dentro do *Storage*, mas não havia os detalhes de milhares de subpastas e a infinidade de arquivos dentro delas.

Então eu comecei uma busca insana pelo pen drive perdido até que o encontrei no assoalho do carro. Era um pen drive velho e com pouca capacidade de armazenamento. Estava ali jogado, provavelmente caiu do bolso e, como não estava usando com frequência, nem me dei conta de tê-lo perdido.

Comemorei por ter encontrado o pen drive, porque o registro da estrutura estava completo, era a "foto" que eu havia tirado do diretório de arquivos e banco de dados naquele último dia do ano, pouco antes do recesso.

A Sondhas estava fazendo "corpo mole" para enviar essa sequência do diretório, como haviam prometido na última reunião e isso tinha um único motivo: demorar para continuar nos cobrando pela consultoria prestada.

Mas a história ia mudar um pouco e logo que tive certeza de que estava de posse dos dados, convoquei uma reunião com o pessoal do projeto para informar que havia encontrado o que Gilmar precisava para acelerar seu trabalho.

A notícia chegou como um alívio e de fato em poucos dias Gilmar nos entregou a estrutura que deveria ser validada pela Sondhas. O time da Sondhas faria a transferência dos dados que foram recuperados, concluindo o trabalho de restaurar todo o histórico de informações e adicionar à nova instalação do ERP.

Baldini percebeu que a sua empresa estava agindo de má-fé e me chamou para conversar como sempre fazíamos:

— Jonas, olha só. Eu vou te dar uma dica, mas obviamente não pode contar que eu te disse, sob pena de eu perder meu emprego. Mas quero que saiba que mesmo sem esse lance da estrutura, já era possível recuperar a informação direto dos arquivos da base de dados. Essa história de ter que montar a estrutura, para somente assim montar um servidor temporário com esses dados e tentar subir a versão antiga, é balela! Eles querem que vocês paguem um pouco de tudo aquilo que você economizou. Você "quebrou" os caras reduzindo de 12 para 7 meses de implantação e isso eles não iam deixar "barato". Mas escute! Eu tenho um contato de um técnico que conhece tudo desse software e ele é um dos poucos que eu conheço que pode analisar as bases de dados, a estrutura da aplicação e fazê-las funcionar. Eu estou te falando isso, porque já ouvi que eles não vão aceitar essa base de dados recuperada se ela estiver com algum probleminha ou mensagem de erro e isso pode ser algum registro ou tabela do banco de dados truncados ou qualquer coisa que eles identificarem como errado. — Explicou Baldini.

— Caramba, como o servidor foi desligado de qualquer jeito durante a queda de energia, com certeza pode ter algo errado lá.

— Isso mesmo, por isso eu quero que fale com esse rapaz. Contrate-o e deixe tudo pronto para que alguém da Sondhas não tenha qualquer motivo para demorar mais. — Reforçou Baldini.

Conversei com o Vítor que isso não poderíamos compartilhar com a Martha e David por ora, que ele tinha que confiar em mim. Contratamos o rapaz e ele utilizou ferramentas do fabricante do software de ERP para identificar as falhas, problemas na estrutura da base de dados e corrigi-las. De fato, não passaria pela análise da Sondhas.

Quando a Sondhas fez a análise, ainda tentaram dizer que alguma coisa não ia bem, mas Baldini conversou com o responsável pela análise, dizendo que aquela tabela em questão não tinha a menor importância para aquele servidor.

E os dados foram, por fim, recuperados e inseridos na nova instalação. Agora o servidor de ERP estava completo!

Foi agendada uma nova reunião extraordinária para comunicar que havíamos resolvido o problema.

Estavam todos presentes: Rodrigo representando a Moneycross, Martha, Vítor, os demais membros do Conselho e os fornecedores.

— Pessoal, estamos aqui para informar a todos que conseguimos recuperar todos os dados do servidor de ERP que foram perdidos durante aquele problema que tivemos com os servidores. Gostaria de agradecer a todos que participaram na implantação da fase 2 do projeto, bem como na recuperação da informação. — Começou Rodrigo.

Martha fez seu discurso, dizendo que todos saímos muito mais fortes da situação, mas discordei em pensamento que aquilo tudo nos fez mais unidos. Pelo contrário, percebi que diante de problemas como aquele que tivemos, muitos se afastaram, alguns responsabilizaram o TI ou a mim diretamente. Não houve união alguma, muito menos me senti abraçado pela empresa.

Eu já sabia que tínhamos conseguido, mesmo assim foi importante ouvir Rodrigo falando isso oficialmente para todos.

Acordei com o Vítor batendo no meu braço. Só estávamos eu, ele e Edgar na sala. Devo ter dormido na hora que a Martha ainda falava, porque não me lembrava de mais nada:

— Acorda! Conseguiu, hein, bicho? Implantou o ERP pela segunda vez, manteve faturamento, ajudou na recuperação. Você foi guerreiro, eu não teria tido o saco que você teve! — Disse ele.

— Realmente você me surpreendeu, Jonas. Diante das "porradas" da "tia", você se manteve íntegro em seu propósito e trabalhou duro. Você tem o meu respeito. — Disse Edgar.

— Nossa, desculpe, eu não consegui segurar o sono.

— Deixe seu carro aí na garagem. Vou chamar um táxi para você ir para casa. É perigoso sair assim com sono. — Disse Vítor.

Realmente ele não fazia ideia de quantas vezes eu fui embora ou voltei para o escritório morrendo de sono. Eu acredito que o corpo relaxou após a boa notícia. Foi a última vez que eu fui para casa sem lembrar como cheguei. Dormi por mais de 15 horas seguidas. Eu sentia fortes dores no corpo. Era como se eu tivesse lutado contra o campeão do MMA. Foi o resultado de três longos meses na batalha pela recuperação do servidor de ERP. A batalha pela recuperação do sentimento de dever cumprido.

Quando retornei, o sentimento de dever cumprido permitiu que eu levantasse a cabeça novamente, mas já não era mais meu mundo. A Implantsim tornou-se um ambiente hostil para trabalhar. Se por um lado ainda encontrava gente decente que ajudava e dava força como no exemplo do Rafael e Baldini, por outro, havia muita gente ambiciosa à espera de uma oportunidade para "ferrar" alguém.

Agradeci imensamente ao Rafael por toda a ajuda naquele momento mais difícil e ele disse que fez isso, porque acreditava na minha capacidade para reparar o dano e que isso eu havia conquistado quando, mesmo diante de toda a pressão negativa, solicitei ao Vítor que me deixasse fazer o trabalho. Também agradeci ao Ferdinando e ao Gustavo, pela ajuda à equipe do David para manterem as atividades do dia a dia, e ao Baldini, pela ajuda no projeto de implantação do ERP pela segunda vez.

6.3 Os oportunistas

Aproveitando mais uma queda de energia elétrica, Vítor chamou-me para conversar:

— Jonas, é você aí? Não estou enxergando nada! — Disse Vítor.

— Eu estou bem, apesar de preocupado com o meu futuro.

— Como assim preocupado com o seu futuro?

— Neste exato momento, temos seis profissionais da BWDE trabalhando no TI. Nem mesa eu tenho mais para trabalhar. A todo instante eles me perguntam como eu faço isso ou aquilo, mas tudo está documentado. Eu não nasci ontem, sei que serei desligado. — Respondi ao Vítor, que aproveitou a falta de energia elétrica para não mostrar seu rosto enquanto mentia para mim.

— Que nada. Eu acredito que a empresa, assim como disse o Lúcio, aquele homem que perdeu todos os dados da empresa, lembra? Ele disse que a empresa o promoveu, reconhecendo que ele não teve a culpa sozinho pelos problemas. A empresa reconheceu que ele foi um capitão, conduzindo um navio no mar agitado. Eu creio que vai acontecer o mesmo com você. O pessoal do David só está checando de novo e certificando que você continua fazendo tudo dentro das melhores práticas. — Disse ele.

— Sei. Então que seja. Eu cumpri o que prometi quando te pedi para me manter no cargo até a conclusão dos projetos. Então, obrigado por isso! Pela Martha eu tenho certeza de que seria desligado no mesmo dia.

— Não precisa agradecer. Estamos no mesmo barco. Se ela inventasse de mandar embora logo a pessoa que implantou um ERP e reduziu o tempo de implantação, ela estaria nos colocando numa situação complicada, deixando de aproveitar sua experiência.

Obviamente eu sabia que ele estava mentindo e sei que, como meu superior, ele deveria manter o discurso, talvez preocupado de eu ter uma atitude negativa e prejudicá-lo, mas eu sabia que eram meus últimos dias na empresa.

Não prejudiquei o trabalho dos rapazes do time do David, que por sua vez, já estava em outro projeto de *Disaster Recovery* em outra empresa. Deixei que eles anotassem tudo e respondi todas as perguntas e dúvidas.

Na medida do possível, estava contente por conseguir reimplantar o ERP. Se fui parte do problema, também fui parte da solução. Dediquei-me muito e não reclamei um dia sequer. Sofri pressão, injustiça e assédio moral, mas permaneci firme. Seria bem mais fácil sair da empresa quando o problema aconteceu, deixando-os sozinhos para resolverem tudo. Também seria fácil eu culpar os membros do Conselho pela omissão. Cada um escolhe um caminho e eu preferi honrar meu nome e minha carreira. Com certeza seria lembrado pela atividade, por fazer tudo que estava ao meu alcance para solucionar os problemas, e não pela covardia dos oportunistas.

Passaram alguns dias e, conversando com o time do David, um dos consultores lamentou minha possível saída:

— Jonas, eu acho de verdade que você deveria ficar. Eu vejo que tudo que você fez e faz aqui está bem legal. Se eu tivesse te auditado antes, saberia que estava tudo certo. Eu acho realmente uma puta mancada você não ficar!
— Sem querer o Consultor me avisou sobre o meu desligamento iminente.
— Sim, eu concordo, ele está servindo de "boi de piranha". Cai as vendas, projetos não alcançam o objetivo e aí aproveitam para pôr a culpa em alguém. Acho isso uma tremenda sacanagem! — Disse outro consultor.

Tudo que pude fazer foi baixar a cabeça e aguardar o comunicado da empresa. Pelo visto todos já sabiam oficialmente o que eu imaginava e custava acreditar que estava acontecendo comigo.

Meu desligamento, se ainda existia alguma dúvida, já estava assinado e aquela esperança que ainda existia, foi embora, assim como meu ânimo naquele dia.

Era só esperar os oportunistas me procurarem para avisar.

6.4 A última madrugada na Implantsim

Houve uma reunião do Conselho e alguns dos membros passaram em minha baia para dar um "oi" e parabenizar pelo trabalho, tanto pela recuperação dos dados como pela reimplantação do ERP.

Nos últimos cinco dias, foram instalados os aparelhos de ar-condicionado na sala dos servidores, os bancos de bateria que garantiriam horas de autonomia em situações de queda de energia elétrica e permitiriam que os servidores fossem desligados de forma correta.

Jacinto apareceu para instalar, finalmente, a fechadura eletrônica que eu também havia solicitado meses atrás.

Infelizmente, algumas empresas como a Implantsim só atendem a pedidos de melhoria depois que algo muito grave ocorre. É uma pena, porque o sofrimento de muita gente, incluindo o meu, além do mal-estar causado poderiam ter sido evitados. Pelo visto não foi falta de dinheiro, foi falta de boa vontade mesmo.

Jacinto era muito grato por eu ter dado a oportunidade de ele mostrar seu serviço, participar de cotações da empresa e pelo contrato de manutenção da central telefônica. Ele estava visivelmente triste naquele dia e não conseguiu guardar para si a informação de que Vítor havia solicitado para ser treinado a utilizar a tal fechadura e que somente ele soubesse o código para entrada na sala de servidores.

Quando chegou a noite, eu estava me preparando para ir embora e Vítor veio perguntar sobre o Ferdinando, que já havia saído. Disse que precisava falar com urgência conosco e que era para pedir para Ferdinando voltar para a empresa o mais rápido possível.

Feito isso, em poucos minutos, Fábio Zurman apareceu também em nosso andar e os dois vieram conversar comigo, falar sobre tecnologia, e Fábio Zurman chegou até a oferecer uma maçã, perguntando se eu estava com fome.

Não precisa ser um Einstein para saber que aquela conversa mole não levaria a nada e a tirar pelos últimos três meses, onde realmente senti fome, sede e sono, somente Baldini, Rafael e o Sr. Antônio se preocuparam comigo. Vítor e Fábio Zurman jamais quiseram saber se eu estava bem, se queria uma maçã.

— Vamos lá, pessoal. Vocês não vieram aqui a essa hora da noite para saber se eu quero uma maçã, certo? Vocês precisam aguardar pelo Ferdinando ou já podemos falar? — Questionei os dois.

— Puxa, você é rápido, Jonas. Será que podemos ir para a minha sala conversar? — Disse Fábio Zurman.

No caminho, chegando perto da sala do Zurman, encontrei com Eliseu, que me entrevistou junto com o pessoal da Moneycross e agora também me viria indo embora. Ele estava cabisbaixo, fez um sinal com as mãos e novamente baixou a cabeça.

É estranho que eu soubesse o tempo todo que isso aconteceria, mas depois da conversa com o Vítor, cheguei a pensar que poderia acontecer o mesmo que houve com o Lúcio, claro que não passava pela minha mente que eu fosse promovido, mas reconhecido como o profissional que fui durante toda a minha estadia naquela empresa.

— Serei direto, porque você não gosta de rodeios. Martha pediu que você fosse desligado hoje. Ainda existia uma discussão interna se deveríamos ou não o manter no cargo, mas o pedido de Martha prevaleceu, nesse caso a Moneycross foi obrigada a aceitar. — Disse Zurman.

— Jonas, eu sinto muito. Sei o quanto você se dedicou. A gente não sabe o dia de amanhã, não sei se estarei aqui, mas sabe que pode contar comigo sempre. Você foi um guerreiro e se a empresa não entendeu assim, é uma pena. Pra mim você foi o capitão como havia comentado. — Disse Vítor.

— Você me surpreendeu, Jonas. Eu jurava que você pediria para sair há três meses quando isso aconteceu, mas você ficou, trabalhou e fez a coisa acontecer. Tudo foi resolvido, mas como disse, o problema foi o desgaste com a Martha. Pela maioria do Conselho, você seria mantido. Como disse o Vítor, nem a Martha está garantida no cargo, se houve desgaste com você, imagine o desgaste que ela teve com a Moneycross? Isso inclui essa decisão que ela tomou agora. — Completou Zurman.

— Jonas, mesmo assim, houve uma decisão unânime que é a forma como a empresa encontrou para recompensá-lo por todo o esforço desses últimos meses. Você sabe que rapidamente colocou o sistema antigo para funcionar e isso ajudou para que não fosse sentido um impacto nas vendas e nas atividades da empresa. Também conduziu a segunda implantação do ERP já com as novas *features* que implantaríamos mais para a frente. Em menos de um ano você implantou ERP desse porte, duas vezes! Além disso, se manteve firme na condução das atividades para recuperação dos dados do servidor antigo de ERP. Deve se orgulhar por tudo isso. Reconhecendo todas essas coisas, a empresa vai te pagar um bônus para que você possa descansar e buscar outra oportunidade com tranquilidade. — Falou Vítor.

— Ferdinando também está sendo desligado em paralelo. — Disse Zurman.

— Puxa, o moleque não pode ser poupado? — Perguntei aos dois.

— Depois de todos os levantamentos feitos pelo David e seu time da BWDE, foi constatado que você havia feito um controle muito rígido, dentro das melhores práticas, como ele costuma dizer, mas Ferdinando desrespeitou uma ordem muito simples e clara. Ferdinando assumiu o risco. Então você foi prejudicado primeiro pela empresa, que assumiu o risco não atendendo seus pedidos em reunião do Conselho e, segundo, por uma desobediência do Ferdinando. Ainda lembro que a empresa não te apoiou quando você estava cobrando a Sondhas por melhorias no equipamento de backup. Eu estou ciente de tudo isso. Sendo assim, como disse o Rodrigo, se você será desligado, Ferdinando e todos que contribuíram para o problema também deverão. — Explicou Vítor.

— Tem mais alguma coisa a dizer, Jonas? — Perguntou Zurman.

— É muito triste ter que ir embora desse jeito. Eu gostava muito de trabalhar aqui, fiz tudo que estava ao meu alcance para que isso não acontecesse. Eu não desisti de vocês, pelo contrário, eu saio em paz, com a consciência tranquila. — Em seguida me despedi dos dois.

Chorei muito no caminho para casa. Sentia um misto de alívio, tristeza e cansaço, muito cansaço.

Ferdinando também foi desligado naquela mesma madrugada.

Foi a nossa última madrugada na Implantsim.

6.5 Investigando a causa

Algo ainda estava sem explicação.

O que houve afinal para a perda daquela partição virtual do *Storage*?

A história contada pela maioria dos consultores de que as constantes quedas de energia foram capazes de apagar todo o conteúdo de informações presentes naquele volume virtual, não me convenceu. Convenceu a Martha, que naquele momento, estava cega e preocupada em encontrar culpados, não a causa.

Se a queda de energia fosse a causa, então por que o equipamento não foi danificado? Não fazia sentido. O próprio fabricante analisou o equipamento e confirmou que não houve falha, não houve dano ou queima de qualquer peça do *Storage*. O que houve foi uma exclusão do volume virtual formado pelos oito discos rígidos da unidade. Ponto. O equipamento foi devolvido e continuou funcionando normalmente.

Eu sei que não era mais da minha conta procurar a causa do problema, eu já estava fora, mas aquilo mudou minha trajetória profissional na Implantsim. Eu tinha o direito de saber o que houve, então comecei a investigar por conta própria.

Analisei todos os registros que eu havia guardado. Eram milhares de linhas de registros de ações no arquivo de histórico, somente para aquele dia.

Um pouco antes da queda de energia naquele dia fatídico, não havia indícios de qualquer pane ou exclusão do volume no registro de atividades do software do *Storage*. Eu estava quase desistindo quando lembrei do Celso, o técnico da Sondhas que ajudou na configuração do equipamento durante a primeira fase da implantação do ERP.

Celso já havia saído da Sondhas e prestava serviços para outra empresa. Ele foi muito receptivo e fez questão de conversar comigo.

— Fiquei sabendo do ocorrido lá na Implantsim. Que chato, cara, você estava tão feliz com os projetos e com as possibilidades! Difícil acreditar. — Começou Celso.

— Pois é, eu jamais imaginaria, mesmo no pior dos pesadelos que eu pudesse passar por isso algum dia.

— Mas diz aí, no que posso te ajudar? — Perguntou Celso.

— Como já sabe, eu fui mandado embora. Não quero começar a caça às bruxas, mas algo ficou sem explicação e sua informação é muito importante para mim. Eu não acredito que as quedas de energia foram o real motivo para perdermos as informações que estavam no *Storage*. Algo continua não fazendo sentido, ainda mais depois que o equipamento foi analisado pelo fabricante. Não foram encontrados problemas no equipamento e eles disseram que o volume virtual de discos foi apagado normalmente e manualmente. Como isso é possível? Se alguém tivesse apagado o volume internamente, eu saberia pelo registro de atividades do software.

— Jonas, eu nem deveria falar isso, mas você foi muito gente boa comigo. O que eu disser de agora em diante são somente pistas para você seguir com sua investigação. É justo. Você precisa verificar o seguinte: primeiro, eu só dei o treinamento para o Ricardo Nonatto, porque vocês estavam envolvidos em diversos projetos e não tinham outras pessoas que pudessem acompanhá-lo no treinamento. Se ele não duplicou o conhecimento e deu o acesso para alguém, só ele poderia ter apagado, por uma questão simples, só ele tinha o acesso e o conhecimento para fazê-lo. — Explicou Celso.

— Não seria possível, Celso. Quando isso aconteceu, ele já não estava mais na empresa.

— Jonas, entenda uma coisa. O volume pode ter sido apagado e a falta de energia reiniciou o equipamento, confirmando tal exclusão.

— Tá, mas da mesma forma, nas duas últimas quedas de energia elétrica ele já não trabalhava lá. Ou seja, se foi apagado, teria que ser depois da penúltima queda de energia elétrica e, mesmo nesse período, ele já não estava mais na empresa.

— Teria alguma possibilidade por acesso remoto? — Questionou Celso.

— Não, porque eu mesmo cortei o acesso dele assim que foi anunciada a saída e ele não teve mais acesso à sala ou a qualquer equipamento internamente.

— Quem mais tinha acesso ao volume? — Perguntou Celso novamente.

— Somente eu, Ferdinando e o pessoal de suporte da Sondhas.

— E você confiava inteiramente no pessoal da Sondhas? Enfim, são coisas que precisa pensar. Houve atendimento naquele dia? Eu vou nessa, mas se precisar de algo mais, me avise, okay?

— Muito obrigado pela ajuda, Celso.

Despedi-me do Celso com novas informações para pensar, mas por mais que eu desconfiasse do Ricardo Nonatto, ainda mais pela forma que ele e Ítalo saíram da empresa, não entendia como eles poderiam ter feito isso sem acesso.

Passaram alguns dias e fui à inauguração do bar que Adalberto e Rafael montaram em sociedade com outros amigos. Mal consegui falar com eles, porque havia muita gente lá. Alguns eram funcionários da Implantsim e um deles, o assistente do Adalberto, veio falar comigo. Disse que torcia para que acontecesse comigo o mesmo que aconteceu com o Ricardo Nonatto, voltar para trabalhar na Implantsim.

— Como assim o Ricardo Nonatto voltou a trabalhar na Implantsim?

— Sim, ele foi chamado pelo Fábio Zurman, porque conhecia bem o nosso ambiente de trabalho, tinha sido treinado por você e tal, e ainda tem aquele assunto da economia, né? Quando procuraram uma pessoa para substituir vocês, logo perceberam que esse pessoal especializado é caro, então o Zurman deu um jeito rápido, trouxe o Ricardo Nonatto de volta oferecendo um pouco mais do que ele ganhava na Sondhas.

— Como assim, ele estava trabalhando na Sondhas? — Perguntei perplexo.

— Cara, você não sabia também. Sim, ele estava trabalhando na Sondhas quando saiu da Implantsim.

Eu senti um mal-estar na hora. Fui embora sem falar com Adalberto ou Rafael.

Fui acometido por um enorme sentimento de traição, apesar de eu ter sido desligado da empresa. Como assim Ricardo Nonatto voltou para a empresa? E ele estava trabalhando na mesma empresa que prestava serviços de suporte para a Implantsim. Tudo errado.

Isso era muito grave. Grave demais para acreditar, mas era isso. Agora tudo fazia sentido. Eles saíram revoltados e quiseram se vingar. Talvez tenham apagado o volume e nem imaginaram que a gente não teria o backup para recuperar os dados, fizeram só para atrapalhar e acabaram destruindo tudo.

Liguei no dia seguinte para o pessoal da Sondhas e muitos ainda não sabiam que eu havia me desligado da Implantsim, então não tive dificuldades em ter informações que ajudaram a confirmar tudo o que havia acontecido.

Fiquei sabendo que tanto Ítalo quanto Ricardo Nonatto foram trabalhar na Sondhas como analistas de suporte. Ítalo ainda continuava lá.

O mais grave de tudo isso é que Ricardo Nonatto atuou diretamente como analista de suporte prestando serviços para a Implantsim. Isso era inadmissível! Tínhamos um contrato de confidencialidade, com uma cláusula que impedia a contratação de profissionais de uma empresa para a outra. Não poderiam ter contratado ambos para trabalharem lá, ainda mais acessando nosso ambiente remotamente. Tudo errado.

A Sondhas era responsável pelo suporte técnico no servidor de ERP e equipamentos que ela havia vendido, como o robô de backup e o *Storage*. Ela era a única empresa que possuía acesso remoto ao nosso ambiente além de mim e do Ferdinando e, é claro, possuía também as senhas atualizadas para prestarem o serviço. De nada adiantou eu correr para mudar as senhas de acesso e excluir as contas do Ricardo Nonatto e Ítalo, se pouco tempo depois, eles estavam trabalhando na prestadora de serviços com as novas senhas. Meu Deus, como eu não pensei nisso antes? Como eu saberia?

Liguei para o Vítor para contar sobre a descoberta:

— Vítor, você sabia que o Ricardo Nonatto voltaria para a Implantsim?

— Sim, eu já sabia, Jonas. Ele conhece nosso ambiente, o que ele fez no passado agora é passado, precisávamos continuar, sabe? Bola pra frente!

— Vítor, como você permitiu que um canalha como esse voltasse para a Implantsim? Você sabe muito bem como ele trabalha e como vai ser sua vida daqui pra frente.

— Jonas, o que mais você queria que eu fizesse? O meu também está na reta, não temos dinheiro para contratar alguém mais sênior e ele foi a melhor opção para este momento. Zurman disse que fez um bom trabalho preparando-o e agora ele estava sob controle. Para a empresa foi a melhor saída. Ele é barato e já conhece tudo, garantindo a continuidade.

— Vítor, fomos enganados! Você precisa falar com o Rafael e processar a Sondhas. Agora eu sei de tudo, mas não posso fazer mais nada, agora é com você. Fale com a Martha e o pessoal do Conselho, isso que vou te contar é muito grave. Eu descobri que o Ricardo Nonatto e o Ítalo foram trabalhar na Sondhas, eles não podiam atuar em nossa conta, eles tiveram acessos à nossa infraestrutura por meio de acesso remoto. Com esse acesso, o Ricardo Nonatto, que foi o único a ter treinamento sobre o *Storage*, pode ter excluído o volume propositalmente. O que talvez ele não soubesse, é que teríamos problemas com o backup. — Insisti com o Vítor.

Houve um silêncio seguido pela voz cansada do Vítor.

— Jonas, o que você está dizendo é muito grave, mas não temos provas.
— Vítor, por isso mesmo estou dizendo que precisa procurar o pessoal e correr atrás.
— Jonas, olha só. Esse assunto já deu o que falar. Você e Ferdinando foram desligados, investimos na conclusão desse projeto de recuperação dos dados, houve um desgaste absurdo. Imagine agora eu levantar esse assunto como pauta para o Conselho? Não quero mais falar sobre isso. Desejo toda a sorte do mundo para você, mas você precisa dar a volta por cima e seguir.
— Respondeu Vítor, já sem paciência.

Perdi a linha com o Vítor e suas mentiras:
— Como você aguenta saber a verdade e continuar mentindo para a empresa? Como consegue dormir sabendo que tanta gente foi prejudicada e você ainda privilegia o bandido só para não se indispor com o Conselho? Vocês encontraram o culpado e agora vão ficar bem com tudo isso? — Desliguei o telefone com raiva.

Inicialmente ele me parecia uma pessoa correta, honesta, mas transitou para a omissão e com o passar do tempo, conivência oportunista.

Tentei falar com a Martha e Rodrigo, sem sucesso.

Rodrigo respondeu com um e-mail padrão me desejando boa sorte e que se eu precisasse de alguma indicação ou referência, que era só mencionar o nome dele e meus contatos.

Creio que todos foram orientados a colocar uma pedra e encerrar o assunto.

Senti-me como alguém que vê o bandido invadir uma casa, tenta ligar para o dono e é rechaçado.

Não procurei mais o Rafael para comentar sobre isso, porque se todos os superiores estavam dando de ombros para o assunto, envolvê-lo seria ruim para ele.

Daquele dia em diante, resolvi focar meu tempo e minha atenção em assuntos que realmente valiam a pena. O bandido havia encontrado o habitat natural e estava protegido pelos seus pares. Por que eu me importaria?

Eu precisava de descanso, porque ainda sentia dores físicas, resultado dos meses sem cuidar da saúde, resultado dos maus hábitos que eu havia adquirido, como comer rápido e fora de hora, dormir muito pouco e esquecer de beber água. Além disso, eu havia perdido a confiança na minha capacidade profissional.

Eu só queria ter um tempo sozinho para pensar na vida e no que eu faria dali para a frente.

Tratei de arrumar as malas e me inscrevi em um intercâmbio internacional para aprimorar a língua inglesa, um antigo sonho de adolescente que agora eu poderia realizar usando o bônus que eles me deram para calar a boca.

Ficaria sozinho em outro país enquanto ocuparia a mente estudando. Em paralelo, tentaria me recuperar do susto, cuidar da minha saúde e me livrar dos pesadelos que insistiam em me acordar na madrugada. Quem sabe eu voltaria a dormir bem de novo?

Analisei durante dias todos os *logs* que eu havia guardado e encontrei o que eu mais precisava. Como ninguém olhou isso antes? Estava tudo ali, o dia e a hora que o volume do disco foi apagado, mas a mudança não tinha sido aplicada ainda. Bastou a falta de energia para confirmar a mudança e a falta de backup para criar o caos.

Ao descobrir a forma como tudo aconteceu, eu consegui fechar esse ciclo na minha cabeça.

Mais um projeto concluído: a investigação da causa raiz.

6.6 Notícias durante a viagem

Já estava estudando há um mês em Nova York quando recebi uma mensagem do Gustavo.

Ele estava contente, porque havia passado no rigoroso processo de seleção em uma empresa multinacional especializada em auditoria de TI. Uma consultoria que existe em todo o mundo.

Fiquei muito feliz por ele, que além de um profissional talentoso, é um ser humano do bem. Fiquei ainda mais contente por ele compartilhar a boa notícia comigo.

Mesmo não querendo saber sobre a Implantsim e das pessoas de lá, Gustavo comentou que Rodrigo havia tomado uma decisão de substituir todo o Conselho Administrativo.

As vendas continuaram caindo, agora não tinham mais "culpados", não tinham mais "desculpas". Surgiram novos problemas com RH e a TI continuava com graves problemas e riscos, mesmo com a volta de Ricardo Nonatto (patrocinada por Zurman e Vítor) e com a ajuda dos consultores da BWDE.

Martha havia "cortado" a cabeça de Mariano, argumentando que ele não teve performance, mas o substituto escolhido por ela também não teve. Martha desligou Patrícia, porque ela teve dificuldade com um link de internet, mesmo eu resolvendo o assunto. O projeto no qual Patrícia participava, o Hamicy, uma linha de financiamento para o cliente final, também não teve bom desempenho, mesmo com o substituto de Patrícia escolhido por Martha. Também pesou na decisão da empresa o fato de que Martha não havia conseguido substituir Nádia como a matriarca. Se Nádia tinha o costume de manter as pessoas, de dar chances ao extremo etc., Martha simplesmente "abandonava" seus subordinados, buscava culpá-los e demonstrava total desinteresse em ajudar. Eu sei bem o que é isso, eu vivi isso na pele e posso imaginar o que todos sofreram até serem desligados da empresa.

Ela poderia culpar qualquer um, seja por falta de performance ou por falhas, mas se tem um erro que custou milhões e a falta de credibilidade da empresa perante seus acionistas, foi o Projeto 5 anos. Esse era "filho" dela e ela não poderia culpar outra pessoa por esse erro.

Martha foi desligada da companhia.

As recentes reclamações ao Conselho sobre a ingerência do Zurman, aquele tipo de gestão na qual ele tentava conduzir questões diretamente com funcionários, sem consultar os seus superiores, também afetou sua imagem. Pelo jeito isso não aconteceu só comigo enquanto ele tentava "concertar" Ítalo e Ricardo Nonatto. Ele recebeu tantas reclamações que Rodrigo achou por bem buscar um profissional que estivesse mais interessado em RH do que política da boa vizinhança. Sua bajulação desenfreada tinha terminado e foi outro convidado a deixar a empresa. Quem visse a arrogância e felicidade como ele procedeu durante o meu desligamento, não consegue imaginar que ele fosse desligado um dia da empresa. Mas foi.

O Diretor Financeiro, profissional da mais alta confiança da empresa, não poderia ser uma pessoa omissa. Diante dos fatos que eu apresentei, ele preferiu não tomar uma atitude, mesmo sabendo que estava prejudicando a empresa. Eu entendo que uma pessoa omissa falta com a palavra, coragem e atitude.

A Moneycross também entendeu assim e Vítor também foi demitido.

O mais irônico é que Zurman defendeu a volta de Ricardo Nonatto para a empresa que ele prejudicou e Vítor concordou por ser omisso. Ricardo Nonatto foi mantido na empresa enquanto Vítor e Zurman foram demitidos.

Absolutamente não era uma boa notícia. Eu sei como é ruim ser demitido, ainda mais porque eu gostava demais de trabalhar lá, mas de certa forma, a justiça foi feita parcialmente. Digo parcialmente por que Ricardo Nonatto saiu ileso de tudo isso e continuou na empresa.

Ferdinando também conseguiu uma nova oportunidade em uma importante empresa de tecnologia. Eu sei que ele jamais desobedecerá a uma ordem novamente, porque ele sofreu demais para ter essa lição.

Eu ainda passaria um tempo para superar tudo isso e além do foco nos estudos e nas excursões da escola, tive bastante tempo para me perdoar e começar a escrever este livro.

Aos poucos, diminuí o contato com a maioria das pessoas que tinham convivido comigo na Implantsim nesses últimos meses, porque era uma dor lembrar de tudo que passou.

Nesse período, decidi focar nos estudos, aproveitar a incrível oportunidade do intercâmbio e quanto menos notícias sobre as pessoas da Implantsim, menos dor eu sentia. O ressentimento ainda era muito grande, eu precisava me reinventar e, para isso, era importante deixar a Implantsim para trás.

6.7 Lições aprendidas

De volta ao quarto de hotel em Santiago, olhando para a Cordilheira dos Andes, fiquei pensando em tudo que superei para chegar até aqui. Antes de comemorar mais um projeto de sucesso, fiz um longo caminho para voltar a acreditar em minha capacidade.

Depois que saí da Implantsim, passei alguns anos acordando assustado à noite com pesadelos sobre o que havia acontecido. Por vezes eu acordava lembrando das noites de trabalho duro para resolver problemas que a empresa insistia em ignorar. As humilhações que poucos suportariam. As ironias e provocações de quem deveria oferecer apoio, todo tipo de injustiça me deixaram com raiva por bastante tempo. Foram muitos traumas.

No final do intercâmbio, superei a dúvida se eu conseguiria voltar ao mercado de trabalho por meio de uma oportunidade em uma gigante do setor de telecomunicações. A dúvida que persistia era se eu voltaria a ter aquela confiança em alto nível. Demorou, mas a resposta veio com várias entregas de valor ao longo dos últimos anos.

Um dia eu ouvi dizer que é bem melhor aprender com a história dos outros. Eu lembrei disso quando comecei a escrever este livro. Quem sabe um dia as pessoas leriam o livro e se perguntariam:

— Os dados dos meus clientes estão realmente salvos e em local seguro?

— Qual o impacto no meu negócio caso eu perca todas as informações de vendas, os dados dos meus clientes? Eu possuo um PRD (Plano de Recuperação de Desastres) caso isso ocorra? Tenho um PCN (Plano de Continuidade de Negócios) para manter meu negócio funcionando enquanto o PRD entra em vigor?

Se eu não tenho um negócio ou trabalho com essa responsabilidade, será que minha cópia de segurança (backup) dos meus dados pessoais está em dia? Minhas fotos de família, meu trabalho de faculdade, meus contatos, mensagens? Estão todos copiados em outros lugares ou estão somente no meu smartphone ou computador?

A grande verdade é que a gente deixa para se preocupar com as coisas quando algo de mau acontece, mas para quem trabalha com tecnologia ou depende dos dados para continuar o negócio, talvez não haja uma segunda chance. Sabe a história de instalar o cadeado no portão ou circuito de câmeras depois que a casa foi roubada?

É importante evitar qualquer coisa que possa colocar nossas informações em risco e isso não é só para quem trabalha com TI. Usemos a tecnologia a nosso favor.

Com certeza essa experiência que tive na Implantsim não aconteceria nos dias de hoje, com tanta tecnologia disponível e pela experiência adquirida, mas por outro lado, atualmente temos mais formas de violação de dados, porque as tecnologias para o mal também evoluíram. Praticamente temos sete motivos que podem ocasionar a perda de dados:

- Falta de uma política de segurança eficiente.
- Falhas humanas.
- Ação de cibercriminosos.
- Ação de vírus nas máquinas.
- Ações de extorsão.
- Falhas em dispositivos físicos.
- Falta de um backup de dados seguro.

Quando tudo isso aconteceu, entre os anos 2009 e 2011, muitas das tecnologias de hoje não existiam.

O conceito de armazenamento de dados em nuvem remonta aos anos 2000, quando surgiram os primeiros serviços oferecidos por empresas como Amazon e Google. O AWS (*Amazon Web Services*) foi lançado em 2006 enquanto o GCP (*Google Cloud Platform*) nasceu em 2008, mesmo ano que o serviço Azure da Microsoft surgiu. O Dropbox ficou conhecido em 2008 por popularizar a ideia de armazenamento em nuvem para o público em geral.

Acontece que no Brasil, o armazenamento em nuvem profissional começou a se popularizar por volta de 2012, com a chegada de empresas internacionais de tecnologia que ofereciam serviços em nuvem para clientes brasileiros. Não era um serviço popular e era algo novo que gerava muitas dúvidas. Para empresas que não investiam em infraestrutura básica de TI, falar em serviço em nuvem era algo proibido.

As novas tecnologias sempre foram e sempre serão motivos de desconfiança. O que mais ouço hoje em dia é se devemos ou não regulamentar a Inteligência Artificial, se podemos confiar, quais os riscos etc. Tudo igual, só muda o objeto. Amanhã será outra tecnologia.

Quando falamos em backup, por exemplo, na dúvida, tenha mais de um. Quem tem um, não tem nada. Se ocorrer um problema com essa cópia de segurança, saberá do que eu estou falando.

Crie o que chamamos de redundância. Se um serviço ou equipamento falhar, tenha a tranquilidade de ter as informações em outro lugar. Crie o hábito de redundância em infraestrutura de rede, hardware, software, armazenamento de cópia de informações etc.

Se é um profissional de TI como eu, faça acontecer. Talvez a empresa não tenha noção da importância de determinado recurso, mas é nessa hora que entra a inteligência em apresentar algo de forma visual e não técnica. Com o tempo entendi que ninguém gosta de assumir a responsabilidade em perder. Alguns até se arriscam para ganhar, jamais perder. Isso vale para as fotos no celular da minha mãe e vale para as informações dos clientes de uma grande companhia.

O pior que pode acontecer é você perceber que mesmo diante de sua explicação clara e convincente, do seu pedido por um ambiente basicamente seguro, depare-se com a mesma situação que eu vivi. Você pode receber vários "nãos". Caberá a você seguir assumindo os riscos ou ir embora.

Depois de completar 30 anos trabalhando com tecnologia, nos mais diferentes setores, como o farmacêutico, automobilístico, financeiro, varejo, tecnologia e telecomunicações, cheguei à conclusão de que TI é TI em todos os lugares. Um ou outro negócio possui características específicas, mas a base de tudo é tecnologia. Não há mais um departamento na empresa que não dependa de computador com informações relevantes à operação. Cada vez mais empresas investem melhor em tecnologia para apoiar o negócio frente à concorrência.

Tudo isso gera informação e informação é "ouro".

Liderei times em projetos com tecnologias disruptivas, como: Comércio Eletrônico, Computação em Nuvem, Inteligência Artificial (IA), Internet das Coisas (IoT), *Business Intelligence* (BI), *Blockchain* etc., e sabe o que elas têm em comum? Grande volume de informação.

Se a empresa não está disposta a investir para proteger esse imenso volume de dados, ela está jogando dinheiro fora.

Gosto de comentar sobre o período que fiz intercâmbio em Tarrytown, porque foi depois de toda essa experiência ruim vivida na Implantsim. Foi o primeiro momento que pude parar um pouco para pensar em tudo que tinha acontecido, tomar as primeiras notas sobre os fatos ocorridos e lições aprendidas:

- Não assumir mais riscos seja lá por qual serviço ou recurso de tecnologia. Se a empresa não pensa em aceitar as melhores práticas, não sou eu quem vai arriscar perder. No final, a responsabilidade é de quem está à frente. Se acertar, talvez ganhe uma plaquinha de homenagem, se perder será apontado como culpado.

- Dinheiro nenhum vale a sua saúde, bem-estar ou tempo de descanso. Vendi muitas vezes minhas férias para ter um pouco mais de dinheiro, mas o cansaço a longo prazo me cobrou um preço alto demais. Negocie bem na entrada para ter um bom salário ou contrato. Sua satisfação refletirá em suas ações. Se você se sentir cansado e mal pago, certamente se estressará com pequenas coisas em sua atividade e num curto período de tempo estará buscando outras oportunidades.

- O mundo não é justo. Ricardo Nonatto é prova disso. Por vezes eu o protegi e só passava à liderança aquilo que eu queria que ela soubesse. Eu assumia a maioria dos problemas por ser o gestor da área e por ser minha responsabilidade, deveria assumir também a culpa. Não erro mais nisso, porque assim que identifiquei que ele era mau caráter, parecia que era a primeira vez que ele estava errando. Cada um deve assumir suas ações.

- Valorize-se.
- Documente tudo.
- É maravilhoso contratar pessoas e particularmente gosto muito de dar oportunidades, mas se for para demitir, demita imediatamente. Se identificar que o seu gestor é o problema, então procure um lugar melhor e demita-o pedindo a conta. É importante se cercar de pessoas boas e que agreguem ao time. Ninguém gosta de estar perto de gente mau caráter. Você pode treinar e melhorar competências, já o caráter...
- Seja feliz com o que faz e seja grato.
- TI Barata, Resultados Caros! Quando falo "TI Barata", eu falo de negócios que economizam ao extremo com seus recursos de TI. Economizam em contratações "baratas", pagando muito pouco para os cargos que deveriam ter profissionais mais experientes devido à responsabilidade do tema e economizam em investimentos em infraestrutura e segurança da informação. Também cito TI abaixo de estruturas organizacionais ou áreas que não têm poder de decisão para assuntos de tecnologia. Já tive essa experiência e posso afirmar que o risco é ainda maior. A empresa não saber o que se passa na área e os assuntos de maior importância não serem escalados, certamente vai gerar "Resultados Caros", que é o provável custo resultante dessa economia ou falta de atenção para os recursos de tecnologia. Estamos falando de reputação. Quanto custa a imagem da sua empresa e quanto custaria reverter a imagem negativa dela? Quando a economia nos processos de TI resulta em violações de regras como por exemplo, as previstas na LGPD (Lei Geral de Proteção de Dados), o prejuízo pode ser ainda maior. Segundo o artigo 52 desta lei, multas e sanções podem variar desde advertência a multas de R$ 50 milhões. Segundo a mais recente edição do estudo "Custo de uma Violação de Dados"[13], do Ponemon Institute e da IBM, os custos globais com violações de dados atingiram recorde em 2022, com uma média global de US$ 4,35 milhões por infração. E mais:
    - No Brasil, esse valor saltou de US$ 1,08 milhões em 2021 para US$ 1,38 milhões em 2022.

---

[13] Custo de uma violação de dados em 2022. IBM, 18 jul. 2022. Disponível em: https://www.ibm.com/br-pt/reports/data-breach. Acesso em: 18 abr. 2023.

- O tempo médio para identificar e conter uma violação de dados é de 347 dias.

- Violações causadas por *ransomware*[14] levaram 49 dias a mais que a média para serem identificadas e contidas.

- O custo médio de um ataque de *ransomware* (sem o custo do resgate) foi de US$ 4,54 milhões, um valor um pouco superior ao custo total geral médio de uma violação de dados (US$ 4,35 milhões).

- 83% das empresas pesquisadas tiveram mais de uma violação de dados.

- US$ 550 mil é a economia média de custos por violação de dados de uma empresa com um número suficiente de funcionários em comparação com uma empresa com um número insuficiente de funcionários.

- Aos custos apresentados, devem ser acrescidos os custos do Plano de Recuperação de Desastres, que pode ter o valor acrescido em casos de pagamento de resgate, e do Plano de Continuidade de Negócios, que geralmente está alinhado com custos extras em mão de obra e infra.

---

[14] *Ransomware* é um tipo de software malicioso de sequestro de dados, feito por meio de criptografia, que usa como reféns arquivos pessoais da própria vítima e cobra resgate para restabelecer o acesso a esses arquivos. Ransomware. Wikipédia, set. 2021. Disponível em: https://pt.wikipedia.org/wiki/Ransomware. Acesso em: 18 abr. 2023.

# 7

FIM

Gostaria de expressar minha sincera gratidão ao concluir a leitura de *TI Barata, Resultados Caros*.

Nos últimos anos, a tecnologia se tornou protagonista nos lares e nos negócios. Soluções como eletroeletrônicos com inteligência artificial e conectados à internet, assistentes pessoais inteligentes, streaming de vídeo e música ou aparelhos que somam estas funções, já fazem parte do nosso dia a dia. Nos negócios, a inteligência artificial e colaboração online já estão presentes em automação de processos, análises preditivas (identificar padrões e tendências de mercado), marketing personalizado, atendimento ao cliente, recrutamento e contratação.

A rápida evolução tecnológica continua a trazer novas possibilidades e transformar a forma como vivemos e trabalhamos.

A mensagem do livro é que a tecnologia pode ser uma ferramenta incrivelmente poderosa, mas é importante lembrar que ela é apenas uma ferramenta. A importância do investimento no ser humano não diminui à medida que a tecnologia avança e o mundo se torna cada vez mais digital e tecnológico.

Embora a inteligência artificial possa analisar dados e fazer previsões precisas, a capacidade de fazer julgamentos complexos que requerem um entendimento mais profundo do contexto humano e social, é do ser humano. A tecnologia pode ser programada para imitar a criatividade humana até certo ponto, mas ela não pode sonhar, imaginar ou criar da mesma maneira que um ser humano pode. Os humanos têm a capacidade única de compreender e compartilhar as emoções dos outros e isso é fundamental em muitas interações humanas. Sim, empatia e compreensão emocional é uma exclusividade humana.

Obrigado por sua leitura.